長編時代小説

無明剣、走る

西村京太郎

祥伝社文庫

目次

風動く

「また、こんなものが、助任橋《すけとう》の袂《たもと》に貼《は》ってありましたそうで」

と、用人の忠左衛門《ちゅうざえもん》が、恐る恐る差し出した貼紙《はりがみ》を、庭を眺めていた城代家老の勝浦《かつうら》主馬《しゅめ》は、

「どれ」

と、気軽く手に取った。

なかなかの達筆だった。

墨痕《ぼっこん》鮮やかに、

君側の奸《かん》　勝浦主馬
上《かみ》政事を壟断《ろうだん》し、ために、下《しも》万民は塗炭《とたん》の苦しみに泣く
故《ゆえ》に、天誅《てんちゅう》を加えんと欲する者なり

「なかなか見事な筆跡だ」

主馬の細い眼《め》が笑っている。

笑うと、五十六歳の主馬は、人のいい好々爺《こうこうや》に見える。だが、その穏やかな表情の奥にあるのは、冷酷な政治家の眼だ。

「すぐ、町奉行《まちぶぎょう》の江川《えがわ》様にお願いして、厳しく詮議《せんぎ》をして頂きましょう」

忠左衛門が、いきり立つのへ、主馬は、手を振って、

「放っておけ」

「しかし、このまま放置しておきましては、馬鹿な若侍《わかざむらい》が、次から次へと――」

「何も出来はせぬ」

と、主馬は笑い、立ち上がった。が、とたんに、彼の鶴《つる》のような痩身《そうしん》が、ぐらりとゆれて、はげしく咳《せ》き込《こ》んだ。

あわてて、口を押える。

真っ赤な血が、どっと溢《あふ》れ出て、指の間から畳の上に、ポタポタとしたたり落ちた。

忠左衛門が、顔色を変えて、

「すぐ、玄庵《げんあん》殿を」

「いや。大丈夫だ」

主馬は、懐紙で血を拭《ふ》き取ると、顔を上げて笑った。が、その顔は、紙のように白い。

「そうはいきませぬ。すぐ、玄庵殿を呼んで参ります」

「医者を呼ぶ前に、勘定奉行を呼んでくれ。話したいことがあるといってな」

「田名部《たなべ》様をでございますか？」

「そうだ。医者は、その後でいい。どうせ、治りはせぬのだ」

主馬は、他人事《ひとごと》のようないい方をした。

半刻して、勘定奉行の田名部大学《だいがく》が駈《か》けつけた。

まだ三十八歳の若さである。

藩政改革を断行した主馬が、抜擢《ばってき》した人材の一人だった。

正直にいって、田名部大学は、切れるという人物ではない。むしろ愚直で、色黒く、見栄えもしない。だが、この男には、誠実さがあった。それに、己《おのれ》の凡庸《ぼんよう》さをよく知っている。

主馬の顔色は、すでに平常に戻っていた。

大学を茶室に迎えて、

「お主《ぬし》と久しぶりに、茶を楽しみたくてな」

「ありがたく、頂戴《ちょうだい》いたします」

大学は一礼したが、自分が呼ばれたのが、茶を楽しむためでないことはわかっていた。

勝浦主馬は、単なる私事で、勘定奉行を呼びつけるような人間ではなかった。

一刻、静かに茶を楽しんでから、

「わたしの余命は、もういくばくもないらしい」

と、主馬が、何気ない調子でいった。

「医者が、そう申したのですか？」

「医者は、安静第一といっておる」

「では、しばらく静養して下さいませ」

「そうもいかぬ。この阿波《あわ》二十五万石が心配でな。ご当主治昭《はるあき》様は、利発であられるが、まだお若すぎる。周囲の甘言に動かされやすい。もし、わたしが、職を辞したら、ご主君の周囲は、たちまち、俗物の天下になってしまうに決っている。特に、江戸《えど》家老三浦半左《みうらはんざ》衛門《えもん》の動きが気になる。あの男が、藩政を壟断せんと策動することは、目に見えているからな。それにまだ、わたしが手を染めた藩政改革も、完成してはおらぬ。あと三年、いや、あと二年の寿命が欲しい」

「勝浦様には、あと十年、二十年も、生きて頂かなければなりませぬ」

「そうもいかぬ。わたしのは不治の病いだ。その上、夜半になると、この頃《ごろ》、胸苦しくなる。風聞だが、三浦半左衛門は、兵道家秋山幻斉《あきやまげんさい》なる者を、身近に置いているらしい」

「では、その兵道家が、ご家老を呪殺《じゅさつ》せんとしておるのですか？」

大学の顔色が変った。

「恐らくな」

「三浦様は、そこまでご家老を憎んでおいででございましたか――」

大学は、暗澹《あんたん》とした顔になった。

藩内の二派に分れての確執は長い。江戸家老三浦半左衛門一派は、今は、勢力争いに敗れた形になっているが、半左衛門の甘言を信じ、主馬を奸賊《かんぞく》と信じる若侍もいる。

大学は、勝浦主馬が、阿波二十五万石にとって、欠くべからざる人物と堅く信じていた。もし、この老人がいなかったら、阿波藩は、幕府によって取潰《とりつぶ》しを受けていただろう。

阿波徳島に、過ぎたるものが三つある。

一つ鳴門《なると》の渦潮、二つ藍染《あいぞ》め、三つ馬面。

と、唄《うた》われている。馬面は、顔の長い勝浦主馬の綽名《あだな》である。

大学は、じっと考え込んでいたが、

「私に委《まか》せて頂けませぬか」

と、顔を上げて、主馬を見た。

「何をだね？」

「幸い、大安寺《たいあんじ》に、法玄《ほうげん》という高僧が立ち寄られています。大安寺に祭壇を設け、この法玄殿に、ご家老の病気平癒を祈願して頂けば、兵道家の呪詛《じゆそ》など、物の数ではございますまい。なにとぞ、この儀、私にお委せ頂きとうございます」

三日後、阿波藩の江戸屋敷から、数名の藩士に守られた駕籠《かご》が出て来た。

乗っているのは、江戸家老の三浦半左衛門である。

忍びだから、供は少ない。

勝浦主馬と同じ五十六歳だが、主馬が病弱なのに比べて、半左衛門の骨太の身体《からだ》は、驚くほど頑健だった。

駕籠は、四谷《よつや》から飯田橋《いいだばし》に抜け、「兵道家秋山幻斉」の看板のかかった邸《やしき》の中に消えた。

玄関に横づけされた駕籠から、半左衛門はおり立ったが、幻斉が迎えに出ていないのを知ると、あからさまに、不快な表情を見せた。

平伏して迎える門弟に向って、

「幻斉は、どこにおる？」

「奥で休息中でございます」

「休息中？　なぜ迎えに出ぬ？」

「それが――」

「通るぞ」

半左衛門は、ずかずかと中に入った。奥の座敷の襖《ふすま》を、がらッと引き開けた。

一人の男が、黙然と座っていた。

色浅黒く、長身、総髪である。頬骨《ほおぼね》が高く、眼が鋭い。

天下第一の兵道家を自称する秋山幻斉である。薄く眼をひらいて、半左衛門を見上げ、

「お静かに」

「主馬の奴《やつ》め、まだ死なぬぞ。その方は、半月の中《うち》に呪殺せしめると、わしに広言した筈《はず》だ。あれからすでに、二十日が過ぎておるではないか」

半左衛門が睨《にら》んだ。が、幻斉は、落ち着き払って、

「間違いなく、勝浦主馬は、危篤《きとく》状態でござる」

「ならば、なぜ、まだ死なぬ？」

「近頃、祈禱《きとう》をしておりますと、激しい頭痛に襲われることがございます。恐らく、何者かが、私を調伏《ちょうぶく》すべく、阿波にて祈禱しておるに違いありませぬ」

「その方も同じ兵道家か？」

「私は天下第一の兵道家にございます。他の兵道家の呪術に負けは致しませぬ。とすれば、相手は、多分、修行を積んだ高僧でもありましょう」

「坊主か」

と、半左衛門は、舌打ちして、

「どうしたらよい？」

「その僧さえ除けば、勝浦主馬は、たちまち魂切《たまぎ》れましょう。彼の天命は、すでに尽きておりますからな」

「坊主を殺せばいいのだな」

「さよう」

「よし。刺客をやろう」

「腕の立つ者でなければなりませぬぞ。恐らく、僧の周囲は、屈強な侍が警護しておりましょうから」

「適当な若者が一人おるわ」

半左衛門は、ニヤッと笑って見せた。

幻斉の道場から、江戸藩邸に戻ると、用人に、

「黒川周平《くろかわしゅうへい》を呼べ」

と、命じた。

「あの片腕者をでございますか？」

用人の徳右衛門《とくえもん》は、眉《まゆ》を寄せた。半左衛門は、笑って、

「あの男が気に入らんか？」

「眼つきが気に入りませぬ。まるで、蛇のような眼で。あれは、叛骨《はんこつ》の眼でございます。今は、ご家老に尻尾《しっぽ》を振っておりますが、いつ、飼主の手を噛《か》まぬとも限りません」

「わかっておるわ」

と、半左衛門は、小さく笑って、

「何とかと刃物は、使い様というではないか。確かに、あの男は、狂犬だ。だが、狂犬でなければ出来ぬ仕事もある。すぐ迎えに行け。念を押すまでもないが、邸には、裏口から入るようにいっておけよ。元阿波藩士とはいえ、今は、素浪人だからな」

その日、陽《ひ》が落ちてから、痩《や》せた若い浪人が、藩邸の裏口から、風のように入って来た。

顔が青白い。何よりも異様なのは、左手が、肩のあたりから、すっぱりと失《な》くなってい ることだった。中身のない左の袖《そで》が、だらりとぶら下がっている。

「来たか」

と、半左衛門は、廊下に出た。

中庭に、黒川周平は、跪《ひざまず》くでもなく、ぼんやりと突っ立っていた。

確かに、薄気味の悪い奴だと、半左衛門は、苦笑しながら、

「頼みたいことがある」

「今度は、誰《だれ》を斬《き》ります？　秋山幻斉ですか？」

「幻斉？」

「そろそろ、あの男も、邪魔になって来たのではないかと思いましてね」

黒川周平は、ニコリともしないでいった。

「幻斉とお主となら、いい勝負だろうが、当分は、仲良くしてくれなくては困る」

「――――」

「これからすぐ、阿波へ発《た》ってくれ。旅費は、用人の徳右衛門から受け取るように。お主は、二年ぶりの阿波だろう？」

返事はなかった。が、能面のように無表情だった周平の顔に、ほんの一瞬だが、何かがかすめて通り過ぎた。

「阿波へ戻ったら、坊主を一人斬って貰《もら》いたい。法玄という高僧が、大安寺にいるが、この坊主だ」

「それだけですか？」

「それだけだ」

「わかりました」

「理由を聞かんのか？　なぜ、坊主を斬るのか」

「理由など、興味がありませんな」

周平は、そっけなくいった。

翌日には、黒川周平の痩身が、東海道を西に向っていた。

一応の旅ごしらえをしているが、他の旅人に比べれば、ぞろっとした身なりである。半左衛門からは、急げと命じられていたが、周平の歩き方は、あくまで、気ままだった。

歩くのが嫌になると、茶店に腰を下ろし、いつまでも動こうとしなかった。眼の前の景色を楽しんでいるわけでもない。いってみれば、野良犬の気ままなのだ。痩せた、血色の悪い、片腕の野良犬である。

小田原《おだわら》宿の近くまで来たとき、人気《ひとけ》のなくなった街道に、駕籠かきが三人、周平を待ち受けていて、

「そこのお侍さん」

と、声をかけた。ひげ面の、ひとくせありげな男ばかりで、各宿場に置かれた駕籠とは明らかに違っている。

周平は、黙って、三人を見た。

「駕籠に乗っておくんなさい。ふところに、そんな大金をお持ちじゃあ、お疲れでござんしょうからね」

「二十両、いや、五十両は、そのふところに唸《うな》ってやがる。違うかい？　お侍さん」

三人は、周平を取り囲んで、じろじろと眺め回した。

「ふん。たかりか」

周平は、口元をゆがめて、三人を見た。

「たかりじゃねえよ。駕籠に乗っておくんなさいといってるだけだ」

「乗ってやってもいい」

「そいつは助かる。ただし、ちょっとばかり高いですぜ」

「いくらだ？」

「まあ一人当り五両も頂きたいもんで。三人で十五両。片腕が失くなることを思えば、安いもんですぜ。なんだ、もう失くしちまってるのかい」

一番太ったのが、息杖《いきづえ》の先で、だらりと下がっている周平の左袖を突っついて、げらげら笑い出した。

周平は、表情も変えず、「五両か」と、いった。

「命と取りかえなら安いものだ」

「じゃあ、払って下さるんで？」

「いいだろう」

周平は、右手をふところに入れ、一両小判を五枚、太った人足の足元に放り投げた。

ニヤッと笑って、その人足が、しゃがみ込み、毛むくじゃらの手を伸ばした瞬間、周平は、無造作に刀を抜き、いきなり、相手の右肩めがけて斬り下げた。

「ぎゃッ」

と、人足が、悲鳴をあげた。

右腕が付け根から飛んだ。血が、虹のように吹きあげる。

周平は、無表情に剣を振りあげ、まるで、大根でも切るように、今度は、人足の左腕を斬った。

もう悲鳴もあげなかった。両腕を斬られた人足は、どっと、地面に倒れて、動かなくなった。血が、どくどく流れている。

あとの二人は、がたがたと震え出した。

周平は、ペッと唾《つば》を吐《は》いてから、駕籠に乗り込んだ。

「かつげ。その五両が駕籠賃だ」

「ど、どこまでやりますんで？」

「西に向って、ぶっ倒れるまで走るんだ」

大坂には、五日後に着いた。

堺《さかい》の港から、千石船に乗り、阿波の撫養《むや》の港に向う。

船を下り、淡路《あわじ》街道を歩いて行くと、徳島城が見えてくる。それまで無表情だった周平の顔に、ちらりと、人間らしい感情が走った。が、焔硝《えんしょう》蔵の横を抜けて、二本松に出たときには、氷のような表情に戻っていた。

眉山《びざん》の麓《ふもと》に、大安寺の山門が見えた。

すでに、寺の周囲には、夕闇《ゆうやみ》が立ちこめていたが、今日も、本堂では、勝浦主馬の病気平癒の祈禱が続いていた。

その効果があったのか、主馬の病状は、小康を保っている。

今夜も、祭壇には護摩《ごま》がたかれ、六十歳の老僧法玄が、一心不乱に祈りを捧《ささ》げていた。

「悪魔降伏怨敵《ごうぶくおんてき》退散七難速滅七復速生秘」

祈りの声は、本堂の外まで聞こえてくる。

境内には、篝火《かがりび》が焚《た》かれ、勘定奉行田名部大学の命を受けた屈強な若侍が七名、警護に当っていた。

大学自身も、今夜は、本堂で、主馬のために祈りを捧げていた。この阿波藩のために、主馬を死なせてはならない。

山門の近くに立っていた警護の侍は、ふと、自分の横を、物の怪《け》のようなものが、通り過ぎたのを感じた。

はっとして、眼をこらす。

燃えあがる篝火の明りの中を、黒い人影が流れた。

「曲者《くせもの》！」

と、若侍の一人が叫んだ。

周平は、「ちッ」と舌打ちして、本堂の階段を駈け上がる。

上から、警護の侍が二人、周平の前に立ちはだかった。

周平の痩身が、ぐっと沈んだとみるまに、抜打ちに、一人の胸を斬った。「うわッ」と、相手が階段を転げ落ちる。

周平は、抜き身を引っ下げたまま、どどっと、駈け上がった。

「死ね！　くそ坊主」

と、叫んで、法玄の背中に斬りつけた。

老僧の身体が、炎の中に転げ落ちた。

血が飛び、灰が舞いあがる。

「この馬鹿者が！」

と、田名部大学が、悲痛な声をあげ、温厚なこの男には珍しく、刀を抜き放った。

しかし、周平は、法玄を斬ったその勢いで、本堂を駈け抜け、奥の扉を蹴倒《けたお》して、裏へ逃げた。

たちまち、夜の闇が、彼の身体を押し包んだ。


その瞬間。

屋敷で、書き物をしていた勝浦主馬は、「うッ」と低く呻《うめ》き、手にした筆を取り落すと、机に突っ伏し、おびただしく血を吐いた。

すぐ、医者の玄庵が呼ばれた。

しかし、玄庵にも、もう手のほどこしようがなかった。

田名部大学が、駈けつけた。

主馬は、布団の上に起き上がって彼を迎えた。喀血《かっけつ》は止っていたが、青白い顔は、元に戻らなかった。

大学が、大安寺の不始末を詫《わ》びると、主馬は、血の気の失せた白い顔に、笑いを浮かべて、

「お主が謝まることはない。死生は、もともと天にある」

「狼藉《ろうぜき》を働きました曲者は、左腕がなく、ちらりと見ました顔は、二年前に逐電《ちくでん》しました黒川周平かと」

「二年前に、私が蟄居《ちっきょ》を命じた黒川作左衛門《さくざえもん》の倅《せがれ》か」

「あの時、作左衛門は切腹し、倅の周平は、検死の役人を斬って逐電。左腕は、その時に斬られたものでございます」

「そうだったな。江戸に逃げて、三浦半左衛門に飼われていたとみえる」

「必ず引っ捕えて、処断いたします」

「捨ておけ。それより、お主に、大事を頼みたい。心して聞いて欲しい」

「はッ」

「わたしは、死ぬこと自体には、何の恐れも抱いておらぬ。不安は、わたしが死んだあと

の阿波二十五万石の行方《ゆくえ》だ。三浦半左衛門が、藩政を握れば、俗吏がはびこり、忽《たちま》ち、わが藩は危機に瀕《ひん》しよう。真《まこと》に恐ろしきは、幕閣に阿波藩取潰しの動きがあることだ。半左衛門は権勢のみに執着し、それに気付いておらぬ」

「幕閣と申しますと、老中酒井《さかい》但馬守《たじまのかみ》殿？」

「あの狸《たぬき》め」

と、主馬は、血の気の失せた顔に、ゆがんだ笑いを浮かべて、

「わたしが江戸表で会ったとき、阿波は、ご名君を頂き、万々歳《ばんばんざい》でござるなと、皮肉をいいおった。酒井の魂胆は見えすいておる。事あらば、わが藩を取り潰さん気だ」

「なぜ、酒井殿が、わが藩を眼の仇《かたき》になさるのでしょうか？」

「先君重喜《しげよし》公を、幕府転覆を謀《はか》ったとして、伊豆《いず》へ幽閉したのは、酒井但馬守の策謀と聞いている。これは失敗したが、酒井め、いまだに、わが藩を疑い、事あらばと眼を光らせているに違いない」

「どうしたら、よろしゅうございましょう？」

「藩内の結束をゆるがせぬこと第一。わたしが死んだあとは、お主が城代家老として、事を処して欲しい。すでにご主君には、書面を持って、お主を推挙しておいた。重臣方への根回しもすんでいるから、まず間違いあるまい」

「その場合、私の後任には、誰がよろしいでしょうか？」

う。その対策は？」

「国枝貞勝《くにえださだかつ》がいい。愚鈍の噂《うわさ》があるが、実直で、私心のない男だ」
「国元は、それでよろしいとして、江戸表は、三浦半左衛門に、完全に牛耳《ぎゅうじ》られましょ
う。その対策は？」
　田名部大学は、主馬の顔をまっすぐ見つめて聞いた。
　主馬は、苦しそうに咳き込んでから、
「今日あるを考えて、いくつかの手を打っておいた。恐らく、それが役立って半左衛門を
抑えてくれよう」
「どんなことでございますか？」
　大学が聞いた。が、主馬は、なぜか首を横に振って、
「お主は知らぬ方がいい。知っていれば、お主が責任を取らねばならぬことになるから
だ。お主を、半左衛門ごとき者のために、失脚させたくはない」
　といった。
　大学は、それ以上聞かなかった。主馬が知らぬ方がいいといえば、それは、間違いなく
知らぬ方がいいのだ。主馬に対する信頼は、大学の中で、信仰に近いものだった。
　田名部大学を帰すと、主馬は、どっと疲労が出て、床に突っ伏して、しばらくの間、苦
しげに肩で息をついていたが、自分を励まして起き直り、一人娘の藤乃《ふじの》を呼んだ。
　主馬は、子供にあまり恵まれなかった。結婚してすぐ男子が生れたが、病弱だった。そ

の上利発すぎたため、短命を心配したのだが、その危惧《きぐ》が当ってしまった。

その後、妻の多恵《たえ》との間に、女子が一人生れた。藤乃である。

妻が病死したあと、男手一つで育てたせいか、十八歳の娘盛りというのに、男の子のように見える。また、主馬自身、男子のように育てもした。

(女としての喜びを知らぬままに、死なせることになるかも知れぬ)

と、思いながら、

「わたしの命は、あと数刻で絶えるに違いない。だが泣いてはならぬ」

と、低い声で話しかけた。

藤乃は、両膝《りょうひざ》にきちんと手を置き、俯向《うつむ》いて、じっと、父の言葉を聞いていた。

どんなときにも、泣いてはならぬと、藤乃は、父に教えられてきた。だから、藤乃は、母が死んだときも人前では、涙を見せなかった。

だが、今は泣きたかった。

父が死のうとしているのだ。

「顔を上げて、わたしのいうことを聞くのだ」

主馬は、厳しい父の声でいった。

「わたしがこれから話すことは、わが藩の将来の浮沈に関することだ。だから、心して聞くのだ」

主馬は、また激しく咳き込んだ。

思わず、苦しさから片手をつく。

「お父様。お医者を」

と、藤乃が、腰を浮しかけるのへ、

「無駄なことだ」

主馬は、叱《しか》りつけるようにいった。

「それより、すぐ旅の支度をするのだ。そして、江戸に向って出立せよ」

「こんな時にで、ございますか？」

「わたしが死んだあとのことは、忠左衛門がよろしくやってくれる。お前が心配することはない」

「なぜ、私が江戸に？」

「お前でなければかなわぬ仕事なのだ。そこから手文庫を出してくれ」

主馬は、背後の書棚を振り返った。

藤乃が、立ち上がって、手文庫を取り出す間主馬は、苦しげに胸を押えていた。

藤乃が、手文庫を父の前に置く。

主馬は、また、姿勢を正し、手文庫から油紙に包んだ書状を取り出した。

「この中の書状を、江戸のお茶《ちゃ》の水《みず》にある一刀流の真鍋《まなべ》道場へ持って行くのだ。その道場に、師範代をしている荒木田隼人《あらきだはやと》という若い男がいる。その男に、直接渡すのだ」

「その荒木田様というのは、どういうお方なのですか？」

「荒木田の口から聞くがよい。それまでは知らぬ方がいい。この書状の中身もだ。お前の役目は、この書状を荒木田隼人に渡すことだ。荒木田には、お前以外の手から受け取ってはならぬといってある」

「渡したあとは、どうすればよろしいのですか？」

「それも、荒木田隼人が決めてくれる。彼のいう通りにすればよい。この仕事は、簡単に見えて、そうではないぞ」

「なぜでございます？　ただこの書状を、江戸に行って荒木田というお方にお渡しすればよろしいのでしょう？」

「お前も、わたしと江戸詰家老三浦半左衛門との確執は知っていよう。彼は、わたしの動きを、鵜《う》の目、鷹《たか》の目で窺《うかが》っておる。もし、お前が江戸に向ったと気付けば、何事かと疑惑の眼を向けるは必定。監視もつこう。その中を、彼等に知られずに、この書状を、荒木田隼人に渡して貰いたいのだ。困難な仕事といった意味が、これでわかったであろう」

「すぐ行かなければなりませぬか？」

「すぐにだ」

「――」

藤乃は、何かいいかけたが、父が、厳しい眼で机に向ってしまったので、仕方なく、自分の部屋に戻った。

だが、すぐには、女中を呼んで旅支度をさせる気にはなれず、暗い部屋の中で、じっと座っていた。

彼女のことを、父は、男まさりという。藤乃自身も、自分を男まさりと思うことがある。天心流の小太刀《こだち》も使う。

だが、胸のふくらみが気になりだしてから、藤乃の心のなかには、自分が女なのだという意識が、急速に強くなってきていた。城代家老として辣腕《らつわん》を振う父は、そんな気持に気付いていない。

主馬の方も、暗い部屋で、じっと端座していた。

(これで、全《すべ》ての手は打ち了《お》えたのか?)

主馬は、眼を閉じて考える。

不治の病を自覚してから、彼は、自分が亡くなったあとの藩を思い、いくつかの手を打ってきた。

江戸詰家老三浦半左衛門と手を結び、藩政を握ろうとした重臣の何人かを、主君治昭の名によって、閉門、蟄居《ちっきょ》させた。惜しい人材もいたが、主馬は、容赦《ようしゃ》しなかった。

当然、主馬のそうしたやり方に対して、非難の声があがった。血気盛んな若侍の中には、主馬を君側の奸として、斬ろうとする者が出て来た。

若侍たちは、天心党という組織を作った。その背後に、半左衛門がいると知ると、主馬は、すぐ解散を命じ、主謀者とみられる五人を処刑した。

惜しい若者ばかりだった。

だが、そうすることが、阿波二十五万石を安泰に保つことだと、主馬は信じたのである。

（だが、わたしは、死んだ後は、必ず地獄に落ちよう。たとえ、藩のため、ご主君のため、とはいえ、かくも多くの人命を奪ってきたのだからな）

と、主馬は思う。

用人の忠左衛門が、部屋が暗いのを心配して、

「おいでてございますか？」

と、襖《ふすま》の外から声をかけた。

主馬が応じると、忠左衛門は、入って来て、灯心《とうしん》をかき立てた。

暗かった部屋だが、急に明るくなった。

主馬の身体は、悪寒《おかん》でもするのか、小刻みにゆれている。

「お城は、こっちだったな？」

と、主馬が聞く。

その眼に、もう生気がなかった。

「暗いな。もっと明るくしてくれ」

ともいう。

忠左衛門が、いくら灯心をかき立てても、主馬は、暗いといってきかなかった。

また、「藤乃！」と、急に叫び、忠左衛門が、急いで、呼んでくると、

「まだ、出立せんのか！」

と、最後の声をしぼって叱《しか》りつけたが、そのとたんに、また喀血した。

畳が、真っ赤に染まった。

忠左衛門は顔色を変えて、医者を呼んだ。

だが、医者の玄庵が来ても、主馬の容態は、もう元に戻らなかった。

外は、氷雨《ひさめ》が降り出していた。


間欠的に、吹きあがる炎の前で、一心不乱に、秘法を唱え続けていた幻斉は、ふいに、虚脱した表情になった。

「死んだ――」

と、呟《つぶや》いた。

三浦半左衛門から渡された勝浦主馬の肌着が、柱に、五寸釘《くぎ》で打ちつけてある。

見よ。

その打ちつけた釘の根元から、一筋の血が流れ落ちたのだ。

幻斉は、しばらくの間、じっと、床に片手をついて疲れ切った身体を休ませていたが、やがて、一瞬の虚脱状態から立ち直ると、生き生きとした眼になった。

「誰か！」

と、廊下に向って、大声で叫んだ。

門弟の一人が、扉の傍《そば》にかしこまると、

「すぐ、阿波藩江戸屋敷へ行き、三浦半左衛門殿にこう伝えよ。勝浦主馬が、ただ今、死せりとな」

「かしこまりました」

「こうも伝えるのだ。勝浦主馬亡き今、阿波二十五万石は、三浦殿の意のままでございましょうと」

「かしこまりました」

「先生は、お出でにならぬのでございますか？」

「少しは、他に行かねばならぬところがある。もし、三浦殿がわしのことを聞いたら、連日の祈禱に疲れ果て、伏せっていると申しておけ」

「かしこまりました」

と、弟子が消えると、幻斉は、着がえをすませ、供を連れず、ふらりと道場を出た。

長身瘦軀《そうく》。男にしてはなで肩の幻斉は、月明りの中を歩いて行く。

永代《えいたい》の袂《たもと》ですれ違った町人が、びくっとした顔で立ち止り、しばらく見送っていたのは、幻斉の異形《いぎよう》の姿に驚いたのだろう。

総髪は、肩まで届き、眉は濃く、落ちくぼんだ両眼は、射すくめるように鋭い。

霊岸島《れいがんじま》の辺り、大名の別邸が多い。

幻斉は、その一つに、裏木戸から入って行った。

出会った若侍が、幻斉を見て、

「殿はお茶室です」

と、いった。

玉砂利を敷きつめた庭を横切り、幻斉が、茶室に足を運ぶと、

「幻斉か」

と、中から、老人の声がした。

幻斉が、砂利の上に片膝ついて、

「さようでござる」

と、答えると、にじり口が五寸ほど開いて、明りが外へ走った。

茶室に一人、小太りの老人が座っている。耳の大きい、血色のいい老人である。

老人は茶せんを動かしながら、外の幻斉に向って、

「ここへ訪ねて参ったところをみると、大願成就ということかの？」

「阿波藩城代家老勝浦主馬は、死にましてございます」

「死んだか」

薄い老人の口元に、笑いが浮んだ。

「しぶとい狐《きつね》だったが、とうとう死んだか」

「間違いございませぬ」

「阿波の江戸屋敷には知らせたのか？」

「三浦半左衛門殿に知らせました」

「それは重畳《ちょうじょう》。これからが楽しみじゃな」

「勝浦主馬という重石《おもし》が失くなったからには、藩内の抗争が激化するのは、必定でございますな」

「そうなれば面白い」

ふふふと、老人は笑った。

「これから、私は、どう致しましょうか？」

「秋山幻斉は、阿波の江戸詰家老三浦半左衛門の腹心ではなかったかのう？」

と、老人は、楽しげに、幻斉を見下ろして、

「さすれば、当分の間、あの男のために働くがよい」

「当分の間と申すのは、阿波二十五万石が、あなた様の手中に入るまででございますな」

「余計なことはいわぬものだ。今日は、ご苦労だった」

幻斉の眼の前で、戸口が、ぴしゃりと閉められた。

幻斉は、立ち上がり、ゆっくりと別邸を出た。

日がくれて暗い。幻斉は、すたすたと、箱崎《はこざき》を抜けて、永代を渡った。

長さ百十間の橋の中ほどまで来たとき、突然、

「よう。幻斉さん」

と、男の声が、前方の闇の中から聞こえた。

幻斉の足が止る。

眼を細くして、前方を注視しながら、

「何者だ？」

「何者ってほどの者じゃござんせんがね。天下の兵道家秋山幻斉ともあろう方が、実は、老中酒井但馬守の廻《まわ》し者だったとは、恐れ入りましたねえ」

男の声は、明らかにからかっている。

思わず、幻斉は、キッとなって、じっと、闇をすかした。

雲にかくれていた月が顔を出した。

周囲がほの明るくなり、永代橋の袂のあたりに、町人姿の男が一人、ふところ手をして

立っているのが見えた。

「何者だ？」

幻斉は、刀の柄《つか》に手を置いて、相手を見た。

「だから、名乗るほどの者じゃァござんせんと、申しあげておりますのさ」

ふところ手をしたまま、男は、ふふふと、含み笑いをした。

「うぬ。怪しい奴」

と、幻斉が、相手を睨《にら》みながら間合いを詰めると、男は、それを察して身軽く飛び退《さが》り、

「そういうあんたも、なかなかの悪党だぜ。幻斉さん」

「悪党か」

「そうさ。あっしも、あんたも、同じ悪党だあね。ただし、悪党にも仁義というものがござんしてね。両天秤《りょうてんびん》はいけませんぜ」

「誰に頼まれた？」

「何ですって？」

「誰に頼まれて、どぶ鼠《ねずみ》みたいに、わたしのことを嗅《か》ぎ廻っておるのだ？」

しゃべりながら、幻斉は、少しずつ、相手との間合いを詰めていった。

「あんたと違って、あっしは、お偉方とは付き合いがなくてね」

「いくら欲しい？」

「え？」

「わたしを、脅《ゆ》すっているんじゃないのか？」

「千両箱一つぐらいなら、こっちから進呈いたしますぜ」

ふふふと、相手が笑った瞬間、間合いを測っていた幻斉が、無言で斬りつけた。

闇を引き裂いて、白刃が走る。

幻斉の居合いを避けえたものは、まだいない。

彼の剣は、一尺余計に伸びるといわれる。その一尺が、彼と向い合った人間を、死の世界に旅立たせるのだ。避けたと思った瞬間、ぐいっと伸びた幻斉の剣は、相手を切り裂いている。

ぐッと、手にひびく手応《てごた》え。

だが、二つになったのは、相手の身体ではなく、相手が、飛び退りながら、とっさに投げた柳の杖《つえ》だった。

音を立てて、杖が橋に落ちた。

「危ねえ。危ねえ」

と、男は、首をすくめて見せた。

幻斉は、黙っている。その顔が、蒼《あお》い。蛇のような眼だった。

「人が来ましたぜ」

と、男がいった。

橋の向うから、提灯《ちょうちん》の火が近づいて来るのが見えた。

幻斉は、刀を鞘《さや》に納めてから、

「次は斬る」

「怖いことを、おっしゃりますねえ」

「名前を聞いておこうか」

「あっしのことを、仏の源十郎《げんじゅうろう》と呼ぶ者もおりやすよ」

「仏の――」

と、幻斉は、聞き返してから、「ふむ」と、一人で肯《うなず》いて、

「お前か」

「何がでございます」

「闇の棟梁《とうりよう》とか呼ばれて、いい気になっている悪党がいると聞いたが、お前か」

「さようで」

仏の源十郎と名乗った男は、ニヤリと笑ってから、

「また、お会いするのを楽しみにしていますぜ」

といい残して、あっという間に、闇の中に消えた。

幻斉は、舌打ちをして、なおも、じっと、闇を見すえていたが、提灯の明りが近づいたのを見て、くるりと背を向けて歩き出した。

提灯の主は、大店《おおだな》の小僧で、寒そうに肩を震わせながら、橋を渡って行った。

すると、橋の欄干に、下から、太く逞《たくま》しい手が二本、ぐいと伸びてきたかと思うと、闇に消えた筈の仏の源十郎が、ひょいと、橋の上に躍《おど》り上がった。

橋桁《はしげた》にかくれていたのだ。

息もはずませず、汚れた手を、ぱんぱんとはたいてから、

「おい。三公《さんこう》」

と、闇に向って呼んだ。

橋の袂の大きな柳の木かげから、ひょこっと、若い男が飛び出して来て、

「びっくりしましたぜ。親分」

「何がだい？」

源十郎は、もう、大またに歩き出している。

「何がって、白いものが、ピカッと光った時にゃ、てっきり、親分が殺《や》られたと思いましたぜ。あの化け物は、いったい何者なんです？」

「秋山幻斉って、兵道家さ」

「易者か何かで？」

「人を呪《のろ》い殺す術を知ってる怖いお人さ」

「くわばら、くわばら。まさか、今度は、あの化け物と喧嘩《けんか》しようというんじゃありますまいね？　親分ときたら、見境いがないんだから。損な性分ですぜ」

したり顔でいうのだが、生れつき愛嬌《あいきょう》のある顔立ちだから、源十郎の方は、つい笑ってしまって、

「怖いのかえ？」

「親分と違って、あっしは、ケチな掏摸《すり》の三吉《さんきち》でござんすからね」

「じゃあ、親分子分の杯を返してやろうか？」

「そんな殺生な」

「じゃあ、諦《あきら》めな。そのうちに、あの男とやり合うことになるからな」

「なぜ、あいつと？」

「そうさな。向うさんのやり方が気にくわねえからとでも、いっとこうか」

「それだけで？」

「それだけさ」

源十郎は、あっさりいい、

「どうだい？　身体が冷えちまったが、どこかで、あったまるとするか」

「もちろん、女の肌でござんしょうね？」

「いうにはおよぶ」

源十郎は、ニッコリ笑って、三吉の肩を叩《たた》き、吉原《なか》に向ったが、ふと、夜空を見あげた眼が、ゾッとするほど怖かった。

(どうしても、あいつと、やり合うことになる)

その時には、命のやりとりになるだろうと、源十郎は、思っていた。


藤乃は、若党の吾助《ごすけ》一人を供に、東海道を江戸に向っていた。

大津《おおつ》の町に入る頃から、二人のあとを見えがくれにつけてくる深編笠《ふかあみがさ》の浪人があった。

大津では、近江屋《おうみや》という旅籠《はたご》に泊り、翌朝、駕籠を用意して貰って、早だちをした。

あと、江戸まで、百二十余里。

駕籠の横を歩く吾助が、

「お嬢さま」

と、藤乃に話しかけた。

「何です?」

「まだ、あの浪人が、あとをつけております」

「あまり見てはいけません。何でもない方かも知れませんからね」

「しかし、お嬢さま」

吾助は、歩きながら、しきりに、うしろを振り向いた。

明らかに、つけているのだ。深編笠で顔は見えないが、よれよれの袴《はかま》に、色あせた着物ときては、どう見ても、ふところは寂しそうだ。

（こちらを、ふところがあたたかいと見て無心でもする気なのか）

と、吾助は、心配だったが、瀬田《せた》の大橋《おおはし》を渡る頃になると、その浪人の姿が、急に見えなくなった。

（気のせいだったのか）

と、吾助は、ほッとした。

吾助は、藤乃が、何の用で江戸へ行くのか知らされてはいない。だが、大事な用件だということだけは、勘でわかっていた。

（とにかく、ご無事で江戸へ）

と、だけ、吾助は、祈っていた。

富士を左に見て、吉田《よしだ》、浜松《はままつ》と過ぎた。どこに消えたか、浪人の姿はない。

阿波徳島を出発してから九日目に、藤枝《ふじえだ》に着いた。江戸までは、あと五十里である。

十日目江尻《えじり》、十一日目沼津《ぬまづ》、十二日目には箱根《はこね》を越えた。

十三日目は小田原泊りにして、翌朝、駕籠で、出発したが、酒匂川《さかわ》にかかる大橋を渡った頃から、駕籠かき人足の様子が、おかしくなった。

どんどん、街道をそれて、足柄《あしがら》の方へ向って行くのだ。

(この辺りは、追いはぎが多い)

と、宿の者に聞かされていたから、吾助は、きっとなって、

「止れ!」

と、駕籠の前に立ちふさがった。

「お嬢さまを、どこへ連れて行く気だ?」

「どうしたのです?」

藤乃も、駕籠のたれを開け、外へ出た。

「この者たちは、ゆすり、たかりかも知れませぬ」

「ゆすり、たかりとは、なんてことをいいやがる」

と、駕籠かきが、ひらき直った。

「おーい」

と、もう一人が、呼ぶと、あらかじめ、しめし合せていたとみえて、眼つきの良くない人足が五、六人、ばらばらッと、左右の林から飛び出して来た。

「そちらさんが、ゆすり、たかりとおっしゃるんだから、その通りさせて貰おうじゃねえか」

「身ぐるみ剝《は》いで」

「女は、女郎にでも売り飛ばすか」

ニヤニヤ笑いながら近づいてくるので、藤乃は、きッと身構え、吾助は、藤乃をかばって、脇差《わきざし》を抜いた。

「抜きやがったぜ」

「やっちまえ！」

人足たちは、手に、手に長い棒を振りかぶって、一斉に殴りかかってきた。

喧嘩《けんか》なれした連中である。

吾助は、たちまち、叩《たた》き伏せられてしまった。

藤乃は、懐剣を抜いて、襲いかかってきた一人の右腕に斬りつけた。

こちらは、小太刀の使い手だけに、油断していた相手は、「わあッ」と、悲鳴をあげて、棒を取り落した。

その間に、藤乃は、街道に向って走ったが、たちまち、人足たちに追いつかれ、取り囲まれてしまった。

その時、

「おい」

と、人足たちの背後で、深編笠の浪人が、呼んだ。

だらんと左袖が垂れ、風にゆれている。片腕がないのだ。

「なんだ、さんぴん?」

人足が、振り向くのへ、

「大人しく帰れ」

「何をいいやがる。てめえこそ、怪我《けが》をしねえように、引っ込んでいろ!」

「帰れといっておるのだ」

浪人は、腰をひねると、右手で、ぎらりと刀を抜いた。

剣先を、地面につけるような、奇妙な構えで、浪人は、黙って、正面にいる人足に近づいた。

薄気味わるくなった相手が、逃げ腰になった瞬間、浪人は、さッと、剣を横に払った。

太股《ふともも》を、ざっくりと切り裂かれて、人足は、どっと、地面に倒れた。

続いて、もう一人。気合いもかけず、胴を斬った。二人の人足が、血を吹きあげ、けもののような叫び声をあげて、のたうち廻る。

他の人足たちは、顔色を変え、わッとばかりに逃げ出した。

浪人は、肩で大きく息をついてから、深編笠を取った。蒼白い顔と、狐のような眼が現れた。

「藤乃どの」

と、その浪人がいった。

「拙者《せっしゃ》を、覚えておいでか？」

「黒川――さま？」

自信なげに、藤乃は、呟《つぶや》いた。眼の前にいる薄汚れた浪人の中に、彼女の知っている黒川周平の姿を見出すのは、難しかった。

藤乃は、周平の父の黒川作左衛門から、息子の嫁にと請《こ》われたことがある。どこか、女性的な感じの周平が嫌で断ったのだが、今のこの男は、怖い感じがする。

「黒川周平のなれの果てですよ」

と、周平は、ニヤッと笑った。

（気味の悪い笑い方をする方――）

と、思いながら、藤乃は、吾助のことを思い出し、あわてて、倒れたまま動かない吾助の傍《そば》へ駆け寄った。

血まみれの吾助。その血は、もう乾いてしまっている。

周平は、乱暴に吾助の身体を引っくり返してから、

「死んだな」

と、冷たくいった。

藤乃は、唇をかんだ。

周平は、まわりを見廻してから、

「藤乃どのは、江戸へ向われるのでしょう？」

「はい」

「それなら、拙者がお供しよう。今日のようなことがあると、大変ですからな」

強引ない方で、周平は、吾助の持っていた荷物を持つと、さっさと歩き出した。

藤乃は、黒川周平という若侍が、薄気味悪かった。

父を恨んでいたに違いないし、片腕を失くして、浪人になった事情も、多分、暗いものだろうと想像がつく。が、無下《むげ》には断れなかった。

「江戸へは、何しに行かれる？」

周平が、歩きながら聞いた。

「叔母の家へ、父の亡くなったことを知らせに」

と、藤乃は、嘘《うそ》をついた。

「ほう。叔母に当る方が、江戸におられるのか。江戸のどこです？ 拙者は、江戸にくわしいから、ご案内してもよろしいが」

「いいえ、江戸につきましたら、勝手に参りますから」

「拙者をお避けになるのか？」

からみつくようないい方に、藤乃は、眉をひそめながら、

「そんなことは、ございませぬ。黒川様も、お忙しいと思いまして」

「やせ浪人に、忙しいもありませぬよ」

うふふと、周平は、陰のある笑い方をした。

そこから、江戸に入るまで、藤乃は、わきあがってくる嫌悪感をおさえて、周平と同行して来たが、金杉橋《かなすぎ》まで来て、

「ここで、お別れ致します」

と、頭を下げた。

「いけませんな」

周平が、薄く笑った。

「何でございますか？」

「拙者は、あなたが着くことを、飛脚で知らせておいたのですよ。ごらんなさい。迎えが来ている」

周平に指されて、前を見ると、夕暮れの通りを、空駕籠を囲んだ五、六人の侍が、近づいてくるのが見えた。

「どなたですか？　あれは」

「だからいっているでしょう。迎えの者たちですよ」

「迎えなど、いりません」

「拙者のいうことを聞きなさい」

「力ずくでも、いうことを聞かせますよ」

「嫌です」

「無体な」

と、藤乃は、一歩退って、懐剣の柄に手をかけた。

その瞬間、周平はけものの敏捷《びんしよう》さで、藤乃に飛びかかると、右腕で、がっしりと、彼女の手首を押えつけた。

それを見て、侍たちが、ばらばらと駈け寄って、藤乃の身体を押えつけ、一人が、もがく藤乃のみぞおちに、拳《こぶし》を当てた。

小太刀の心得があるといっても、相手は、大の男ばかり数人である。気を失うと、侍たちは、手早く、藤乃を駕籠に押し込み、

「行け！」

と、駕籠かきに命令した。

どこへ運ばれたか、気を失っていた藤乃には覚えがない。

気がついた時、藤乃の身体は、無残にも、高手小手に縛りあげられ、柱につながれていた。

八畳の部屋に、行灯《あんどん》の明りがゆらめいている。身体を動かそうとすると、手首の縄が、肉に食い込んでくる。思わず、うめき声をあげた時、襖ががらりと開いて、周平が入って

来た。

「気がつかれたな」

と、周平は、笑いながら、藤乃の前に、あぐらをかいた。

「なぜ、こんなことを？」

藤乃は、身を縮めるようにしながら、周平の蒼白い顔を睨《にら》んだ。

「いろいろと、都合がありましてね」

「これが、武士のすることですか？」

「さあね。まず、ふところを改めさせて頂きましょうか」

周平の右手が、伸びて来た。藤乃は、必死に身をよじったが、がんじがらめに縛《しば》られていては、かわしようもない。周平の手は、温かい胸元に押し入り、父から渡された手紙を取り出してしまった。

「密書というわけですか」

周平は、笑いながら、厳重に、油紙で包まれた手紙を、開いていった。

だが、その笑いが、急に、氷りついてしまった。

広げた手紙は、一字も書かれていない白紙だったからである。

「白紙だと？」

秋山幻斉は、顔をしかめた。

「さよう。この通り」

周平は、幻斉の前に、手紙を投げた。

幻斉は、光る眼で、じっと白紙を見つめていたが、

「火であぶってみたのか？」

「やったよ。水にもかけてみた。だが、字は出て来ない」

「しかし、あの女は、死んだ勝浦主馬の一人娘だ。しかも、父の通夜が明けぬ中《うち》に、阿波を立って江戸にやって来た。白紙ではおかしいのだ。大事な用件で来たに違いないからな。江戸で誰に会うか、聞いてみたかね？」

「叔母に会うといっていたよ」

「まさか、そんな言葉を信じたんじゃあるまいな」

「そんな馬鹿に見えるか？」

「怒るな」

幻斉は、小さく笑ってから、門弟の一人に、

「あの娘を、道場へ連れて来い」

と、命じた。

「痛めつけるのか？」

周平が、幻斉に聞いた。

幻斉は、竹の鞭《むち》を取り出し、びゅッと、しごきながら、

「身体に聞くより仕方があるまい。白紙の手紙だけで何もわからずでは、三浦殿が激怒されようからな」

と、いってから、急に皮肉な眼つきになって、

「お主は、あの娘に惚《ほ》れているのか？」

と、いったが、周平の眼に、かすかに動揺の色が走った。そんな周平を見て、幻斉は、

「昔のことだ」

あははと、笑って、

「安心せい。わたしは、あんな小娘に興味はない。聞くだけのことを聞いたら、あとは、お主の好きにしたらいいだろう」

と、いった。周平は、黙って、道場を出て行った。

（どうやら、藤乃という娘が、あいつの弱点らしいな）

と、幻斉は、ひとりで笑った。

得体の知れぬ男と思っていたのだが、弱点が見つかれば、扱いやすい。金のためなら、味方である筈の幻斉さえ平気で斬りかねない男と、彼は、周平を見ていたのである。

（蛇みたいな奴だ）

とも、思っていた。他人の心を見透すのが得意な幻斉だが、周平だけは、どうも苦手だった。だが、これで、自由に操れるかも知れない。

廊下に、乱れた足音がして、縛られたままの藤乃が連れ出されて来た。

どんと、門弟に背を突かれて、藤乃は、道場の冷たい床に横倒しになったが、あわてて座り直し、乱れた裾《すそ》を直そうとする。

幻斉は、門弟を退らせてから、冷たい眼で、じっと、藤乃を見下ろした。

藤乃は、その眼を睨み返して、

「早く縄を解いて下さい」

「そちらの出方によってはな」

幻斉は、薄く笑った。美しいが、気の強そうな女だ。こういう女を、痛めつけて、口を割らせるのも楽しいものだ。

「城代家老勝浦主馬の娘が、江戸で誰に会うのか、まず、それから話して貰おうか」

「叔母に会いに――」

と、藤乃がいいかけたとたん、その背中に、竹の鞭が、振り下ろされた。

びしッと、肉を打つ音がして、着物の上からとはいえ、身体全体にこたえる痛さに、藤乃は、思わず呻《うめ》き声をあげた。縛られた身体を、弓なりにそらせた。

「嘘をつけば、痛い目を見るだけと、わかったかな？」

幻斉は、口元に冷酷な笑いを浮べ、鞭の先で、藤乃の頰《ほお》を、ぴたぴたと叩いた。

「もう一度聞く。江戸で誰に会う積りだ？」

「だから、叔母に――」

さっきより、さらに強く、鞭が振り下ろされた。

一回、二回。

鞭が背中に当るたびに、唇をかみしめていても、思わず悲鳴がもれ、荒縄で重ね合せに縛られた手が、宙にあがく。

「誰に、何のために会うのだ？　白紙の手紙の意味は？」

「知らぬ」

と、睨み返すのへ、幻斉は、今度は、藤乃の胸のふくらみめがけて、鞭を振り下ろした。

乳房に、鞭が当ると、しびれるように痛い。

「言え」

と、幻斉は、着物の上から、藤乃の乳房をわしづかみにして、もてあそんだ。

藤乃は、顔をゆがめて、苦痛と、恥しさに耐えている。

「これ以上、強情を張れば、裸に剝《む》いてやるぞ」

「そんなことをしたら、舌を嚙《か》み切って――」

「死ぬか？　死んだら、江戸で会うことになっている誰かが困るだろうが」

幻斉の言葉に、藤乃は、黙ってしまった。臨終の父の言葉が思い出された。どんな辱《はずか》しめを受けても、父に命じられた使命を果すまでは、死ぬことが出来ないのだ。

「死ぬに死ねぬか」

と、幻斉が嘲笑《わら》ったとき、門弟の一人が、

「三浦様がお見えになりました」

と、伝えた。

幻斉は、鞭を投げ出して、

「この女、座敷牢《ざしきろう》に入れておけ」

と、門弟にいった。

門弟に小突かれ、よろめきながら立ち上がった藤乃の、胸元がはだけて、乳房がのぞいている。

(黒川周平などに与えるには、惜しい美しさだな)

材木長屋

幻斉が、座敷に入って行くと、三浦半左衛門が、待ちかねたように、

「主馬の娘を、捕えたそうだな」

「さよう」

「何しに江戸へ参ったか、わかったか？」

「なかなか強情な娘で、まだ口を割りませぬ。それに、所持していた手紙は、かくの如《ごと》く、なぜか白紙」

「どういうことだ？　これは」

「わかりませぬな。白紙であることに意味があるのか、それとも、あの娘は囮《おとり》で、他の者が使いとして江戸に向ったのか」

「それを早く調べるのだ。わしは、主馬が、死ぬ間際に、何を企《たくら》んだか知りたいのだ。あれだけの男が、何も企まずに死んだとは思えん。自分の死後に備えて、何か布石を残したに違いないのだ。わしは、それを知りたい」

「たとえば、一人娘が江戸へ来たのも、その布石の一つと、お考えなわけですな」

「そうだ。口を割らせるのに時間がかかるのか？」

「女というのは、時間をかけて責めませんと。それに、どうやら、あの娘自身も、手紙の内容を知らなかったようです」

「それなら、解き放ってやれ」

「は？」

「解き放てば、まっすぐ、相手を訪ねよう。あとをつければ、会う相手がわかる。痛めつけて、口を割らせるより早道だろう」

「なるほど」

「そうせい」

と、半左衛門は、頭ごなしに命令した。

翌日、急に解き放たれ、藤乃は、戸惑いながら、秋山幻斉の道場を出た。

長く縛られていたので、両腕が、じーんとしびれている。腕をさすりつつ、どこかで道を聞かねばと思いながら歩いていると、ふいに、

「確か藤乃さんでしたね」

と、声をかけられた。

が、声の主が、どこにいるのかわからない。

藤乃の前を、でんでん太鼓《だいこ》を持った飴屋《あめや》が歩いているだけである。

「きょろきょろしちゃいけねえな」

と、いわれて、やっと、その飴屋がしゃべっているのだとわかった。

「歩きながら聞きなせえ。二人、いや三人ばかり、秋山幻斉の門弟が、あとをつけてますぜ。いや、振り向いちゃいけねえ」

「あなたは、何者です？」

「あの兵道家が、誰よりも嫌いな人間でしてね。お嬢さんは、これから、どこへお行きになるんで？」

「あなたが、私の敵でない証拠は？　それがはっきりしなければ、何もいえませぬ」

藤乃は、きっぱりといった。

「こいつは理屈だ」

と、飴屋は、藤乃に背を見せたまま、愉快そうに笑ってから、

「この先に、駕籠屋があるから、そこで、駕籠にお乗りなせえ。幻斉の門弟は、あっしが、ちょっとからかってやりますよ」

飴屋は、藤乃を先にやってから、くるりと振り向いた。

色浅黒く、きりッとした顔は、あの仏の源十郎。

藤乃の後をつけて来た若侍三人の前に、ひょいと立ちはだかった。

「どけッ」

と、一人が怒鳴るのへ、源十郎は、太鼓を、どん、どんと叩いて、

「飴を買っておくんなさい」

「邪魔だ。どけッ」

「飴を買って下されば、大人しくどきますがねえ」

「ふざけるなッ」

背の高いのが、体当りしてくるのを、源十郎は、軽く身をかわし、流れる相手の足を払った。どすんと、地ひびきたてて、相手が、乾いた道に倒れた。

「こいつ、あの娘の仲間だ」

と、残る二人が、ぎらりと刀を引き抜いた。

それを見ると、源十郎は、自分で「けんかだァ」と、大声で叫んだ。

たちまち、野次馬が集って来て、四人を取り囲んでしまった。

三人の侍の顔に、狼狽《ろうばい》の色が浮んだ。源十郎の方は、落ち着き払って、

「見物衆が集ったところで、秋山道場の腕前を見せて頂きましょうか」

と、相手をからかっている。

道場の名前を出されたことで、三人は、いよいよ、狼狽した。

「どうなさったんで？　お侍さん」

どん、どんと、源十郎が、太鼓を叩くと、野次馬が、どッと笑った。三人の若侍は、完

全にからかわれているのだ。

また、どん、どんと、源十郎は、太鼓を叩いた。が、突然、その顔から笑いが消えた。

人垣の中から、ふらりと、片腕の浪人が出て来たからである。

相変らず、青白い顔の黒川周平だった。

(蛇のような眼をしてやがる)

と、源十郎は、思った。

「早く、娘を追え」

と、周平は、叱りつけるように、三人に言い、じろりと、冷たい眼で源十郎を見た。

「飴屋」

「何ですね？　ご浪人さん」

「もう一度、その太鼓を叩いてみろ」

「そうですねえ」

源十郎は、相手の右腕に眼をやっている。

あの、だらりと下がった右腕が曲者だ。

「どうした？　手が動かなくなったのか？」

周平が、ニヤッと笑った。

源十郎の方は、黙って、相手の力量を測っていた。

源十郎は、何度となく、修羅場をくぐり抜けてきた。

それだけに、相手を見る眼は確かだった。

(三人の門弟とは、格段の腕だ)

と、周平を見た。

幻斉といい勝負だろうが、危険なのは、どうやら、この片腕の方らしい。

幻斉は、ともかく、天下一を自認している兵学者だ。その手前からも、背後《うしろ》から、いきなり斬りつけるようなことはしまい。

だが、この浪人は別だ。背後からだって、平気で斬りつけそうな面《つら》をしてやがる。

「ご浪人さんも、幻斉さんの犬かい?」

源十郎は、笑いながらいう。が、眼だけは、注意深く、相手の右腕を見つめていた。

「いぬ——だと?」

周平の薄い唇が、ゆがんだ。

「それとも、三浦半左衛門の飼犬かい?」

今度は、相手が黙ってしまった。

(図星だったのか)

と、思わず微笑すると、周平は、ぐいと、右肩を突き出すようにして、

「名前をいえ」

「幻斉さんに、お聞きなせえ。先日、ちゃんと、面通《めんとお》しをしてありますからねえ。ご浪人さんのお名前をうかがっておきましょうか。これからも、お付き合い願うことになりそうなんでね」

「さあ、どうかな。そっちが、ここで死ねば、もう会うこともない」

「あっしを、斬るおつもりで？」

「斬れないと思うのか」

周平が、ニヤッと笑った。

（こいつは、本気で、おれを斬る気だ）

この男には珍しく、源十郎は、ぞッとした。

二人を取り囲んでいる野次馬たちも、周平が出て来てから、薄気味悪くなったのか、声をなくしてしまっている。

（こいつは、尻《しり》に帆かけて、逃げ出すかな）

と、源十郎は、頭を働かせた。

むざむざ斬られはしないが、相手が、この男では、集った野次馬に怪我人が出ないとも限らない。

「いくぞ。飴屋」

周平の右手が動いた。

反射的に、源十郎が飛び下がった。

秋の陽差《ひざ》しの中で、きらりと白刃がきらめいた。

「あッ」

と、声をあげ、どッと人垣が崩れた。

周平は、抜いた刀を、だらり下げて、じっと、源十郎を見すえている。

その眼が、変にすわっている。

（ますます、蛇に似てきやがった）

源十郎は、重い飴入りの箱を、退がりながら、相手との間に捨てた。

二撃目が来たのは、その直後だった。

箱をよけて斬りつけて来るだろうと読んでいたのに、周平は、いきなり、跳躍して、襲いかかってきた。

それは、蛇が跳躍するのに似ていた。

退がって避ける余裕がない。源十郎は、とっさに、跳躍してくる周平に向って、手にした太鼓を投げつけ、逆に、そのふところに飛び込んだ。

源十郎の頭上で、太鼓が、真っ二つに切りさかれて飛んだ。

人々の口から悲鳴があがる。

一瞬の後、二人は、入れ代って、また、向い合っていた。

源十郎の息が、かすかに乱れている。

右手をふところに入れ、はじめて、匕首《あいくち》をにぎりしめた。めったに抜いたことのない匕首だが、今度は、抜かなきゃならないかも知れないと、源十郎が、覚悟を決めたとき、ふいに、

「役人だッ。役人が来るぞッ」

と、誰かが、人垣の向うで怒鳴った。

周平は、「ちぇッ」と軽く舌打ちをしてから、ぱちんと、刀を鞘《さや》に納め、

「命拾いをしたな。飴屋」

と、源十郎にいった。

源十郎も、ふところの中で、匕首から手を放し、

「そっちもさ。ご浪人さん」

「そのセリフ。覚えておくぞ」

周平は、くるりと背を向け、人垣を押しのけて、三人の門弟の後を追って行った。

野次馬連中も、散って行く。その中から、三吉が、得意気《とくいげ》に、鼻をうごめかせながら、源十郎に近づいて来た。

「どうです？　あっしの機転は」

「さっきの胴間声《どうまごえ》は、三公だったのか」

源十郎は、笑いながらいう。

「胴間声は、ひでえや」

「いい声とは、お世辞にもいえねえからな。ところで、あのお嬢さんは、どうなすった？　ちゃんと、駕籠にお乗りになったかい？」

「へえ」

「そいつはよかった」

源十郎は、ひょいと、地面に転がっている箱を拾いあげ、すたすたと歩き出した。

三吉は、首をひねりながら、

「あの娘さんは、お頭《かしら》とどういう関係の人なんです？」

「さあな」

「まさか、お頭のレコじゃないんでしょうねえ？」

「あははは」

と、源十郎は、楽しそうに笑った。

「いやですぜ」

三吉が、真顔でいう。

「何がだえ？」

「あんな気の強そうな娘に、姐《あね》さんになられたんじゃ、こちとら、息もつけませんからねえ」

「あのお嬢さんは、さる藩の城代家老の一人娘だ。一緒になったら、おれが気詰りさ」

源十郎は、また、ニヤッと笑って見せた。

藤乃を乗せた駕籠は、筋違橋《すじかい》で有名な弁慶橋《べんけい》を渡り、お玉《たま》が池《いけ》を抜け、駿河台《するがだい》から、お茶の水に入った。

藤乃は、時々、たれを上げて、うしろを見たが、あとをつけて来る気配はなかった。あの奇妙な飴屋が、幻斉の門弟たちを、引き止めてくれたらしい。

水道橋《すいどうばし》を渡って、すぐの所で、駕籠を止めて貰った。

神田《かんだ》川の土手に、茶屋が出ている。紅葉が美しい。

茶屋の一軒で聞くと、真鍋道場は、すぐわかった。笑いながら教えてくれたので、さぞ大きな道場かと思ったが、その前に立ってみると、屋根が、今にも落ちて来そうなボロ道場だった。だから茶屋娘が笑ったのだ。

無明天心流　真鍋道場
の看板だけが、やたらに大きい。

無明天心流などという流派があるとは、藤乃は知らなかった。

耳をすませても、威勢のいい竹刀《しない》の音は聞こえて来ない。

（なぜ、父が、臨終に、こんなさびれた道場のことを）

と、いぶかりながらも、藤乃は、玄関に立って、案内を乞《こ》うた。

どた、どたと、乱暴な足音がして、出て来たのは、十二、三の子供だった。

引きずるように、大きな竹刀を持っているが、町人の子供だ。

びっくりしたように、まん丸い眼で、美しい藤乃を見つめて、

「だれ？」

「荒木田隼人様は、おいでですか？」

「隼人せんせーい」

と、子供は、奥に向って、大きな声で叫んだ。

「お客さんが来たよおー」

「庭に廻《まわ》るようにいってくれ！」

と、大きな声が、はね返って来た。

藤乃は、そんな開けっぴろげたやりとりがおかしくて、忍び笑いしながら、庭に廻った。

何もない殺風景な庭である。

その井戸端に、若侍が一人、肌脱ぎになって、逞《たくま》しい上半身を拭《ふ》いていた。藤乃に背を向けているので、彼女が入って来たのに気がつかないらしい。

藤乃は、困って、声をかけるのをためらっていると、身体を拭き終った若侍が、急に振り向き、

「これは失礼」

と、あわてて、身じまいをした。

「客とだけ申したものですから、ご婦人だとは気がつかなくて」

「あなたが、荒木田隼人様ですか？」

藤乃は、切口上で聞く。

さわやかな感じの青年武士だが、こんな小さな道場の師範代が、果して、信頼できるのだろうかという疑問が、藤乃の態度を、かたいものにしていた。

若侍は、微笑した。

「拙者が、荒木田隼人です」

「わたくしは、阿波藩城代家老、勝浦主馬の娘です」

「勝浦様の」

と、隼人は、うなずいてから、ふと、顔を曇らせた。

「あなたが、江戸に来られたということは、もしや――」

「父は病死しました」

「やはり。まず、おあがり下さい」

隼人は、藤乃を、屋敷へ案内した。

藤乃は、阿波の屋敷でのくせが出て、何のためらいもなく、上座に座った。

さっきの子供がお茶を運んで来て、藤乃の顔をしげしげと見て行った。

「無礼な子供ですね」

「男世帯《じょたい》で、あなたのような若いご婦人が珍しいのです」

と、隼人は、かばってから、

「ご用件を伺いましょう。拙者に会いに来られたのは、お父上のご遺言ですか？」

「父は、死ぬ間際に、あなたに渡せと、手紙を、わたくしに託しました」

「拝見致しましょう」

と、隼人は、座り直した。

藤乃は、懐中から、手紙を取り出して、前に置いた。白紙では仕方がないと、幻斉が返したものだった。

隼人は、白紙の手紙を広げて、じっと見ていたが、元どおりに、たたみ直して、

「拝見つかまつった」

「でも、それは、白紙では――？」

と、藤乃は、隼人の顔を見た。

隼人が、不審な顔をしなかったからである。

隼人は、微笑した。

「さよう。白紙です」

「白紙に、何の意味があるのですか？」

「二年前、お父上が江戸に来られた時、拙者は、あることを、命じられました。ある計画です。自分が亡くなった時、娘に手紙を託す。白紙の場合は、その計画を決行する。時候の挨拶《あいさつ》が書いてあれば、計画は中止と」

「あることとは、いったい何ですか？」

「それは、申しあげられません」

隼人は、きっぱりといった。

藤乃は、きッとなって、

「わたくしは、勝浦主馬の娘ですよ。なぜ、いえないのです？」

「あなたを、危険にさらしたくない」

「わたくしは、もう、危険な目にあっています。それに、父は亡くなる時、今後のことは、あなたの指図を受けよといい残しました」

「それなら、これからすぐ、阿波へお帰りなさい。その方が安全です」

隼人は、まっすぐに藤乃を見ていった。

「嫌です」

藤乃は、強くかぶりを振った。

「困ったな」

隼人が、苦笑している。

藤乃は、きっぱりと、

「わたくしは、絶対に、国元には帰りません。帰る帰らぬは、わたくしの勝手でございましょう」

「そうはいっても、この江戸に、落ち着く先がございますか？」

「ありません」

「困りましたね」

「あなたの屋敷へ、置いて下さい」

「とんでもない。拙者が住んでいるのは、九尺二間の長屋です。一人住いがやっとで、とうてい、あなたをお泊めできるところではありません」

「そんな狭い所に住んでいるのですか」

「貧乏浪人にふさわしい住居です。本当に、阿波へは、お帰りにならないのですか？」

「帰りません。白紙の意味を教えて下されば、考え直すかも知れませんけれど」

「それは、出来ません」

「じゃあ、帰りません。わたくしの住むところを探して下さい」

「弱りましたな」

と、隼人は、笑いながら、考えていたが、

「日本橋《にほんばし》に、鳴門屋《なるとや》という回船問屋があります。拙者からといえば、喜んで、もてなしてくれる筈《はず》。しばらく、そこに落ち着かれたらいいでしょう」

隼人は、筆を取り、すらすらと手紙を書いて、

「これを鳴門屋に見せて下さい。主人は、重兵衛《じゅうべえ》といって、豪放磊落《らいらく》な性格ですから、気がねをする必要はありません」

といってから、隼人は、この娘なら、どこに行っても、気がねなどしないだろうと思った。

「また、ここへ伺ってよろしいですか？」

「何分にも、ここは、男世帯ですから」

「誤解なさっては、困ります」

「は？」

「あなたに会いたくてというのではありません。白紙の意味を知りたいからです」

「なるほど。ごもっともです」

と、隼人は、何となくおかしくなって、つい笑ってしまった。

笑ってしまってから、しまったと思ったが、案の定、藤乃は、光る眼で、隼人を睨《にら》ん

で、

「何が、おかしいのです？」

「いや。おかしくはありません。晋吉《しんきち》に案内させましょう。さっきの子供です」

隼人は、子供を呼んだ。

菓子屋の倅《せがれ》だという晋吉は、町人の子らしい明るさで、

「早く行きましょう」

と、藤乃をうながした。

頭がよく回る子で、さっさと、駕籠《かご》の手配までしてくれたが、藤乃を送りながら、

「お嬢さんに、いっときたいことがあるんだけどね」

と、ませた口調でいった。

「何です？」

「うちの若先生を好きにならない方がいいよ。隼人先生には、もう、好きなひとがいるんだから」

「何を詰らないことを」

藤乃は、叱《しか》りつけるようにいって、駕籠に乗った。

腹立たしい。

阿波藩が、内紛の危機にあることは、常に父の傍にいたので、藤乃にもわかってい

る。

父が、臨終に際して、もっとも気にかかったのは、そのことであろう。

だからこそ、一人娘の自分に、大事な手紙を託したのだろう。そのために、江戸に入ったとたんに、敵の手に捕われ、鞭《むち》による拷問まで受けた。

その痛みに耐えて、とうとう、真鍋道場の名前も、荒木田隼人の名前もいわなかったのは、阿波藩二十五万石のためを思えばこそだった。

それなのに、何ということか。

荒木田隼人という若侍は、父が何を頼んだか教えてくれないし、こまっしゃくれた晋吉という子は、藤乃が聞きもしないのに、隼人に、好きな人がいるなどと、余計なことをいう。

(不謹慎な！)

と、腹を立てている間に、駕籠は、日本橋の回船問屋鳴門屋の店先に着いた。

駕籠が止ると、藤乃の草履《ぞうり》を持って、一緒に走って来た晋吉が、さっと、彼女の前に差し出した。

「ご苦労です」

と、藤乃は、鷹揚《おうよう》にうなずいて、草履をはき、大きく屋号を染め抜いたのれんをぐって、店へ入って行った。

大きな構えの店で、諸大名とも取引きがあるらしく、番頭に送られて帰って行く武士の姿も見られた。

店の者に、隼人の書いた書状を渡すと、しばらく待たされてから、丁重に、奥へ通された。

贅《ぜい》をこらした造りで、庭の泉水には、何十匹とわからぬ緋鯉《ひごい》、真鯉が、群れをなして泳いでいた。

床の間には、長崎から買い入れたらしい時計が、ゆっくりと時を刻んでいる。それに、美しいギヤマンの花瓶。

そんなものに、眼を奪われていると、襖《ふすま》が開いて、五十がらみの、でっぷり太った男が入って来た。

「主《あるじ》の鳴門屋重兵衛です」

と、男は、にこやかに微笑してから、

「隼人さんの頼みとあれば、いつまでも、のんびりと、ご逗留《とうりゅう》下さい」

「のんびりなど、していられませぬ」

「なぜです？」

「それは、荒木田様が、ご存知の筈でございますけど」

「隼人さんからは、離れていらっしゃった方がよろしいと思いますな」

重兵衛は、あくまで、にこやかな笑顔を崩さずにいった。

藤乃は、むっとした。

「それは、あの方に、好きな人がいるからですか？」

「え？」

と、重兵衛は、眼《め》をぱちぱちさせてから、あははははと笑って、

「晋吉が、詰らぬことをいいましたな」

「あれは、嘘《うそ》なんですか？」

「さあ」

「いずれにしろ、わたくしには、どうでもいいこと。隼人様に近づくなという本当の理由は、何なのですか？」

「申し上げましょう」

重兵衛は、血色のいい顔を、まっすぐ藤乃に向けて、

「隼人さんの手紙によると、勝浦様は、亡くなられたのでしょう」

「ええ。父を知っているのですか？」

「以前、ご交際を願ったことがございます。立派な方だった。隼人さんは、亡くなった勝浦様のために、何かしようとしておいでだ。それは、多分、危険な修羅の道ではないかと思うのですよ。だからこそ、隼人さんは、お嬢さんを、私に預けなさったんでしょう。そ

の気持を、無にしたくないのですよ」

「お節介な。わたくしは、父から、お前の命は、阿波二十五万石のために捨てよと、教えられて来ています。危険は最初から覚悟して、江戸に参ったのです」

「気丈なお方だ」

重兵衛は、溜息《ためいき》とも、歎声《たんせい》ともつかぬ声を出した。

藤乃は、ニコリともしないで、

「明日、もう一度、あの道場に参りますゆえ、駕籠を用意しておいて下さい。止めることは、許しません」

「止めは致しませんよ。まず、無駄でございましょうからな。だが、今日は、離れで、ゆっくりおやすみなさい」

重兵衛は、鈴を鳴らして女中を呼び、藤乃を離れに案内させたあと、一人になると、難しい顔になって、もう一度、隼人からの書状に眼をやった。

〈――勝浦主馬様ご他界――〉

その文字を、じっと見つめていると、廊下に、足音がした。

重兵衛は、広げていた書状を袂《たもと》に投げ入れた。

襖が開いて、のっそりと男が入って来た。

昼間から、酒の匂いをぷんぷんさせ、足をふらつかせながら入って来ると、重兵衛の前に、どっかりとあぐらをかいた。

あばた面だが、それが、かえって、愛嬌《あいきょう》になっている。

「そこで、美人に会ったぞ」

ふうッと、酒くさい息を吐いて、

「美人だが、ありゃあ、険があるな」

「ご機嫌ですな、先生」

「酒がいいと、酔いが心地よく回るわ。これなら、居候《いそうろう》も悪くない」

男は、不遠慮に、ごろりと横になると、肘枕《ひじまくら》で、重兵衛を見上げて、

「わしに、何か用だそうだな」

「先生に、お願いがありましてね」

「何かわからんが、駄目だな。わしは、絵を描《か》くしか能がない男さ。それも、売れん絵だ。力仕事も駄目だし、お主《ぬし》のような金儲《かねもう》けの才もない」

「その絵を、描いて頂きたい」

「わしの絵は、売れんぞ」

「それは、見る眼のない者たちが申すことでございましょう。私は、買います」

「そりゃあ、ありがたいが――」

「ただし、今までの絵では、いけませんよ。先生。歌麿《うたまろ》の真似《まね》は、おやめなさい。歌麿

は、歌麿一人がいれば結構」

「しかしなあ、ご主人。歌麿の真似をすれば、何とか売れることもあるのだ」

「才能の安売りをなすっちゃいけません。これは、先生がお描きになったものでしょう？」

重兵衛は、折りたたんだ一枚の絵を取り出して、男の前へ広げた。

墨一色で、簡潔に、役者の顔が描いてある。どちらかといえば、荒々しい筆致で、今はやりの喜多川《きたがわ》歌麿の浮世絵の繊細さとは、きわだった対比を見せている。

「そいつは、少しのいたずら描きだ」

「この沢村宗十郎《さわむらそうじゆうろう》は、生きてますよ」

「だがな。試しに版元に見せたら、奇抜すぎて、商売にならんといわれたよ」

「その版元の目は、節穴《ふしあな》同然でございますよ。先生。この大きな鼻、への字に結んだ口、眼をむいた表情。確かに、今までの美の標準から見れば奇抜すぎるでしょうが、この絵の宗十郎は、生き生きとして、今にも、話しかけて来そうに見える。こりゃあ、間違いなく、新しい浮世絵ですよ。私は買いますね」

「ふーむ」

「そこでお願いですが、この筆致で、宗十郎と瀬川菊之丞《せがわきくのじよう》の顔を描いて欲しい。それも、ちょっとばかり、急ぐのですよ」

「ご主人の頼みとあれば、嫌とはいえんな」

「じゃあ、お願いしますよ。用意するものがあったら、番頭にでも、おっしゃって下さい」

「じゃあ、まず、美味《うま》い酒を、運ばせておいてくれ」

あはははと、笑って立ち上がると、男は、よろよろと、部屋を出て行った。

重兵衛は、袂から、丸めた隼人の書状を取り出し、燃やした。めらめらと燃えあがる炎を見ながら、（気をつけなさいよ。隼人さん）

晋吉は、鳴門屋から帰って来ると、

「あのお嬢さんは、無事に鳴門屋さんへ届けましたよ」

と、隼人に向って、鼻をこすった。

「ご苦労だった」

「それからね。隼人先生。この道場をのぞいてる奴《やつ》がいたよ」

「どんな奴だ？」

「若い侍だよ。おれの見たのは一人だったけど、他《ほか》にも仲間がいるかも知れないな」

「そうか」

と、隼人は、笑って、

「お前は、もう帰れ」

「隼人先生は?」

「わたしは、もうしばらく、ここにいる。早く帰りなさい」

隼人は、ぽんと、晋吉の尻を叩いた。

晋吉が帰ってしまうと、道場に、ぽつんと一人残された隼人は、いつものように、木刀を手に取って、軽く素振りを始めた。

道場主の真鍋天心は、すでに引退して、道場には、めったに顔を出さない。

無明天心流が人口に膾炙《かいしゃ》していないせいか、門弟も、ほとんどない。

隼人自身も、別に、門弟を欲しいとは思わなかった。

隼人は、勝浦主馬の命令を受けて、江戸にいた。道場を維持するだけの金は、主馬から貰っている。全て、いざという時のためと考えれば、門弟がいない方が気楽だったし、使い走りの晋吉が一人いてくれれば、用は十分に足りた。

そして、今、主馬の知遇に応《こた》える時がやって来た。

隼人は、木刀をひと振りしてから、いきなり、武者窓に向って投げつけた。

「あッ」

と、叫び声がして、ぽちゃんという水音がそれに続いた。

隼人は、くすっと笑った。

武者窓からのぞいていた侍が、どぶに落ちたらしい。

藤乃をつけて来た奴だろう。つけなかったにしても、藤乃は、駕籠で来たのだから、駕籠屋に聞いて、やって来たのかも知れない。

(三浦半左衛門の手の者か)

と、考えながら、隼人は、後片付けをして道場を出た。

ボロ道場だから、盗まれるものもない。無明天心流道場の看板も、持ち去る物好きもいまい。

つるべ落しの秋の陽《ひ》の中を、隼人は、いつもの通り、住いである、材木長屋に向って歩いて行った。材木長屋という名は、長屋の近くに、材木置場があるからである。

その近くまで来た時、ばらばらっと、三人の若侍が隼人を追い越して、前に廻った。

「真鍋道場の方だな」

と、一人が、念を押すようにいった。

「さよう。荒木田隼人です」

と、名乗りながら、隼人が、思わず、笑ってしまったのは、三人の中の一人の袴《はかま》の裾が、びっしょりと濡《ぬ》れていたからである。どぶに落ちたのは、この若侍らしい。

「何がおかしい?」

すぐ、かっとなる性格らしく、相手は、じろりと、隼人を睨んだ。

「いや。別に」

「藤乃という娘が、訪ねた筈だ。今どこにいるか教えて貰いたい」

「知りませんな。そんな娘さんは」

「藤乃を乗せた駕籠かきは、お主の道場の近くでおろしたといっている」

「しかし、拙者の道場に入ったとは、申しておらんのでしょう?」

隼人が聞くと、三人は、言葉に窮したように、一瞬、黙ってしまった。隼人は、微笑して、

「お疑いなら、あの道場は、今、無人ゆえ、いくらでもお調べなさい。武者窓からのぞくより、よくおわかりになる筈」

「なにッ」

と、袴の裾が濡れたのが、いきり立つのを、他の二人がおさえながら、隼人を睨んで、

「その言葉を覚えておくぞ」

「拙者も、お手前方の顔は覚えておきましょう。名無しの権兵衛《ごんべえ》ご一同」

「なんだと!」

「こちらの姓名を聞いておきながら、お名乗りがないゆえ、名無しの権兵衛と申し上げただけのこと」

「名前はある。天下第一の兵道家、秋山幻斉門下の西島郡兵衛《にしじまぐんべえ》」

「同じく、小池真一郎《こいけしんいちろう》」

「同じく、田中弥助《たなかやすけ》」

それを聞いたとたん、柔和だった隼人の眼が、キラリと光った。

「秋山幻斉殿のご門弟か」

「ならば、何とする？」

「それならば話は別。女の居場所へご案内致す」

隼人は、先に立って、すたすたと歩き出した。

神田川の土手を、柳原《やなぎわら》堤の方へ。歩いている中に、周囲は、次第に暮色に包まれていった。人の気配もなくなってきた。

風が出たらしく、堤に沿って植えられた柳の並木が、騒ぎ出した。

「この辺でいいでしょう」

隼人が立ち止って、三人を見た。三人の方も、おかしいと気付いたらしい。

「騙《だま》したのか？」

「さよう。お手前方は、秋山幻斉の門弟に間違いないな？」

「それがどうした？」

「ならば、お命頂戴《ちょうだい》する」

「なにっ」

三人は、あわてて飛び退《さが》った。

隼人は、ゆっくりと刀を抜いた。

剣先が、夕陽を受けて、キラリと光る。

三人も、ばらばらッと、刀を抜き放った。

意外な事の成行きに、動転しているとみえて、どの顔も、青ざめている。

それでも、衆を頼んで、隼人を半円形に取り囲みながら、

「何の遺恨だ？」

「お手前方が、秋山幻斉の門弟だったのが不運。昨日でなく、今日だったのも不運」

隼人は、ゆっくりと上段に振りかぶった。剣先は、まっすぐに、天を指している。

「秋山先生に恨みでもあるのか？」

「秋山幻斉も、斬る」

「貴様のような痩せ浪人に斬られる先生ではないわ」

「斬るッ」

隼人は、裂帛《れっぱく》の気合と共に、そぼろ助広《すけひろ》を振りおろした。

正面にいた門弟が、血しぶきをあげて、どっと倒れた。

それを見て、左右から残りの二人が斬りかかった。

がッと、剣の触れる音がした瞬間、右手の門弟が、胴を横なぎにされて、倒れていた。

残る一人が、逃げかけるのを、隼人は、背後から、袈裟《けさ》懸《が》けに斬り倒した。

一瞬の出来事だった。

血糊《ちのり》をぬぐって刀を納め、隼人は、土手を引き返して行った。

材木長屋に戻った時には、いつもの柔和な表情になっていた。木戸を入ると、魚を焼く匂《にお》いがした。さんまが美味《おいし》い季節になっている。

「先生、お帰んなさい」

と、声がかかる。子供の声がする。どぶ板を鳴らして、猫が駈《か》け抜けて行く。

隼人は、この長屋の住人が好きだった。金がなくて、いつも文句ばかりいっていて、喧《けん》嘩《か》好きの連中だが、根は人がいいのだ。だからこそ、時流に乗れず、長屋暮しを続けているのだろう。

いつまでも、ここの住人の一人でいたかったが、そうもいかなくなった。

今まで、一人も斬ったことがなかったのに、今日は、三人の若侍を斬り捨てた。これからも、斬らねばならぬ。それが、勝浦主馬の遺志だからである。阿波二十五万石を安泰に置くために、斬らねばならぬ。

血の匂いのする身体で、ここに住み続ければ、この長屋の人たちにも、危害が及ぶだろう。それは、隼人の本意ではない。

がたぴしする戸を開けると、中には、明りがついていて、

「お帰りなさいませ」

という、若い娘の声が、隼人を迎えてくれた。

いつものように、夕餉《ゆうげ》の支度も、ととのっている。

隼人の表情が暗くなった。

(この人とも、別れなければならないのだ)

笑顔の美しい娘だった。

名前は、お絹《きぬ》。

年齢《とし》は、十八になったばかり。

文字どおり、この長屋では、掃溜《はきだめ》に鶴だ。

明るくて、美人で、父親思いで、ちょっとばかり、気の強いところもある。

父親の名前は、原又五郎《はらまたごろう》。どこかの浪人らしいが、くわしいことは、頑として話してくれない。

甲斐甲斐《かいがい》しく、給仕してくれるのへ、いつもなら、冗談の一つも口にするのだが、今日は隼人の口は、自然に重くなった。いつの間にか、お絹の存在は、彼の心の中で、大きなものになっていたからである。

「どうなさったのですか？　隼人様」

と、お絹は、首をかしげて、隼人を見た。

「いつもの隼人様じゃありませんわ。お身体《からだ》でも」

「いや。何でもありません。お父上は、どうしています？」

「相変らず、古い書物を取り出しては、読んでいますわ。ずい分売ってしまって、もう、少ししか残っていませんけど、父の宝みたいなものですから」

「そうですか」

「もう召しあがりませんの？」

「あなたのいう通り、身体の具合が悪いらしい。食欲がわかないのですよ」

「お医者様をお呼び致しましょうか」

「その必要はありません。それより――」

（明日からは、食事の支度をしてくれなくてもいい）

と、いいかけて、隼人は、黙ってしまった。多分、お絹は、驚き、なげくだろう。うぬぼれでなく、お絹が、自分に好意を持ってくれているのを、隼人は知っている。

「それより、何でございますか？」

と、また、お絹が小首をかしげた。そんな仕草が可愛《かわい》らしい。

（弱ったな）

と、思ったとき、隼人の困惑を救ってくれるように、表で、突然、叫び声が起きた。

隼人は、お絹と顔を見合せてから、路地へ飛び出した。

「先生ッ」

と、いかけ屋の徳《とく》さんが、青い顔で、隼人を見た。

「どうした？　徳さん」

「お絹さんのところへ、泥棒が入ったんだ」

「なに？」

隼人は、お絹と一緒に、彼女の家へ駆け込んだ。

畳の上に、古い書物が散乱し、その中で、お絹の父の原又五郎が倒れている。

「お父さまッ」

と、お絹が叫ぶと、老人は、のろのろと、起き上がって、

「大丈夫だ。心配ない」

と、手を振った。が、その額のあたりに、血が流れている。

お絹の顔が、真《ま》っ青《さお》だった。

「手拭《てぬぐい》を」

と、隼人は、いい、お絹が差し出す手拭を引き裂き、老人の止血をすませた。

「泥棒が入ったと、聞きましたが」

隼人は、老人を寝かせてから、聞くと、又五郎は、

「何を血迷ったか、泥棒が入ってな。盗《と》るようなものは、何もないのに」

と、小さく笑った。

「賊の顔を見ましたか？」

「いや。物音がしたので、振り返ったとたんに、額を打たれてな。不覚だった。面目ない」

「盗られた物は？」

「何もない。気がついたら、かくの如く、書籍が散乱していてな。多分、賊も、金になりそうにない書籍ばかりで、呆《あき》れたことだろうて」

「役人への届けは？」

「必要ない。何も盗られなかったのだからな」

「でも、お父さま」

と、お絹がいうと、老人は、きッとした眼になって、

「詰らんことは、止《や》めなさいッ」

と、叱りつけるようにいった。

隼人は、表へ出た。

心配そうに、のぞき込んでいた長屋の住人たちが、

「大丈夫なんですかい？　お絹さんのおやじさんは？」

と隼人に聞く。

「心配ない」

と、隼人は、答えてから、

「誰か、賊の姿を見たものは？」

と、集った人たちの顔を見回した。声がないところをみると、誰も見ていないらしい。

「徳さんも見ていないのか？」

「ええ。おかしな物音がしたんで、飛び出したら、お絹さんのとこの戸口が開いていて、おやじさんが倒れていた。それで、泥棒って叫んだんで」

「その時、木戸の方を見たのか？」

「ええ。見ましたよ。丁度《ちょうど》、岡っ引がいたんで、泥棒が逃げたって教えてやりましたがね」

「岡っ引がいた？」

「この辺を縄張りにしている仙八《せんぱち》って、岡っ引でさあ。あんまり評判のよくねえ奴ですけどね」

「その仙八って岡っ引は、よく、この長屋に来るのか？」

「こんな役得のねえところへ、仙八が寄りつくもんですかい。今日は、たまたま、通り合せたんじゃありませんか」

「岡っ引か」

隼人の表情が険しくなった。

又五郎老人の額の傷は、十手で打たれたものではあるまいか。と、ふと考えたからである。

しかし、もし、仙八という岡っ引が、又五郎を襲ったのだとしたら、何のために、そんなことをしたのだろうか。

(妙だな)

と、隼人は、首をひねった。

岡っ引が、十手を利用して、ゆすりまがいのことをすることは、隼人も知っている。だが、又五郎老人をいたぶったところで、一文にもならないだろう。

といって、こんな貧乏長屋に、泥棒が入るというのも変だ。

お絹が、家から出て来て、青白い顔で、

「隼人様」

と、呼んだ。

「わたくし、怖いんです」

「何がですか？」

「今日のようなことが、度重なりますと」

「度重なる？　前にも、賊が入ったことがあるのですか？」

驚いて、隼人が聞いた。

「確か、五日前でした。父と一緒に、猿若《さるわか》町に芝居を見に参りまして、帰ったら、家の中が荒らされていたんです」

「その話、初耳だが」

「父が盗られたものがないゆえ、黙っているように申したものですから」

「今日と、同じ賊かな？」

「わたくしには、わかりませんけれど、二度も、同じことが続くと不安で」

「失礼だが、お絹さんの家に、高価な品物がありますか？」

「いいえ」

と、お絹は、羞《はずか》しそうに笑って、

「あの古書しかございません。それも、高価とはいえない書物ばかりですわ」

「お父上は、西国の生れと聞きましたが、どこの藩の方です？　ひょっとすると、それが、今日のことと、何か関係があるかも知れないと思うのだが」

「阿波の生れですけれど」

「ほう。阿波の」

と、隼人は、眼を大きくしてから、

「すると、お父上は、昔、阿波二十五万石の藩士だったわけですか？」

「父は、藩士ではなく、郷士だったそうです。剣山《つるぎさん》の近くに住む郷士と。でも、わたくしは、幼くして阿波を出ましたので、父が郷士だった頃のことは、よく覚えていないのです」

阿波は、代々、蜂須賀《はちすか》家が領主として君臨しているが、それ以前に、阿波の各地には、豪族がいた。蜂須賀家が阿波の城主となったあと、その臣下となった者もいれば、反抗して戦い、亡《ほろ》ぼされた者もいる。

郷士といえば、それら豪族の子孫であろう。

（郷士にしろ、阿波の生れだとすると、お絹どのとは、不思議な縁《えにし》で結ばれているのかも知れぬ）

と、隼人は、思った。

翌朝。

柳原堤下の河原で、三人の若侍の死体が発見されて、大さわぎになった。

近くの子供や、かみさん連中が、がやがや、やっているところへ、

「どいた。どいた」

と、眉にしわを寄せ、十手で人垣をかきわけてやって来たのは、岡っ引の仙八だった。

四十歳を過ぎているのに、まだ独り者で、へんくつで通っている。普通、岡っ引は、

二、三人の子分を持っているものだが、仙八は、いつも一人だ。
仙八が、死体を一つ一つ調べてから、

「こいつは、見事な切り口だ」

と、呟《つぶや》いたとき、だだッと、土手を走る足音がした。数人の侍が駆けつけて来た。

「どけッ。どけッ」

と、怒鳴りながら、飛び込んで来ると、

「間違いない。西島郡兵衛だ」

「それに、小池に、田中弥助だ」

と、口々にいった。

「皆さん方は?」

と、仙八は、ジロリと相手を見た。

「兵道家秋山道場の者だ」

「秋山先生のね。すると、ここに斬られている方々も、秋山道場の方で?」

「そうだ」

「斬った奴に、心当りはありませんか?」

「そんなものがあれば、今頃、叩っ斬っておるわッ」

と、年かさの門弟が、怒鳴った。

「さようですか」

「遺体は、われわれが持ち帰るが、構わんだろうな？」

「そいつは、いけませんや。まだ、ご検死がすんでいませんからねえ」

「いつすむのだ？」

「おっつけ、与力の神崎《かんざき》様がお見えになりますから」

と、仙八はいい、門弟たちに背を向けると、ニヤッと、人の悪い笑いを口元に浮べて、

（だいぶ、血迷ってやがる）

与力の神崎新兵衛《しんべえ》がやって来て、検死が始まると、仙八は、その場を離れ、すたすたと京橋《きょうばし》の方へ向って歩き出した。

京橋から永代を抜けて、仙八がやって来たのは、何と、老中酒井但馬守の別邸である。

裏口から入って、

「お殿様に、仙八が来たとお伝え下せえ」

と、卑屈に頭を下げた。

しばらくして、通されたのは、茶室の前だった。

「仙八か」

と、茶室から、老人の落ち着いた声が聞こえた。仙八は、ペコリと、お辞儀をしてから、

「今朝、柳原堤で、秋山道場の門弟三人が殺されておりました。斬った奴は、凄《すご》い腕前のようで」

「ほう」

「他の門弟方は、もう、かんかんで」

「犯人の心当りは？」

「今のところ、皆目、見当がつきやせん」

「その件はわかった。ところで、お前に頼んでおいた一件は、どうなっている？　秋山道場の人間が何人死のうが、わしの知ったことではない。お前に頼んだ一件の方が大事だ。目星がついたのか？」

「それが――」

「まだなのか」

老人の声が、不機嫌なものに変った。

「それが、二度も、あの家を調べてみたんですが、お殿様のおっしゃったものは、見つかりませんので」

「隅から隅まで探したのか？」

「調べました。出てくるのは、古本ばかりで。本当に、あの原又五郎という浪人が、お探しのものを持っているんで、ございますか？」

「持っている。間違いない。もう一度、探すのだ。少し、手荒なことをしても構わん。ただし、わしの名前が、もし出るようなことがあったら、お前の命は、ないものと思うがいい」

「わかっております。あの爺《じい》さんと娘も、長屋の奴らも、あっしがやったこととは、全く気がついていないようで。へい」

「あと半月以内に見つけ出せ」

「へい」

「よし。帰れ」

チャリンと、音がして、小判が五枚、仙八の前に落ちて来た。

仙八が、ニヤッとして、その小判を押し頂いた時には、茶室の戸口は、ぴしゃりと、閉められていた。

温かくなったふところに、ニヤニヤしながら、仙八は、一年前から、神田鍛冶《かんだかじ》町の近くに囲っている、おたきのところへ、しけ込んだ。湯女《ゆな》をやっていた女で、もう二十五歳過ぎの年増《としま》だが、色っぽいところが、仙八は気に入っている。

昼間から、差し向いで、こたつに入りながら、

「おめえに、頼みたいことがある」

と、仙八がいった。

「金になることかい？」

おたきは、こたつの中で、仙八に、腰のあたりをなぶらせながら、聞いた。

「うまくいきゃあ、百両、いや、五百両になるかも知れねえ仕事だ」

「本当かい？　お前さん」

「本当ともよ。ある物を探してるんだが、それを持ってる爺さんが、いっこく者でな。まともに行ったんじゃあ、出しゃあしねえ。それで、爺さんの娘をかっさらって、いうことを聞かせようって寸法さ」

「あたしにそれを？」

「いつやるかは、おれが決める。おめえは、娘をかっさらううまい手を考えてくれ」

その頃、秋山道場では、幻斉が、むっとした顔で、門弟たちの報告を聞いていた。

「それで、結局、西島たち三人を斬った奴の目星はつかんというのか？」

「はッ」

と、門弟たちが、面目なげに頭を下げるのへ、幻斉は舌打ちして、

「頼りにならん奴ばかりだ」

そこへ、のっそりと入って来たのは、相変らず、青白い顔をした黒川周平だった。

冷たい眼で、幻斉を見やってから、

「あの三人は、藤乃を追って行って、斬られたのだ」

「それは、わかっている。わたしが、あの娘のあとをつけるように命じたんだからな。問題は、誰に斬られたかということだ」

幻斉は、そっけない調子で、いい返す。

周平は、道場の羽目板に寄りかかり、上目使いに、幻斉を見ながら、

「藤乃を乗せた駕籠屋は、お茶の水でおろしたといっている。お茶の水といえば、三人が斬られていた柳原堤から、そう遠くはない」

「それで？」

「拙者も、お茶の水の、藤乃が駕籠からおりたという場所へ行ってみた」

「早く、肝心のことを話したらどうだ」

幻斉は、いらいらしたように、眉をしかめた。

「あわてなさんな」

と、周平は、笑ってから、

「その近くに、道場がある。無明天心流真鍋道場の看板が、かかっている」

「無明天心流？　知らんな、そんな流派は」

「拙者も知らん。ひどいボロ道場で、拙者が、のぞいた時は、誰もいなかったよ。もっとも、盗られるようなものもなかったがね」

「その道場の人間が、西島たちを斬ったというのか？」

「断定はできん。しかし、藤乃が、三人を斬ったとは思えん。小太刀を使うといっても、女は女だ。大の男が三人、一刀の下に斬り捨てられるとは思えないからだ。とすれば、かなりの使い手ということになる。無明天心流なる流派は知らないが、ひょっとすると、かなりのものかも知れん。もし、藤乃が、あの道場を訪れたとすれば、道場の人間が、三人を斬ったということも、十分に考えられる筈だよ」

「道場主の名は？」

「真鍋天心だ。だが、こいつじゃない」

「なぜだ」

「もう六十過ぎのよぼよぼで、近くに、小女と一緒に暮らしている。問題は、師範代の荒木田隼人という男だ。この男の他に、門弟はいない」

「師範代のな」

と、幻斉は、門弟たちを振り向いて、

「誰か一人、お茶の水へ行き、真鍋道場の師範代、荒木田隼人という男のことを、くわしく調べて来い。早川《はやかわ》。お前が行け」

「わかりました」

と、門弟の中では年かさの早川幸三郎《こうざぶろう》が立ち上がった。

幸三郎が、お茶の水に着いた時は、すでに陽《ひ》が落ちていた。

真鍋道場の前に立ち、灯のついていない道場を、のぞき込んでいると、ふいに、背後から、肩を叩かれた。

はッとして、振り向くと、背のすらりと高い、端整な顔立ちの若侍が、夕闇《ゆうやみ》の中で微笑している。

「この道場に、ご用ですか？」

と、その若侍が聞く。

「ちょっと、師範代の荒木田隼人殿に、お会いしたいと思ってな」

「その人なら、この先の茶屋で飲んでおられますよ」

「貴公は？」

「拙者は、この近くに住む浪人で、真鍋先生とは、まあ、いってみれば、碁敵《ごてき》みたいなものですな」

と、若侍は、笑ってから、

「拙者が、その茶屋へご案内しましょう」

と、先に立って歩き出した。

神社の前まで来ると、

「境内《けいだい》を抜けると、近道ですよ」

と、若侍が、暗い道へ入って行った。

月が出ているのだが、頭上を蔽《おお》う深い緑のために、足元も、ぼんやりしている。

幸三郎も、やっと、おかしいと気がついたらしく、足を止めて、

「ちょっと、待て」

と、相手にいった。

若侍が、振り向く。

「何です？」

「貴公の名前を聞きたい」

「なぜです？」

「貴公の話が、うさん臭くなってきたからだ。どこの誰なのだ？」

「無明天心流、荒木田隼人」

「なに？」

「お主は、確か、秋山道場のご門弟だな？」

「ならば、どうする？」

「ならば、お命申し受ける」

「なに？」

思わず、幸三郎は、刀の柄《つか》に手をかけ、荒木田隼人を睨みつけた。

隼人は、冷たい眼で、じっと相手を見た。

「もう一度、お聞きする。秋山道場のご門弟だな？」

「早川幸三郎だ」

「お抜きなさい」

と、隼人は、落ち着いた声でいい、自分も、ゆっくりと、刀を抜き放った。

「うぬッ」

幸三郎が、居合抜きに斬りつけた。

「とおッ」

隼人の口から、裂帛の気合がほとばしり、幸三郎の身体が、血煙りをあげてどッと倒れた。

無明天心流《むみようてんしんりゆう》

「藤乃さん」

と、鳴門屋重兵衛は、離れに向って声をかけた。

「わたしは、これから出かけるが、お嬢さんは、また、隼人さんをお訪ねになる積りですかな?」

「もちろん、出かけます。あの方が、父が何を命じたのか話してくれるまでは、何度でも訪ねて行きます」

きっとした藤乃の声が、はね返って来た。

重兵衛は、苦笑して、

「隼人さんを訪ねるのはいいが、途中を、お気をつけなすって下さい。ぶっそうな世の中ですからね」

と、いい、表へ出ると、小僧が呼んでおいた駕籠に乗り込んだ。

「駒込《こまごめ》へやっておくれ」

「駒込のどこへやりますんで?」

「柳沢吉保《やなぎさわよしやす》様のご別邸だ」

それなり、重兵衛は、黙りこくって、駕籠にゆられていた。

この頃、柳沢吉保は四十三歳。松平《まつだいら》姓を与えられて、松平美濃守《みののかみ》吉保と名乗り、権勢並ぶ者なき地位に就いていた。

駒込の別邸も、広大なものである。

だが、気軽な吉保は、誰とでも、よく会った。

重兵衛も、何度か、珍品を献上している。

今日も、重兵衛は、簡単に、奥座敷に通された。

男盛りの吉保は、血色のいい顔で、重兵衛を迎えると、

「どうだ？　商いの方は」

と、聞いた。

上機嫌なのは、将軍家のお覚えが、ますますいいからだろう。

「何とかやっております」

「商人《あきんど》が、何とかといえば、よく儲《もう》かっていることなそうな」

と、吉保は、笑ってから、

「今日は、何の用だ？」

「面白い絵が手に入りましたので、お眼に入れたいと思いまして」

「浮世絵か？」

「はい」

「歌麿や、春信《はるのぶ》の絵なら、もう見あきたが」

「違います。全く違う絵でございます」

「それなら、見たいな」

吉保は、身を乗り出した。好奇心の旺盛《おうせい》な男だったし、それが、吉保の長所でもあっ

た。

　重兵衛は、二枚の役者絵を取り出して、吉保の前に置いた。

「うむ」

　と、吉保は、じっと、手に取って眺めていたが、

「面白い絵だな。誇張があるが、役者の特徴をよく捕えている。顔の特徴もだが、宗十郎と、菊之丞の芸の特徴も捕えている」

「世の人々は、奇抜すぎると申しますが、わたくしは、これこそ、本物の絵と信じております」

「いい絵だ」

「お気に入りましたか？」

「ああ。気に入った。わしは、何事でも、旧態依然としておるのは、好きではない。これまでの浮世絵の殻を破ったところが気に入った」

「ありがとうございます。持参した甲斐《かい》が、ございました」

「この絵師の名前は、何と申す？」

「東洲斎写楽《とうしゆうさいしやらく》でございます。面白い男ですので、一度、お言葉を頂きたいと存知ますが」

「よし。連れて参れ。会おう」

　と、吉保は、いってから、急に、皮肉な眼つきになって、

「今日の用向きは、この二枚の絵のことではあるまい。絵二枚で、わしに、何をやらせようというのだ？」

「めっそうもない。ただ——」

「ただ、何だ？」

「わたくしは、昔、阿波のお殿様のご恩を受けたことがございます。今の身代になれましたのも、いわば、阿波様のおかげ。ところが、最近になりまして、重喜様が、閉門、蟄居《ちっきょ》を命ぜられたとのこと、ご恩を受けたわたくしとしましては、胸が痛むのでございます」

「鳴門屋」

「はい」

「そちが、面白い絵を見せてくれたゆえ、わしも、そちに、面白い本を見せてやろう」

「は？」

「これは、江戸市中に、秘《ひそ》かに流布《るふ》されている本なそうな。わしは、見つけ次第、没収するように命じておいたが」

ぽンと、吉保は、一冊の本を、放ってよこした。

表紙には、『阿淡《あたん》夢物語』と書いてある。

何気なく、眼を通していくにつれ、重兵衛の顔色が変ってきた。

明らかに、阿波藩のお家騒動を書いているのだ。江戸家老三浦半左衛門らしき人物が出てくるし、城代家老勝浦主馬を思わせる人物も出てくる。

藩主、重喜が、幕府から蟄居を命ぜられたあと、家老同士の確執があり、阿波藩が、大ゆれにゆれる話である。

「世間の眼は、怖いものだな」

と、吉保は、笑いながら、重兵衛を見ている。皮肉な眼つきだった。

「そう思わんか？　鳴門屋」

「はい」

「世間は、阿波藩に騒動が起きるのではないかと思い、それを期待しておるのだ」

「困ったことでございます」

「そう思うか？」

「世の人には面白くても、阿波の人々には、たまりますまい」

「それで、そちの願いというのは何だ？」

「思い切って申しあげますが、ご老中の中には、阿波藩のお取潰《とりつぶ》しを考えておられる方がおいでとか」

「それで？」

「柳沢様のお力をもちまして、なにとぞ、そうしたことのないように」

「そのご老中というのは、酒井但馬守殿のことか？」

「お名前は、知りませぬ」

「うふふ」

と、吉保は、笑ってから、

「知らぬというのなら、そうしておこう。だがな鳴門屋。わしの力で、ご老中の意見を変えることは出来んぞ」

「わたくしの申しましたことを、お聞き頂いただけで、満足でございます」

「ずるい男だ。ところで、阿波藩について、いろいろな噂《うわさ》が、わしの耳に入って来るのだがな」

「どんな噂でございますか？」

「城代家老が急死し、その娘が、江戸に来ているという噂もある。江戸家老が、秋山幻斉という兵道家を用いて、城代家老を呪殺《じゅさつ》したという噂も聞いたぞ」

「奇妙な噂でございますな」

「奇妙か？」

「はい」

「もう一つ奇妙な話も、わしは耳にした。秋山幻斉の門弟が、たて続けに四人、斬られたという話だ。町奉行は、必死になって、犯人を探しておるようだが、いまだに、捕まっておらぬという」

「ぶっそうな世の中でございますな」

「そちは、どう思う？」

「わたくしには、わかりません。斬った、斬られたは、わたくしには、無縁なことでございますから」

「そうかな」

と、吉保は、鋭い眼で、じっと重兵衛を見つめてから、

「秋山幻斉が、阿波藩江戸家老の命を受けて、国元の城代家老を呪殺したという噂が本当だとしたら、城代家老の恩顧を受けた者が、仇討《かたきう》ちに、幻斉の門弟を斬っているとも考えられるからだ。違うかな？　鳴門屋」

「わたくしには、わかりませぬ」

「口のかたい男だ」

と、吉保は、笑ってから、

「まあ、よいわ。死んだ城代家老の娘のことだが、そちは、会ったことがあるか？」

「一度だけ、お会いしたことが、ございます」

「美しい娘か？」

「はい」

「もし、その娘が、そちのところへ参ったら、ここへ連れてまいれ。会って、その美しさ

をめでたいからな。それから、絵師だが、写楽とか申したな？」

「東洲斎写楽でございます。阿波の人間でございます」

「なるほどな。その絵師も、連れて参れ」

「はい」

「さて、池の鯉に、餌《えさ》でもやるとするか」

吉保は、立ち上がった。

それは、客に対して、帰れという合図だった。

重兵衛は、礼を述べ、退出した。

柳沢別邸を出て、待たせておいた駕籠に乗ったとたんに、重兵衛は、重い溜息をついた。

吉保を、怖い男だと思う。呆《とぼ》けていても、何もかも知っているのだ。

重兵衛は、今まで、怖いと思った人間は、めったにない。どんなに偉い大名や旗本でも、自分の財力で、対等に戦える自信がある。

だが、柳沢吉保だけは、別だった。得体《えたい》が知れないのだ。

それなのに、せっせと、吉保に金品を献上しているのは、彼が実力第一の人間であり、将軍以外に、老中酒井但馬守に影響力があるのは、吉保一人と考えていたからだった。

（柳沢さえ動かすことが出来れば、阿波藩は安泰だが）

難しいが、是が非でも、やりとげなければならないと、重兵衛は思っている。それが、亡くなった勝浦主馬との約束だった。

急に、駕籠が止ったので、重兵衛は、眼を開いた。

たれが、外からあげられて、十手《じって》を持った岡っ引の顔がのぞいたが、

「鳴門屋さんでしたか」

と、急に追従《ついしょう》笑いをした。

「仙八親分じゃないか」

と、重兵衛も、微笑した。何かの時の用心にと思って、金を与えていた岡っ引だった。

「今日は、何のお調べですね？」

「この近くで、また、秋山道場の門弟が一人斬られましてねえ。今度は、一番の高弟といわれているお人でしてね。それで、こうして調べているんですが」

「なぜ、秋山道場の人ばかりが、斬られるんでしょうねえ？」

「そいつが、あっしにも不思議なんだが、まあ、秋山道場に恨みを持つ奴《やつ》が犯人だろうとは、目星をつけています。といっても、あの道場も、いろいろとよくない噂がありますんでね」

仙八は、ニヤッと笑い「お気をつけなさって」といい残して、歩き去った。

（目くそ、鼻くそを笑うというやつだな）

重兵衛は、クスッと笑ったが、駕籠が動き出すと、その笑いは、消えてしまった。

(隼人さんは、覚悟の上の修羅の道だが、藤乃さんは、巻き込みたくはない)

と、重兵衛は思った。

隼人にしても、だからこそ、藤乃に何も明かさず、遠ざけているのだろう。だが、藤乃の方は、求めて、危険に近づこうとしている。

藤乃は、人気《ひとけ》のない道場の中を、いらいらしながら、歩き廻っていた。

昨日も、今日も、道場へ来てみたのだが、隼人は、どこへ消えてしまったのか、いっこうに姿を見せない。

(卑怯《ひきょう》な)

と、歯がみをしていると、ふいに、頭の上から、

「藤乃さん」

と、聞き覚えのある男の声がした。

「え?」

と、藤乃が、天井を見上げると、隅の羽目板が外れて、男の顔がのぞいた。

「そなたは、先日の飴屋《あめや》」

「名前は、仏の源十郎といいますんで」

「盗賊ですか？」

「まあ、似たようなもんで。それより、すぐお逃げなせえ」

「わたしは、ある人を待っているのです」

「わかっていまさあ。この真鍋道場の師範代、荒木田隼人さんを待っていらっしゃるんでしょう」

「なぜ、知っているのです？」

藤乃は、きっとした眼で、源十郎を睨んだ。

「この源十郎は、有名な早耳でしてね。隼人さんは、お帰りになりませんぜ。それより、すぐ、秋山道場の奴等がやって来る。だからお逃げなせえ」

源十郎の言葉に、藤乃の顔色が変った。

猫のような身軽さで、ひょいと、源十郎は、道場の床に飛びおりた。

ありふれた町人姿だが、町人にしては、眼つきが鋭い。

「さあ、こっちへ、お出でなせえ」

源十郎は、藤乃の手をつかむと、裏口に向って、走り出した。

道場の外へ出た時、背後で、男の怒鳴り声がした。

暗くなりはじめた道を、源十郎は、なおも二町（約二百二十メートル）ばかり走ってから、やっと立ち止った。

藤乃は、裾が乱れて、荒い息を吐いている。それに、足袋《たび》はだしのままだ。

「手を放してくれませんか」

と、藤乃がいうと、源十郎は、この男には珍しく、顔を赤くして、あわてて手を放した。

「柔らかい手だ」

「失礼な」

「ここで待っておくんなさい。駕籠を呼んで来ますよ。それに、草履も買って来ましょう」

「そんなことより、わたくしは、隼人様に会いたいのです。どこにいらっしゃるか、教えて下さい」

「そいつは、あっしにもわからねえ」

「何でもわかっている早耳の源十郎と、申したではありませんか」

「ねえ。お嬢さん」

「何です？」

「隼人さんには、近づかねえ方が、よござんすよ。隼人さんも、そう願ってると思いますがねえ」

「わたくしは、亡くなった父が、隼人様に何を頼んだか、それを知りたいのです。それだけです」

「知って、どうなさるんで？」

「父のため、いえ、阿波のために働きたい。それが、わたくしの願いです」

「危険ですぜ」

「危険は承知の上です」

「気の強いお嬢さんだ」

「もう一度、聞きます。隼人様は、どこです？」

「さっきもいった通り、あいにく知らないんで。お嬢さんは、今、鳴門屋さんにいらっしゃるんでしょう」

「それも、得意の早耳で知ったのですか？」

「まあね。鳴門屋さんへ、お送りしましょう」

「いいえ。あそこには帰りません」

「なぜですね？」

「隼人様に会えないからです。会えるところへ行くことに致します」

「どこへ、いらっしゃるおつもりで？」

「隼人様は、道場の近くの長屋に住んでいると聞きました。そこへ行くつもりです」

「道場へも来ねえ隼人さんなら、ねぐらの方にも、戻ってねえと思いますがねえ」

「その時は、その時のことです。とにかく、私は、そこへ行くことにします」

「しかし、どこの長屋か、わかってるんですかい？」

「いいえ。でも、江戸中でも探して歩きます」

本気で、江戸中を探し廻りそうな勢いに、源十郎は、肩をすくめ、

「仕方がねえ。あっしが、ご案内しましょう。しかし、隼人さんは、その長屋にもいませんぜ」

「構いません。そこで、隼人様がお帰りになるのを待ちます」

「しかし、お金をお持ちですかい？　鳴門屋さんに厄介《やっかい》になってるのと違って、一人で暮らすには、金が要《い》りますからねえ」

「少しなら持っています」

「いくらですね？」

「十両です。五、六日なら、これで暮らしていけますね？」

「長屋の住人なら、それで、一年は食べていきますよ」

源十郎は、まず、履物屋へ藤乃を連れて行き、草履を買ってやってから、材木長屋へ案内した。

びっくりした顔で迎える長屋の住人たちに、藤乃は、いかにも、城代家老の娘らしい鷹《おう》揚《よう》さで、笑顔を返しながら、隼人の住んでいた家の戸を、がらりと開けた。

その暗がりの中に、匂うような可憐《かれん》さで立っていたのは、お絹だった。

「そなたは、誰です？」

藤乃は、きッと、お絹を睨んだ。

「わたくしは、お絹と申します」

と、お絹は、やや、伏眼《ふしめ》がちに、藤乃を見た。別に、悪いことをしていたわけでもないのに、藤乃の眼に射すくめられてしまうのだ。

「ここで、何をしています？」

藤乃は、強い声で聞く。

「隼人様が、お帰りになる前に、お掃除をしていたのです」

「あなたは、隼人様の何ですか？」

「同じ長屋に住んでいるだけの――」

「それだけですか？」

（違います）

と、お絹はいいたかったのだが、隼人様とは、何のお約束もしていないのだと、思い返して、

「はい」

と、小さい声で、うなずいてしまった。

「それなら、もう、この部屋の掃除をする必要はありません。今日からはわたくしが、ここに住みます」

「あの――」

「何です？」

「あなた様は？」

「阿波藩城代家老、勝浦主馬の娘、藤乃です」

「ご家老様の」

と、お絹はびっくりしてしまい、隼人との関係を聞く気力を失ってしまった。

お絹が、路地に出ると、好奇心の旺盛な長屋の連中が、わッと取り囲んで、

「何様だっ？　お絹ちゃん」

と、聞く。

藤乃を案内して来た源十郎は、離れた場所で、ニヤニヤ笑いながら見守っていた。

「阿波藩のご家老のお嬢さんだそうよ」

と、お絹は、いった。

「へえ。ご家老のね」

「本当かねえ」

「頭がおかしいのじゃないのかい」

がやがや、やっていると、

「誰か」

と、藤乃が呼んだ。

「おい呼んでるぜ」

いかけ屋の徳さんがいい、他の者が尻込《しりご》みをしているのを見て、自分で中へ入って行ったが、すぐ、青い顔で出て来た。

「こいつを見てくれよ」

徳さんが両手を広げると、分厚い掌の上に、ピカピカ光る小判が五枚。

「どうしたんだい？　そんなお宝」

と、左官屋のかみさんも、青い顔で聞いた。

「そいつがよお。これで、布団《ふとん》と、食べる物を買って来てくれっていうのさ」

「それだけありゃあ、長屋が買えちまうよ」

「残りで、酒と魚を買って、久しぶりに、どんちゃん騒ぎといこうじゃねえか」

と、大工の為《ため》さんが、割り込んだ。

そんな様子を眺めていた源十郎は、

(この分じゃあ、当分の間、あの長屋は、藤乃さんに、きりきり舞いさせられるな)

と、笑いながら、歩き出した。

風が強くなった。

このところ雨がないので、風が吹くたびに、土ぼこりが舞いあがる。

火事も多くなりそうだ。

その土ぼこりの中で、すれ違った男がいる。

(岡っ引の仙八じゃねえか)

源十郎は、立ち止って、いかつい仙八の後ろ姿を見送った。

源十郎を、血まなこになって追い廻している岡っ引の一人だ。それなのに、今日は、源十郎の顔が眼《め》に入らなかったらしく、まっすぐ前を見つめて歩いて行く。

(あいつが、あんな眼つきをしている時は、あくどいことを考えている時なんだが)

と、思ったが、源十郎は、あとをつける気にはなれず、そのまま、歩き去った。

源十郎とすれ違った仙八の方は、神田川の川っぷちで、待っていたおたきに会った。

「お絹という娘は、あそこに見える長屋にいる」

と、仙八は、おたきに指さして見せた。

「掃溜に鶴みたいに、きれいな娘なんだろう?」

「そうだ」

「それなら、間違えやしないよ。あたしに委《まか》せておきな」

「大丈夫か?」

「そのお絹が、同じ長屋に住む荒木田隼人って浪人に惚《ほ》れてるのも、本当なんだろうねえ?」

「ああ。本当だ」

「それなら、軽いものさね。あんたは、あたしの家で待っててておくれ」

おたきは、ちょっと髪に手をやってから、小走りに、材木長屋に向った。仙八は、それを見送って、一人でニヤリと笑い、すたすたと、引き返して行く。

おたきは、木戸のところから、長屋をのぞき込んだ。

井戸端で、若い娘が一人、野菜を洗っている。おたきは、そっと近づいて、

「お絹さんかい?」

と、声をかけた。びっくりした顔で振り向いた娘が、

「はい。お絹ですけれど」

と、答える。その顔を、

(畜生。羨《うらやま》しいくらい若くて、きれいな顔をしているよ)

と、思いながら、おたきは、

「実は、荒木田隼人という人の使いで来たんですよ」

「隼人様の? あの方は、どこにいらっしゃるんです?」

お絹は、思わず、身を乗り出した。

「誰かにお斬られなすって、あたしの家へ逃げてみえたんですよ。うわ言に、材木長屋にいるお絹さんに会いたいっていうもんだから、あたしがお使いに」

隼人が斬られたという言葉に、お絹は動転してしまい、相手が、嘘《うそ》をついているなどとは、みじんも疑わなかった。

「傷は重いんですか？」

「医者は、助かるといってるんですけど、ひどい熱だ。あたしと一緒に来て下さいな」

「もちろん、すぐ行きます」

お絹は、野菜かごを放り出すと、おたきについて、駆け出した。父にいえば、止められるかも知れぬと思い、黙って、長屋を出てしまった。

途中で、おたきは、お絹を駕籠《かご》にのせた。

北風の中を、神田鍛治町のおたきの家に着く。

駕籠を帰し、「お入りなさいな」と、おたきは、お絹の肩を押すようにした。

「隼人様は？」

「奥に寝ていらっしゃいますよ」

と、おたきにいわれて、お絹は、玄関を駆け上り、襖《ふすま》を開けた。

だが、そこに、あぐらをかいて、美味《うま》そうに煙管《きせる》をふかしていたのは、岡っ引の仙八。

ニヤリと笑って、

「よく来なすったねえ。お嬢さん」

お絹は、青い顔になって、

「あなたは？　隼人様はどこです？」

「おれは、仙八だ。隼人なんて野郎は、ここにはいねえよ」

「じゃあ、わたくしを欺《だま》したんですね？」

「今さら、じたばたするんじゃないよ」

と、逃げようとするお絹の前に、おたきが立ちふさがる。

お絹も、郷士の娘だけに、おたきの手を、ぱっと払いのけた。だらしなく、畳の上にひっくり返るおたき。

だが、素早く立ち上がった仙八は、左手でお絹の肩をつかむと、右手に持った十手《じって》で、彼女の細いくびをしめあげた。

「うウッ」

と、お絹は、呻《うめ》き、自然にしゃがみ込んでしまうのを、仙八は、捕縄を取り出し、慣れた手つきで、たちまち、高手小手に縛りあげてしまった。

背中に回されたお絹の両手首が、縄にしめあげられて、たちまち血の気を失っていく。

「無体な」

と、お絹が睨むのへ、おたきが、

「あたしを、よくも転ばしてくれたね」

と、憎々しげにいって、着物の上から、お絹の乳房をつねった。

じーんとくる痛さに、お絹は、思わず、悲鳴をあげた。ポロリと涙が出た。

仙八は、苦笑いして、

「よしな。大事な人質だぜ」

「でもさ。この小娘は、あたしを突き飛ばしたんだよ」

「五百両になるかも知れねえ人質だってことを忘れるなよ」

「そうだったね」

「そこの柱につないどくんだ。それから、舌でも噛《か》み切られるとことだから、何か口にかませとけ」

「あいよ」

と、おたきは、お絹の縄尻をつかんで、ずるずると引きずって行き、床柱につないだ。

「口をおあけ」

と、おたきが、命ずる。

お絹が、唇をぐっと噛みしめていると、おたきは、いきなり、お絹の形のいい鼻をつまみあげた。呼吸が苦しくなって、思わず口をあけるところへ、素早く手拭《てぬぐい》を押し込んだ。

それを、仙八は、突っ立って、ニヤニヤ笑いながら見ていたが、何のつもりか、お絹の髪からかんざしを抜き取り、ぽいと、自分のふところに放り込んだ。

「ちょっと出かけてくるから、お守りを頼んだぜ」

と、仙八は、いい残して、外へ出た。

材木長屋へ来ると、十手の先で、原又五郎の家の戸をこじ開けた。

縁先で、竹細工の内職をやっていた又五郎が、振り向いて、

「何のご用かな？」

と聞く。

仙八は、ずかずかと上がり込んで、

「地図は、どこにあるんだい？　爺《じい》さん」

と、十手を、ぶらぶらさせて、老人に聞いた。

「何のことかな？」

「呆《とぼ》けちゃいけねえな。阿波の剣山って高い山にかくされているという宝の地図よ」

「わしは、知らん」

「強情な爺さんだな。これを見な」

仙八は、持ってきたかんざしを、ぽいッと、又五郎の前に投げた。

「このかんざしは――」

「娘さんのだよ」

「お絹をどうしたのだ？」

「ある場所に、預かってるよ。娘の命を助けたかったら、大人しく地図を渡しな」

「ご用聞きが、かどわかしもするのか？」

「おい。爺さん」

と、仙八は、凄《すご》んで、

「おれを怒らせると、娘に会えなくなるぜ」

「娘は、無事なんだろうな？」

又五郎は、両膝《りようひざ》の上で、拳《こぶし》を、ぎゅっと作りながら、仙八に聞いた。

「今のところはな。だが、そっちの出ようで、どうなるかわからないぜ」

「仕方がない。地図を渡す」

「そうこなくっちゃな」

又五郎老人は、立ち上がると、床にかけてある古びた山水の掛軸を外した。

その裏に、貼《は》りつけてある地図。

「畜生。そんなところにあったのか」

と、仙八は、掛軸をわしづかみにした。

「娘は？」

「勝手に探しやがれ」

捨てぜりふを残して、仙八は、掛軸を小脇《こわき》に、脱兎《だっと》の如く駆け出した。

仙八は、おたきの家に駆け戻ると、

「みろ、手に入れたぞ」

と、地図を、座敷に広げて見せた。

「何だい。古くさい山の地図じゃないか」

おたきが、ふーんと鼻を鳴らすのへ、仙八は、ぐいと、鼻の頭をこすってから、

「これはな。阿波の国は、剣山の地図だ。剣山には、昔から、何万両って財宝が、かくされているという話だ」

「へえ」

「だから、お偉方が、五百両でも、この地図を買いたいって、おっしゃるわけよ」

「地図が手に入ったから、あの小娘は帰してやるのかい？」

と、おたきは、床柱に縛りつけられているお絹を、あごでしゃくった。

「馬鹿をいうなよ。そんな勿体《もったい》ねえことができるか」

仙八は、ニヤッと笑った。

「まさか、あんた。あの小娘に気があるんじゃないだろうねえ？」

「よせよ。あの器量なら、吉原に売り飛ばせば、三十両にはなると踏んだまでよ。おれは、これから、この地図を五百両で売りつけてくるから、その間に、女衒《ぜげん》の牛松《うしまつ》を呼んで

おけ」

「あいよ」

「その前に筆と紙を持って来い」

「何するんだい？」

「こいつは、何万両っていう宝の地図だ。五百両で、ただやっちまうのは惜しいじゃねえか。といって、猫ババしたら、ばっさりやられて、命が危ねえ。だから、写し取っとくのよ。そのうちに、おめえと二人で、四国へ宝探しに行こうじゃねえか」

「嬉《うれ》しいよ。お前さん」

おたきは、いそいそと、筆と紙を持って来た。

仙八は神妙な顔で、地図を写し取ってから、くるくると掛け軸を巻き取り、風呂敷《ふろしき》に包んでから、それを抱えて家を出た。

陽が落ちてから、酒井但馬守の別邸に着き、いつもの通り、庭に廻《まわ》される。

岡っ引の仙八にとって、老中酒井但馬守は、雲の上の存在である。兵道家秋山幻斉を通して、命ぜられた仕事だったが、如才のない仙八は、いつの間にか、直接、酒井但馬守の別邸に出入りするようになっていた。といっても、まだ、相手の顔を、まともに見たことはなかった。

今日も、茶室の外に平伏して、声のかかるのを待っていた。

戸が一尺ほど開いて、明りが外へ流れてきた。

「例の地図を手に入れたそうだな」

老人のしゃがれ声が聞こえた。

「苦労致しましたが、ようやく手に入れましてございます」

「見せてみい」

老人に促《うなが》されて、仙八は、風呂敷ごと、差し出した。痩《や》せた老人の手が、それをつかんだ。

「うむ。掛軸の裏に貼りつけてあったか」

「さようで。なかなか見つからなかったのも道理でございます」

「よく気がついたな」

「おほめを頂いて恐縮でございます。ところで、お約束のご褒美《ほうび》のことでございますが」

「確か百両であったな」

「いえ。お約束は、五百両ということでございました。大金だが、剣山の埋蔵金数万両に比べれば、微々たるものと思ったので、よく覚えております」

「あははは」

と、老人が笑い声をあげた。

「そちも、喰《く》えぬ男だな」

「ありがとうございます」

　仙八は、頭を下げたまま、ニヤッとほくそ笑んだ。が、急に、茶室の中が、静かになった。

　人の立ち上がる気配がして、小柄な老人が、戸口に現れた。

「愚か者めッ」

　と、いきなり老人の怒声がひびいた。

　はッとして、顔を上げると、そこへ、掛軸が投げつけられた。芯《しん》が額に当って、仙八は、思わず、あッと叫び声をあげた。

「それは、真っ赤なニセモノじゃ」

「え？」

「そんなニセモノが五百両だと？」

「申しわけございませぬ」

　と、仙八、地面に額をすりつけた。身体《からだ》が、ガタガタ震えた。相手は老中なのだ。手討ちにされても、文句はいえぬ。

「切りきざんでやりたいところだが――」

「お許し下さいませ」

「もう一度、機会を与えてやろう。三日以内に、本物の地図を持参するのだ。さもなければ、今度こそ、命がないと思うのだな。その下手《へた》くそな山水画を持って、早々に立ち去れッ」

仙八は、あわてて掛軸と風呂敷を引っつかむと、邸《やしき》を飛び出した。

永代まで走って来て、仙八は、やっと一息ついた。橋の袂《たもと》で、額の汗を拭《ぬぐ》ってから、

「畜生ッ」

と、舌打ちした。

あの原又五郎という浪人に、まんまと欺されたのだ。

「あのくそ爺いめッ」

今度会ったら、首根っこを押えつけてでも、本当の地図を出させてやる。

仙八は、怒りにまかせて、材木長屋に駈けつけたが、原又五郎は、家にいなかった。明りをつけて、家の中を引っかき回したが、地図らしいものは出て来なかった。

「くそッ」

と、手にした古書を壁に投げつけたとき、

「そこで何をしていますッ」

と、若い女の声がした。

仙八は、突っ立ったまま、じろりと、入口の方を、すかすように見て、

「ご用の筋だ」

と、十手をちらつかせた。この長屋の連中なら、それで震えあがる筈《はず》と思ったのに、相手は、

「江戸では、十手を持つ者が、泥棒もするのですか？」

と、かえって、きッとした声を出した。

仙八は、藤乃を見るのは、初めてだった。

きれいだが、変に気位の高い娘だなと思いながら、

「泥棒じゃねえ。ここの原又五郎という浪人が不埒《ふらち》な真似《まね》をやりやがったんで、召捕りに来たんだが、どこへ逃げやがったか」

「不埒とは、いったい何のことです？」

「この十手に刃向いやがったのさ」

と、仙八は、十手をぶらぶらさせてから、藤乃の背後《うしろ》に集ってきた長屋の連中を見て、余計、いたけだかになり、

「てめえたちの中に、ここの爺さんがどこへ行ったか、知ってる奴はいねえか？」

「娘を探しに行くっていってたなあ」

「そういやあ、お絹さんは、どこへ消えちまったのかね？」

「まさか、神かくしにあったんじゃあるめえな」

長屋の住人たちが、がやがやしゃべり出したのを、仙八は、「うるせえぞッ」と、怒鳴

りつけてから、

「てめえたち、いいか。爺さんを見つけたら、すぐおれに知らせるんだぞ」

と、捨てぜりふを残して、路地を出て行った。

「どうも変だぜ」

「原さんが、悪いことをする筈がないのにな」

長屋の住人たちが、顔を見合せて、首をかしげていると、藤乃が、

「そうです。わたくしも、おかしいと思います」

と、断固とした声でいった。

いかけ屋の徳さんや、大工の為さんが、どう返事してよいかわからずに、藤乃の顔を見ていると、

「そのお嬢さんのいう通りだぜ」

と、横から声が飛んで来た。

井戸の縁《ふち》に腰をおろし、腕組みをして、こっちを見ているのは、仏の源十郎だった。

源十郎は、立ち上がって、長屋の連中のところへ歩いて来ると、

「あの仙八って岡っ引は、評判の悪《わる》だ。何か企《たくら》んでるに違いねえ」

「けど、十手持ちだからね」

「触らぬ神に何とかっていうからねえ」

と、長屋の連中が、尻込みする。

「何でも、あいつの後ろにゃあ、雲の上みたいに偉い方がついているってことだぜ。おれは、あいつが自慢そうにいってるのを聞いたことがあるんだ。だから、上役でも、仙八には遠慮して何もいえないんだそうだ」

と、大工の為さんが、わけ知り顔にいった。

「ふーん」

と、源十郎は、鼻を鳴らして、

「そいつは、面白《おもしれ》え。どうです。藤乃さん。あっしと一緒に、仙八の尻っぽをつかんでみませんかい？」

「わたくしは、隼人様を探さねばなりませぬ」

「その隼人さんですがね」

「居所を知っているのですか？」

「いや。だが、隼人さんは、秋山道場の門弟を斬っている。本当の狙《ねら》いは、道場主の秋山幻斉、或《あ》るいは、その背後にいる人物だろうと、あっしは、睨んでるんでさあ」

「本当ですか？」

「まず、間違いないところでさあね」

「でも、それと、さっきの不浄役人と、どんな関係があるのです？」

「そう切口上で聞かれると困りますがねえ。さっきの仙八を操ってる大物と、隼人さんが狙っている人物とは、同じ人間かも知れないと、あっしは思ってるんですよ」

「本当ですか？」

「あっしの勘に狂いはないと思いますがね」

「行きましょう」

「え？」

「何をぐずぐずしているのです。あの役人を調べに行くのです」

「ちょっと待っておくんなさい」

「何です？」

「そのチャラチャラした恰好《かっこう》じゃいけませんや。秋山道場の連中は、隼人さんを夢中になって探してるが、藤乃さん、あんたも探してるんですぜ。その恰好で歩き廻ったら、たちまち、捕《つか》まっちまいまさあ」

「じゃあ、どうすればいいのです？」

「男の恰好をしてくれってのも無理でしょうから、せめて、町娘の恰好をして下せえ」

「わたくしが、町人の恰好をするのですか？」

藤乃が、眉を寄せるのへ、源十郎は、笑いながら、

「町娘の恰好も、きっとよくお似合いになりますぜ」

「どうしても、しなければなりませんか?」

「隼人さんを見つけたかったら、そうなさい」

「どうすればいいのです?」

「まず、駕籠で、知合いの髪床へ連れてって、町娘の頭にして貰います。それから、着物も変えて貰います」

「髪も変えるのですか?」

「いちいち、恨めしそうな眼で、あっしを見ないでおくんなさいよ」

と、源十郎は、頭をかいて、

「こりゃあ、お世辞でなくいいますがねえ。きっと、きれいな町娘ができますぜ」

神田鍛冶町のおたきの家に戻った仙八は、

「酒だ」

と、おたきに向って、怒鳴った。

「五百両の話は、どうなったんだい?」

おたきが聞く。

「くそッ。地図が、真っ赤なニセモノだったんだ」

「何だってえ?」

「まんまと、爺いに欺されたんだ」

「しゃくだねえ。じゃあ、あの娘を売り飛ばして、せめて、二、三十両でも、儲《もう》けようじゃないか。おっつけ、女衒の牛松さんもやって来るから」

「そうだ。その娘が何か知ってるかも知れねえな」

仙八は、さっきのままの姿で床柱に縛りつけられているお絹の前に、足を運んだ。

ふくよかな胸元に喰い込む縄、口にかまされた手拭の猿ぐつわ。仙八は、十手の先で、お絹の顔を押し上げて、

「正直にいやあ、許してやらねえでもねえ。いいか。剣山の埋蔵金の地図は、どこにあるんだ?」

「ううッ」

と、お絹は、苦しげに呻いた。

「そうか。猿ぐつわをしてちゃあ、しゃべりたくても、しゃべれねえか」

仙八は、ニタッと笑い、猿ぐつわを外した。お絹は、ふうッと、息をついてから、

「お願いです。縄を解いて下さいまし」

と、仙八に嘆願した。

「その前に答えるんだ。剣山の埋蔵金の地図は、どこにあるんだ?」

「知りません。そんなもの」

「だがな。おまえは、剣山の麓《ふもと》に住む郷士の娘の筈だ。それが知らねえ筈がねえ。現に、おめえのおやじは知ってるんだ」

「わたくしは知りません。本当に知らないんです」

「強情そうな娘だから、痛めつけなきゃ、正直に吐《は》きゃしないよ」

と、横から、おたきが、けしかけるようにいった。仙八は、うなずいて、

「それを貸せ」

と、おたきの吸っていた煙管《きせる》を取り上げ、片手で、いきなり、お絹の着物の裾《すそ》をまくりあげた。

真っ白な太股《ふともも》があらわになる。お絹が、「あッ」と悲鳴をあげ、縛られた不自由な身体で、足をちぢめようとするのを、仙八は、頑丈な手で押えつけ、熱くなっている煙管の雁《がん》首《くび》を、太ももの内側に押しつけた。

「あッう――」

と、お絹の口から悲鳴があがった。

たちまち、白い皮膚に、赤い斑点《はんてん》ができた。

「地図は、どこにあるんだ？　いわねえか」

「知りません」

「いえッ」

仙八は、容赦なく、煙管の雁首を押し当てる。そのたびに、お絹が悲鳴をあげた。苦痛にゆがむ顔に、汗が吹き出してくる。

「知りません。許して下さい」

「強情な女だ」

と、仙八が一息ついた時、家の表で、突然、だだッと、数人の走る音が聞こえた。続いて、激しい怒声と、刀の触れ合う音。

「何だい？」

と、おたきが、怯《おび》えた眼で、仙八を見た。

「ちょっと見てくる」

仙八は、十手をつかむと、表へ飛び出した。雲の合間に、月が顔を出している。

すぐそばを、藍染《あいぞめ》川が流れている。川幅はせまい。

その川っぷちで、数人の人影が斬り合っている。

背の高い若侍が、巧みに身体を動かしながら、四人を相手に戦っているのだ。

「とおッ――」

と、裂帛《れっぱく》の気合が、夜を切り裂くと同時に、一人が、悲鳴をあげて、川に転落した。

他の三人が、一瞬、ひるんで後ずさりするのへ、若侍は、飛び込んで、二人目を斬り捨てた。

「なんて強え野郎《つえ》だ」

　と、仙八は、見ていて怖くなったが、じっと、すかしている中に、斬り立てられている侍たちに見覚えのあることに気がついた。

(秋山道場の門弟たちじゃねえか)

　と、すると、相手は、噂《うわさ》の荒木田隼人とかいう奴か。

(そして、そいつは、お絹の男だ)

　そのうちに、残った二人が、敵《かな》わぬとみて逃げ出した。

　隼人は、追おうともせず、刀を納めてから、くるりと振り返り、すたすたと、橋を渡って、仙八の傍にやって来た。

「見ていたな？」

「へい」

　仙八は、青い顔で答えた。

(お絹のことを知られたら、ばっさり殺《や》られるな)

　と、腋《わき》の下に、汗をかいていたが、何も知らぬ隼人は、微笑して、

「それで、どうする？　十手を持っているところをみると、岡っ引らしいが、拙者を捕えるかね？」

「とんでもございません」

と、仙八は、あわてて、手を振って、

「お侍同士の果し合いに、あっしは、首を突っ込まねえことにしているんで」

「それは賢明だな」

「へい」

「名前を聞いておこうか」

「仙八といいますんで」

「覚えておこう」

ニッと、笑ってから、隼人は、仙八に背を向け、橋を渡って、夜の中に消えて行った。

仙八は、ほっとすると同時に、へなへなと、その場に座り込んでしまった。


「また二人、斬られたそうだな」

と、秋山幻斉は、道場に入って来るなり、不機嫌な声を出した。

無理もなかった。門弟二十一名。そのうち、すでに、十一名が斬られているのだ。

「三島《みしま》と、中村《なかむら》が殺《や》られました。私も、左手を斬られました」

と、その門弟は、包帯を巻いた左腕を見せた。

「相手は、やはり、真鍋道場の荒木田隼人という男か？」

「そう名乗りました。無明天心流、荒木田隼人と」

「手強《てごわ》そうだな」

「恐るべき使い手でございます」

「そんな男が、なぜ、わたしの道場を眼の敵にする？」

「わかりませぬ。昨夜も、われわれを、秋山道場の者かと、確かめてから斬りつけてまいりましたが」

「荒木田隼人というのは、いったい、何者なのだ？」

「年は二十五、六歳。背の高い男でございます。二年ほど前に、ふらりとあの道場にやって来て、師範代に納まったと聞きました。生国《しょうごく》もわかりません」

「住居《すまい》は？」

「近くの材木長屋と聞きましたが、近頃は、全く寄りつかぬ様子で」

「探せ。探して、斬るのだ。それから、藤乃も、探しておるのだろうな？　早くあの娘を見つけ出さぬと、三浦殿に顔向けが出来んからな」

「日本橋の回船問屋鳴門屋に、藤乃らしき娘がいたという噂を聞きました。今は、姿を見ぬそうでございますが」

「鳴門屋？　なぜ、藤乃が、そんな店に？」

「わかりませぬ。屋号から考えて、阿波藩に何か関係があるのかも知れませぬが」

「阿波藩とか」

幻斉が、じっと考え込んだ時、門弟が、三浦半左衛門が来たと告げた。

奥の部屋へ行くと、半左衛門は、床柱を背に、どっかと座り、頭巾《ずきん》を取りながら、

「だいぶ、弱っておるようだな」

と、皮肉な眼付きで、幻斉を見た。

「ご家老は、荒木田隼人という男に、何かお心当りはありませぬか？」

「荒木田隼人か。知らん名前だな」

「回船問屋鳴門屋は、いかがでござる？」

「知っておるわ。阿波の鳴門の生れで、藍玉《あいだま》の売買で、死んだ勝浦主馬が、便宜をはかってやったらしい」

「なるほど。主馬の娘は、鳴門屋にいたことがある由でござる」

「それで、今は？」

「残念ながらわかりませぬ。しかし、必ず、見つけ出してごらんに入れます」

「早くやれ」

「ところで、お国元の情勢は、いかがでございますか？」

「主馬の奴め、亡くなる前に、己れが腹心の勘定奉行田名部大学を、城代家老に推挙しておったそうだ」

「それで？」

「重臣には、わしに親しい者も多いでな」

と、半左衛門は、笑って、

「まだ、新しい城代家老は、決っておらん」

「見通しは、いかがでございますか？」

「田名部大学ごとき若輩者に、城代家老の職が務まるものか。見ておるがいい。そのうち、田名部大学は、勘定奉行の地位も失うだろう」

「楽しみでございますな」

「主馬の勢力を削《そ》いだところで、わしが乗り込んで、藩論を統一する。そのためにも、藤乃を一刻も早く見つけ出し、江戸に来た理由を聞き出さなくてはならん」

「その件は、お委《まか》せを」

「頼むぞ」

それだけいうと、三浦半左衛門は、頭巾をかぶり直して立ち上がった。

玄関へ出ると、もう外は薄暗くなっている。

「春だな」

と、半左衛門は、送りに出た幻斉にいって、駕籠に乗り込んだ。

「お気をつけ下さい」

と、幻斉がいうと、半左衛門は、駕籠の中から、笑って、

「狙われておるのは、わしではなくて、そちの方だろうが」

駕籠が動き出した。屈強な藩士数名が、その周囲をかためている。江戸詰の藩士の中でも、手だれの者ばかりである。

駕籠が、愛宕《あたご》山下まで来た時、ふッと、行列の前に立ちふさがった黒い影があった。

端整な顔立ちで、すらりと背の高い侍だった。

先頭にいた若侍が、提灯《ちょうちん》の明りを、突きつけるようにして、「何奴《なにやつ》だ?」

と、怒鳴った。

「駕籠の中のご仁を、阿波藩江戸家老三浦半左衛門殿と、お見受け致す」

と、相手は、落ち着いた声でいった。

駕籠が止り、三浦半左衛門は、妙な空気を感じて、駕籠の外へ出た。

「ならば、何と致す?」

と、提灯をかざした供侍が、叱《しか》りつける調子で聞いた。

「ならば、三浦殿のお命、頂戴致したい」

「無礼者め。名を名乗れ」

「荒木田隼人」

さわやかな声でいって、隼人は、ゆっくりと刀を抜いた。

とたんに、供侍たちも、さッと刀を抜き放ち三浦半左衛門を中心に、円を作った。

「何の遺恨？　それを申せ」

「別にありませぬな」

「乱心者か」

「いや。ただ、三浦殿を斬《き》りたいだけのこと」

隼人は、刀を、まっすぐに振りかぶった。切っ先が、天を指す。その下は、死地だ。無《む》明《みょう》の世界だ。

六人の供侍は、選《え》りすぐった手だればかりだけに、青眼に構えたまま、じりじりと、隼人を包囲する形を作りはじめた。お互いが連携し合い、少しずつ、間合いをせばめてくるのだ。

やがて、彼らは、隼人を円形に取り囲んだ。だが、斬りかかって来ない。隼人が動けば、動いた方向に、円が移動するだけだった。

このままでは、背後にまで気を使わなければならない隼人の方が、先に疲労してしまうだろう。

（この均衡を破らなければ）

と、隼人は、思い、右に動くと見せて、いきなり、前にいる供侍めがけて、斬りつけた。

がッと、音がして、隼人の刀は、受け止められたが、不意をつかれた相手は、ただッと後ずさりした。破れた均衡を補おうと、背後に回っていた供侍が、隼人の背に斬りかかった。

立ち止れば、斬られる。

隼人は、眼の前の供侍を突き倒し、その上を飛んだ。

眼の前に駕籠があり、その横に三浦半左衛門。

半左衛門が逃げる。供侍の一人が、あわてて、隼人と半左衛門の間に飛び込んでくる。

だが、とっさだから、構えが出来ていない。

隼人は、気合もろとも、眼の前の供侍を、袈裟懸《けさが》けに斬り倒した。

その間に、他の五人が、素早く、半左衛門の前に壁を作った。

また、均衡ができてしまった。

「斬れッ。斬ってしまえッ」

と、半左衛門が、甲高《かんだか》い声をあげた。

その声が、均衡を破った。

正面の一人が、おめきながら、隼人に斬りつけてきた。

一対一なら、腕が違う。

身を沈めて、横なぎにした。

血しぶきをあげて、相手は、どッと倒れた。

「あと、四人か」

隼人は、わざと、声に出していった。

その言葉に引っかかった右端の供侍が、怒りにまかせて、斬り込んできた。

受け止めたら、その一瞬を狙って、他の三人が斬り込んでくるだろう。

隼人は、逆に、反対側にいる供侍に襲いかかった。

隼人の動きは、その供侍の予想に反した。あわてて、避けようとしたが、隼人の切っ先は、相手の顔を切り裂いていた。パッと吹きあげる血に、顔をおさえて地面に倒れた。

隼人は、うずくまっている相手を、飛鳥のように飛び越えてから、くるりと振り向いた。

「あと、三人」

さっそうといった。

三浦半左衛門の顔が、次第に青ざめてきた。備えが薄くなったのを見て、半左衛門は、自分も、刀を抜き放った。

「あと、四人か」

と、隼人は、微笑した。

残った供侍三人の顔が、堅くこわばっている。たちまちのうちに、三人が斬り倒されたことで、明らかに動揺しているのだ。

「何のために、わしを斬ろうとするのだ？」

半左衛門が、押し殺したような声で聞いた。

「あなたが気に入らん」

「金か。誰かに金を貰って頼まれたのか？」

「拙者は、金には無縁の男だ」

「禄《ろく》が欲しくばやるぞ。阿波藩士に取り立ててつかわすぞ」

「要《い》らんな」

言葉が投げ交されている間、隙《すき》を狙っていた供侍の一人が、隼人めがけて斬り込んだ。

隼人は、とっさに左に飛んでかわした。が、横をのめっていく相手を斬る代りに、眼の前に、ぽっかりと空いた隙間に、刀を振りかぶったまま、飛び込んで行った。

三浦半左衛門の恐怖に引き攣《つ》った顔が、眼の前に迫った。

隼人が、そぼろ助広を振り下ろした。半左衛門は、辛うじて、第一撃をかわした。が、よろけて、地面に片膝《かたひざ》をついた。

（今度は斬れる）

隼人は、確信した。

第二撃をと、思った時、わあッという喚声と、地面を踏み鳴らす足音が、耳に飛び込んできた。

はッとして、眼を向けた。提灯の明りと、数人の人影が、こちらに向って殺到してくる。

秋山幻斉が、虫の知らせで差し向けた門弟たちだった。

殺気立って、駈けつける門弟たちの後ろから、いつもの青白い顔で、黒川周平が、のそのそとついてくる。

一瞬の間隙《かんげき》に乗じて、半左衛門が、隼人の剣の下から逃げた。駈けつけた門弟たちが、さっと、半左衛門の前に立ちふさがる。

隼人は、ちらりと、彼等から離れたところに突っ立っている片腕の浪人に眼を走らせた。

(出来る)

と、思った時、供侍の一人が気合もろとも斬りかかってきた。

軽くかわして、隼人は、駈け出した。

「また、後日、見参《げんざん》ッ」

隼人は、藪《やぶ》小路に向って走った。そこに東南へ流れる溝川《どぶ》がある。桜《さくら》川という。

隼人は、軽々と飛び越えて、闇の中へ姿を消した。

かわら版

浅草《あさくさ》川の川っぷち、両国《りょうごく》橋の近くに、和泉屋《いずみや》というかわら版屋がある。

主人の名前は、和泉屋伍助《ごすけ》。色白で、なで肩。時々、顔に白粉《おしろい》を塗り、女の恰好をしたりする変り者のせいか、四十歳を過ぎてもまだ独り者で通している。使用人三人は、通いで、夜になると帰って行く。

雨あがりの夜、この家に、男二人と女一人が、ふらっとやって来た。

妙に眼つきの鋭い男は、仏の源十郎。もう一人は子分の三吉。そして、女は、何となく町娘の恰好が板につかない藤乃だった。

源十郎は、まるで自分の家みたいな気安さで、藤乃を二階に案内してから、

「こいつも、あっしの子分の一人でしてね」

と、伍助を紹介した。

藤乃は、じろりと伍助を見やってから、

「じゃあ、悪者ですね」

と、相変らず、ニコリともしないでいった。

伍助は、頭をかき、三吉は、ニヤニヤ笑っている。

源十郎は、苦笑しながら、伍助に、うなぎでも取ってくれと頼み、彼が階下におりて行ってから、

「信用のおける男ですぜ。あいつは」

と、藤乃にいった。

藤乃は、きちんと正座し、膝の上に両手を揃《そろ》えたまま、部屋を見回した。

「私たちは、ここに住むのですか？」

「しばらく、身をかくすには、丁度いい場所だと思いましてね。もちろん、あっしと三公は、階下《した》で寝ますよ」

「当り前です」

「伍助のことですがねえ。お嬢さん。昔、田舎《いなか》芝居で女形《おやま》をやっていたんで、ちょっとばかりなよなよしたところがありますが、根はしっかりしたやつですぜ」

「そんなことは構いません。でも、こんな所にいて、隼人様が見つかるのですか？」

「ここは、かわら版屋だから、いろんな噂《うわさ》が入って来る。人探しには、一番ですよ。それに、あっしも、及ばずながら、毎日、お絹さんを探すつもりでいますから、安心して、ここにいらっしゃい」

「お絹と申す娘のことなど、私は、どうでもよいのです。私が見つけたいのは、隼人様です」

藤乃は強い声でいった。

正直といえばいえるが、わがままともいえるだろう。そんな藤乃が、源十郎には、なぜか、ひどく可愛《かわい》らしい女に見えるのだ。

町娘の姿が、どうしても板につかない。そのちぐはぐなところが、源十郎には新鮮な色気に映《うつ》る。

しばらくして、伍助が、うなぎの重詰めを四つ抱えて戻って来た。伍助は、かいがいしく、三人にお茶を注いで回りながら、源十郎に向って、

「また一人、秋山道場の門弟が殺されたそうですよ」

と、女のように、甲高い声でいった。

「斬ったのが誰か、わかってるのかい?」

源十郎が、ちらりと藤乃を見てから聞く。

「それが、やっぱり、荒木田隼人と名乗ってから斬ったということで」

伍助がいったとたん、藤乃は、眼の前に置かれたうな重を、脇にどけて、

「こうしては、いられませぬ」

と、気色《けしき》ばんだ。

源十郎が、それを、手で制するようにして、

「どうなさろうと、おっしゃるんで?」

「隼人様は、秋山道場と戦い、三浦半左衛門の駕籠へ斬りつけたと聞きました。これで、私の父が、隼人様に何を頼んだか想像がつきます。それがわかった以上、私も、父の遺志に従って――」

「三浦半左衛門に斬りつけようとおっしゃるんで？　それとも、秋山道場に殴り込みでもなさろうとおっしゃるんで？」

「その積りです」

「いけませんよ。そんなことは」

「私は、勝浦主馬の娘です」

「それはわかってますがね。お嬢さん」

「そのお嬢さんというのは止めて下さい。私は、父の遺志に従って、これから、戦わなければならないのですから」

藤乃の顔が、美しく紅潮していた。伍助が、びっくりした眼で、藤乃を見つめている。

源十郎は、太い腕を組んで、宙を睨んでから、

「戦うのも結構だが、やっぱり、その前に隼人さんにお会いにならなきゃいけねえ」

「でも、どこへ行けば、隼人様に会えるのです？」

「あっしたちが、きっと見つけてさしあげますよ」

と、源十郎はいってから、伍助に向って、

「隼人さんが、秋山道場の門弟を斬ったり、江戸家老の三浦半左衛門を襲ったりしているのに、町方が動いているように見えねえのは、なぜなんだ?」

「それがですねえ、親分。あたしもおかしいと思って、いろいろと調べてみたんですが、どうも、上の方で抑えているようですよ。阿波藩江戸家老の方は、たった一人の素浪人に、駕籠を襲われ、供侍を何人も殺されたのを、恥と考えてるんじゃありませんかねえ。秋山道場の方は、道場主の幻斉が、町方に向って、これは果し合いだといい張るので、手が出せないそうだ」

「上というのは、酒井但馬守あたりか」

と、源十郎は、ひとりで、呟《つぶや》いてから、

「よし。かわら版で、この事件を書き立ててみてくれ。なるべく派手に扱うんだ。三浦半左衛門や秋山幻斉をからかってな」

「そんなことなら、造作《ぞうさ》もありませんが、どうして、書くんで?」

「私も、そのわけを知りたいと思います」

と、藤乃もいった。

「隼人さんは、わざわざ、荒木田隼人と名乗ってから、秋山道場の門弟を斬っているし、三浦半左衛門の駕籠に斬り込んでいる。武士らしく、正々堂々という気もおありになるかも知れないが、あっしの見るところ、世間に知らせようという狙いも、おありになると思いますねえ。町方が動き出し、世間の噂になれば、恥をかくのは、伍助がいったように、三浦半左衛門や、秋山道場の方だ。たった一人の浪人に、引っかき廻《まわ》されているんだから、それで、あっしも、かわら版を使って、いやでも世間の話の種にしてやろうと思いますのさ」

「私が知りたいのは、あなたが、なぜ、そこまで阿波藩のために働いてくれようとするのかということです」

「あっしは、物好きでしてねえ、といっても、信じては下さらないでしょうね？」

「もちろん、信じませぬ」

「そうでしょうねえ」

と、源十郎は、笑ってから、三吉と伍助に、階下におりていろと、命じた。

彼等の姿が消えると、源十郎は怖い顔になって、窓の外に見える浅草川の暗い夜景に、視線を走らせた。

「藤乃さんも、おお方、察しがついたように、隼人さんは、勝浦主馬様の遺志に従って、修羅の巷《ちまた》を歩いておいでだ。実は、勝浦様は、この江戸に、三人の人間を、万一に備えて手配りなさっていたんですよ。一人は、隼人さん――」

「二人目は、あなたですか？」

「そうなんで」

「三人目は、誰です？」

「わかりませんかい？」

「ひょっとして、回船問屋の鳴門屋？」

「その通りでさあ」

「でも、父がなぜ、あなたに？」

「あっしが捕まって、さらし首になりかけた時、たまたま江戸に来ていた勝浦様に助けられましてね。あっしが、何か恩返しをと申し上げたら、今は何もしなくてもよい。自分に万一のことがあった場合、阿波藩のために働いて欲しいとおっしゃったんでさ」

「父は、その時、隼人様や、鳴門屋の名前を、あなたにいったのですか？」

「あっしの他に、あと二人、いざという時、命を投げ出してくれる男がいると、おっしゃってましたよ。名前は、おっしゃらなかったが、あっしには、それが誰なのか、だんだんわかって来ましたね。人の秘密を探るのも、あっしの得意ですからねえ。あっしに、隼人さん、それに鳴門屋重兵衛の三人、いわば、三本の矢というわけでさあ。それぞれに与えられた役目の違いも、あっしには、よくわかっている。剣の達人の隼人さんの仕事は、阿波藩のためにならない奴等を斬ることだ。金のある鳴門屋の仕事は、多分、その金を使って、幕府の有力者を、阿波藩のためになるように動かすことでしょうね。あっしは鳴門屋みたいに金はないし、隼人さんみたいに剣も使えねえ。だから、あっしに出来ることで、勝浦様のご恩にお応《こた》えしようと思っているんでさあ」

「そう聞けば、私も、なおさら、じっとしているわけには参りませぬ」

「いけませんや。藤乃さん。これは、男の仕事だ。鳴門屋にしても、隼人さんにしても、下手《へた》をしたら、三尺高い木の上でのさらし首を覚悟してるに違いねえ。あっしなんぞは、もともと、畳の上じゃ死ねねえ身体だ。藤乃さんを、そんな目にあわせたくねえ。隼人さんだって、同じ気持だからこそ、阿波へ帰るようにいったんじゃありませんかねえ」

「私は、勝浦主馬の娘です。たとえどんな死に方をしようと恐ろしくはありません。阿波藩のためになるのなら、喜んで死にます」

「とんでもねえや。藤乃さん」

と、源十郎は、真剣な目で、藤乃を見つめて、

「あんたみたいなお嬢さんを、死なせるわけにはいかねえ。あっしと、隼人さんと、鳴門屋の三人で、勝浦様のご遺志は、ちゃんと果しますさあ。藤乃さんは、ここで、それを見届けなさりゃあいい。そうしなきゃいけねえ」

源十郎は、自分が、藤乃に惚《ほ》れてしまったのを、はっきりと自覚していた。だから、最後の言葉は、三人を代表していったというより、源十郎個人の考えだった。仏の源十郎が、藤乃を死なせたくないのだ。

藤乃は、唇を噛《か》んでいる。黙ってしまったのは、源十郎の言葉に承服したからではなか

った。阿波を出た時から、死は覚悟しているし、いつでも命を投げ出せるように、死んだ父に教育されてもいる。源十郎が何といおうと、阿波藩のために、三浦半左衛門や秋山幻斉を殺さなければならないと思う。特に、江戸家老の半左衛門は、父を呪殺《じゅさつ》させた人間だ。刺し違えてもいいから、父の仇を討ちたい。

ただ、何といっても、藤乃は女だ。小太刀の修練を積んだといっても、隼人のように、半左衛門の駕籠を襲撃できるだけの腕はない。多分、駕籠に近づく前に斬り伏せられてしまうだろう。それでは、犬死に終ってしまう。だから、やはり、隼人に会って、どうしたらいいか、教えて貰いたかった。一緒に戦うための相談をしたい。

源十郎は、怒ったような顔で、暗い川面《かわも》を見つめていたが、ふいに、

「おーいッ」

と、階下《した》に向って怒鳴った。

「腹がへった。飯にするぞッ」

階段に足音がして、伍助と三吉が、上がって来た。

「お話は、どう決りましたんで？」

と、三吉が、上眼使いに源十郎を見て聞いた。

「明日から、忙しくなるぞ。決ったのは、それだけだ」

と、源十郎がいった。

翌朝早く源十郎は、家の裏手に繋《つな》いであった舟で、出かけた。どこかの商家の番頭といった身なりである。三吉を残して来たのは、藤乃の見張りをさせるためだった。昨夜の様子では、一人で、危険な場所へ飛び込みかねないと思ったからである。

一町ばかり、流れにまかせて舟をすすめてから、源十郎は岸につけ、ひょいと飛びおりた。

この辺りは五月二十八日から八月二十八日までの三か月間、納涼の人出で賑《にぎわ》う場所である。茶屋の床几《しょうぎ》が川に向って並び、水遊びの舟が何十隻と浮ぶのだが、今は、まだ春浅いためか、人の数も少ない。

近くで釣りをしていた子供に向って、

「釣れるかい？　坊や」

と、気軽く声をかけてから、源十郎は、すたすたと、土手を歩いて行く。

隼人も見つけたいが、それ以上に、お絹のことが、気がかりだった。

隼人は何といっても男だし、腕も立つ。どこにいようと、まあ安心だが、お絹の方は心配だった。江戸がどんなに恐ろしいところか裏通りを歩いて来た源十郎には、よくわかっている。お絹のような、若くて美しい娘ほど危険なのだ。

材木長屋へ寄ってみたが、お絹も、父親の又五郎も帰っていなかった。

（どうも、嫌な気がしてきたな）

と、源十郎は考えながら、その足で、浅草の金竜山浅草寺《きんりゅうせんそうじ》に向った。

ここは、いつもながら、相変らずの賑いを見せている。雷門《かみなりもん》をくぐると、伝法院《でんぽういん》入口に続く並木道を歩いて行った源十郎は、出店の一つで、眼なしダルマを売っている男に、

「おい、新公」

と、声をかけた。

相手は、源十郎を見て、「お頭《かしら》あ」と、嬉《うれ》しそうに声をあげた。

源十郎は、ダルマを一つ手に取って、それを、なでながら、

「この間の娘のことで、何かわかったかい？」

「残念ながら、何もわかりませんや。お絹さんという娘が、吉原へ売られたという話も聞きませんが」

「岡っ引の仙八の方はどうだ？　何か変ったことはなかったかい？」

「仙八の様子は、よくわかりませんが、あいつの色女のおたきが、女衒の牛松を、呼びつけたそうですぜ」

「女衒だって？」

源十郎の眼が、キラリと光った。

「そいつは、いつのことだ？」

「一昨日《おとつい》の夜のことだそうで」

「牛松という男に会いてえな」

「じゃあ、伝法院の裏で待っておくんなさい。すぐ連れて行きまさあ。四の五のいいやがったら、腕の一本も、へし折ってやりまさあ」

新吉が、勢い込むのへ、源十郎は、ニヤッと笑ってから、伝法院の裏の池の方へ歩いて行った。

やがて、新吉が、身体のがっしりした三十五、六の男を連れてやって来た。

源十郎は、その男の前へ、のっそりと立ち現れて、

「女衒の牛松さんてのは、お前さんかい？」

「ああ。おれだが」

「おれは仏の源十郎だ。けちな男だが、見知っておいてくれ」

「仏の――？」

とたんに、牛松の顔が、青くなって、

「本当に、仏の源十郎親分で？」

「そうだよ」

「あっしが、何か親分のお気に触るようなことをしましたんで？　もしそうなら、堪忍しておくんなさい」

「別に謝ることはねえやな。だが、おれの聞くことに、正直に答えて貰いてえだけだ。正

直に答えてくれるんだろうね？　牛松さん」

「そりゃあ、もう」

牛松の声が、かすかに震えている。

「お前さんは、一昨日の夜、岡っ引の仙八の女に呼ばれたそうだねえ？」

「ええ。その通りで」

「なぜ、呼ばれたんだい？」

「仙八の女は、おたきというんですが、あの夜、急に使いをよこしましてね。いい女がいるというんですよ。若くて、きれいな娘だっていうんで、掘出しものかも知れねえと思って、金を用意して出かけたんですが、それが、急に都合が悪くなったといいやがって」

「その娘の顔を、お前さんは見たのかい？」

「いいえ」

「だが、おたきは、どんな娘か、お前さんに話したんじゃないのかい？」

「なんでも、長屋住いのご浪人の娘さんで、金に困って身売りするんだとかいってましたがねえ。本当かどうか」

「おたきの家は？」

「神田鍛冶町の藍染川の傍で」

「ありがとうよ」

源十郎は、五、六歩行きかけてから、急に、くるりと振り向いて、

「今日、おれに会ったことは忘れることだ」

ニヤッと笑って見せた。

牛松が、蒼《あお》い顔でうなずいた。仏の源十郎が、いざとなれば、鬼の源十郎に変ること
を、よく知っているからだろう。

源十郎は、すたすたと、田原《たわら》町の方へ抜けて行ったが、ふと、すれ違った深編笠《ふかあみがさ》の浪人
に、

「あッ」と声をあげて、

「荒木田隼人さんじゃ、ござんせんか」

「――――」

浪人は、黙って振り向いてから、軽く笠をあげた。

「やっぱり隼人さんでしたね。すぐ、あっしと一緒に、神田へ参りましょう」

源十郎は、うむをいわさぬ強い声で、隼人にいった。

隼人は、突っ立ったまま、

「なぜ、神田へ？」

「お絹さんが、岡っ引の仙八にさらわれたのは、ご存知ないんで？」

「いや、知らぬ。なぜ、岡っ引がお絹どのを？」

「それは、あっしにも見当がつきませんや。とにかく、お絹さんを助け出すのが、先決ですぜ」

源十郎は、言葉の途中から歩き出していた。隼人も、その後に続いた。

藍染川の傍のおたきの家につくと、源十郎が、先に、飛び込んだ。

が、家の中は、もぬけの殻。

「くそッ」

と、源十郎は、舌打ちをしてから畳の上に、座り込んで、

「風をくらって逃げやがった」

「ここに、本当にお絹どのがいたのか？」

隼人は、深編笠を取り、家財道具が何一つない、がらんとした座敷を見廻した。

「十中八、九、間違いありませんや。ただ、わからねえのは、仙八が、何のためにお絹さんをさらったかだが、あっしが、きっと見つけ出してみせますよ」

「頼む」

「それにしても、呑気《のんき》ですねえ、隼人さんは。三浦半左衛門の家来や、秋山道場の門弟たちが、必死で探し廻っているだろうに、あんなところを歩いていらっしゃるなんて」

「見つかった時は、その時だと、覚悟は出来ているよ。拙者は、三浦半左衛門と、秋山幻斉の二人は、どうしても斬りたいのだ」

「亡くなった勝浦主馬様のためにですかい？」

「――――？」

隼人は、無言で、じろりと源十郎を睨んだが、「そうか」と、口元に微笑を浮べて、

「勝浦殿が、拙者の他に、あと二人、いざという時頼みにしている者が江戸にいるといっていた。その一人は、鳴門屋重兵衛殿とわかっていたが、もう一人は、お主《ぬし》だったのか」

「さようで」

と、源十郎は、ニッと笑った。

「ところで、隼人さん。あなたと秋山道場の喧嘩《けんか》、それに、あなたが三浦半左衛門の駕籠を襲ったことを、あっしは、知り合いのかわら版屋に書かせるつもりでいるんですがねえ。三浦半左衛門にしても、秋山幻斉にしても、隼人さんにやられたことを、ひた隠しに隠そうとしている。たった一人の相手に引っ掻《か》き廻されたとあっちゃあ、これ以上の恥はないでしょうからねえ。武士の世界だから、なおさらだあ。それで、あっしは、かわら版で、世間に知らせてやりたいんでさあ。かまいませんかい？」

「面白い」

と、隼人はいった。端整な顔に、微笑が浮んでいる。

「そんなかわら版が出たら、半左衛門も幻斉も、必死になって、拙者を斬ろうとするだろうな」

「隼人さんは、ますます危険になりますぜ」

「その代り、こちらが、半左衛門と幻斉を斬る機会も多くなる」

「それなら安心だ」

と、源十郎は、笑ってから、

「藤乃さんが、あなたに会いたがっていますぜ」

「藤乃殿か」

隼人は、明らかに困惑の色を見せて、

「あの人には、阿波へ帰って頂きたいのだが」

「あっしも、同じことをいったんですがねえ。気の強いお嬢さんで、自分も、三浦半左衛門や秋山幻斉と戦うといって、がんばっていらっしゃいますよ」

「どうも困ったひとだ」

と、隼人は、苦笑した。美しく、気丈なひとだが、半左衛門にしても、幻斉にしても、若い娘の歯の立つ相手ではない。それに、隼人は、藤乃には阿波で穏やかに過ごして欲しい。亡くなった勝浦主馬のためにも、一人娘の藤乃を、危険にさらしたくなかった。

「藤乃殿には、拙者のことは、黙っていてくれぬか。会えば、また、阿波へ帰ることをすすめるだけだからな」

隼人がいう。

「いいでしょう。今日は、隼人さんに会わなかったことに致しましょう」

と、源十郎は、約束した。そういいながら、源十郎自身も、ほっとしているのだ。彼も、藤乃を危険な目にあわせたくなかったからである。

「そうしてくれれば有難い」

隼人は、微笑した。が、ふいに、眉《まゆ》を寄せて、畳の上に置いていた刀を手元に引き寄せた。

源十郎も、すっと立ち上がって、窓の外に眼をやった。

「川の向う側で、若い侍が一人、こっちを見てますぜ」

川といっても、藍染川は、川幅は一間半ほどしかない。川の向う側に立てば、こちらの部屋の中を楽にのぞき見できる。

「秋山道場の門弟のようだな」

と、隼人は、落ち着いた声でいった。

「尾《つ》けられましたかな」

と、源十郎は笑っている。

「出よう」

と、隼人はいった。多分、あの若侍の仲間が、秋山道場に助勢を呼びに走っているに違いない。隼人は、源十郎を見て、

「あれは、拙者が引き受ける。拙者の仕事だ。お主はお絹殿を探してくれ」

隼人が、橋を渡って、柳のかげに身をかくしている若侍の傍へ近づいて行くのを、源十郎は、川のこちら側に突っ立ち、ニヤニヤ笑いながら眺めていた。

隼人を見て、相手は、あわてて逃げようとする。その腕を、隼人がつかんだと見た瞬間、優に五尺五、六寸はある若侍の身体が、悲鳴をあげて、宙にはねあげられた。

激しい水音を立てて、若侍の身体が藍染川に落ちるのを見てから、源十郎は、隼人とは反対の方向に歩き出した。

この日一日、仙八の女おたきの行方《ゆくえ》を探したが、とうとう見つからなかった。いつも、十手をちらつかせて歩き廻っている仙八にも出会わない。

（こいつは、何か大きなことを企んでいやがるな）

と、推量したが、それが何なのか、まだ見当がつかない。お絹をさらったことと、何か関係があるのかもしれない。

日が暮れてから、和泉屋に戻ると、源十郎が頼んでおいたかわら版が、刷りあがっていた。

「お頭《かしら》のおっしゃったように、せいぜい派手に書きあげましたわよ」

と、伍助が、その一枚を、自慢そうに、源十郎に見せた。興奮すると、この男、女言葉になる。

絵入りだった。斬り倒された侍が五、六人。その真ん中で、颯爽《さっそう》と、刀を振りかぶっているのは、どうやら荒木田隼人のつもりらしい。

〈花のお江戸で連日の大立廻り。たった一人の素浪人を持て余す某藩江戸家老と天下第一の兵道家。さても不思議なりこの争い――〉

こんな文章で、もっぱら、阿波藩と秋山道場をからかっていた。

「間に合せなもんで、絵の方はお粗末ですが、文章の方は、あたしが書いたんで、ちょっとばかり自信がありますのよ」

伍助が、鼻をぴくつかせた。

「上等だ」

と、源十郎はいった。

(ただし、この刷り絵を見たら、隼人さんは気を悪くするかも知れねえな)

「しかし、お頭」と、伍助は、女みたいに小首をかしげて、

「ここに書いた阿波藩の江戸家老と、秋山幻斉は、しゃかりきになって怒るんじゃありませんの?」

「それが、こっちの狙いさあね。あいつらを江戸中の物笑いにしたいんだ。まさか、怖いんじゃあるめえな?」

「怒りますよ。お頭。あたしだって、和泉屋伍助といわれた男ですわよ」

「そうだったな。てめえも、男だったっけな」

源十郎は、クスクス笑って、伍助の肩を、ポンと叩《たた》いてから、その一枚を持って、二階へ上がって行った。

藤乃は、退屈そうに川面を眺めていたが、源十郎を見ると、きっとした眼になって、

「隼人様は、見つかりましたか？」

「残念ながら、見つかりませんや」

「では、明日からは、私も、江戸中を探して歩きます」

「そいつはいけませんぜ。三浦半左衛門の手の者や、秋山道場の門弟たちに見つかったら、どうなさるんで」

「みつからないために、こうして、町娘の恰好までしたではありませぬか」

「まあ、そうですがねえ。藤乃さん」

と、源十郎は、苦笑して、

「恰好は町娘になったが、言葉使いも動作も、まだまだ、城代家老のお嬢さんだ。町へ出れば、すぐ、見破られちまいますぜ」

「では、どうすればいいのです？　こんな所に一日中、じっとしていたら、退屈で死にたくなります」

「それなら、これを読んでごらんなさい」

と、源十郎は、階下《した》から持ってきたかわら版を、藤乃に渡した。

藤乃は、大きな眼で、じっと読んでいたが、

「こんなものを書いて、隼人様が危険にさらされるということはないのですか？」

と、源十郎を睨んだ。

「こんなものが市中にばら撒《ま》かれりゃあ、三浦半左衛門も、秋山幻斉も、意地になって、隼人さんをつけ狙うでしょうねえ」

「それでは、やはり、隼人様が危険になるのではありませぬか」

「隼人さんも、それを望んでいらっしゃるんですよ。あっしたち三人の戦いは、食うか食われるかでしてね。危険なほど、相手を倒す機会にも恵まれるんでさあ。問題は、このかわら版を読んで、相手がどう出てくるかですね」

「もし、三浦半左衛門や秋山幻斉が、これを無視したら、どうするのですか？」

「どちらも狸《たぬき》だから、無視してくるかも知れませんね」

「そうしたら、どうするのです？」

「その時には、もっと大げさに書いてやりまさあ。狸が、どうしても穴から出て来たくなるようにね」

源十郎の口元には、微笑が浮んでいた。が、その細い眼は、笑っていなかった。

源十郎は、秋山幻斉という兵道家が、恐るべき相手だということを知っている。たった

一度、永代橋の上で出会っただけだが、相手の力がどれほどのものかわかった積りだ。果して、隼人が勝てるかどうか、確信は持てない。狂犬の眼をした片腕の男も手強い相手だし、半左衛門の家来にも、腕の立つ者はいる筈だ。

源十郎は、じっと、暗い川面に眼をやった。相手は、本当は狸などではありはしない。恐ろしい狼《おおかみ》たちだ。


鳴門屋重兵衛は、用人に案内されて、奥へ通った。

柳沢吉保を訪ねるのは、今日で五度目だが、訪ねるたびに、強い緊張に襲われてしまう。

吉保の心が読めないからだ。重兵衛は、打つべき手は打っていると思っている。訪ねるたびに、豪華な贈り物を吉保に献上した。もちろん、用人にも金を与え、女中や門番にまで心付けを忘れなかった。用人たちは、重兵衛に好意的だし、吉保の顔には、微笑が絶えない。

だが、それにも拘《かか》わらず、重兵衛は、吉保に恐ろしさを覚えるのだ。自分より十歳近く年下の吉保の心が読めない。

「来たな。鳴門屋」

吉保が、ニッコリ笑って、重兵衛を迎えた。

まるで、肩でも叩かんばかりの親しさを見せてくる。それでも、なお、重兵衛は、吉保という人間がわからないのだ。

「先日の絵描きは何といったかな？」

「東洲斎写楽でございますか」

「ああ、写楽だったな。あの役者絵を上様に献上したところ、ことのほか、お喜びなされてな」

「それは、よろしゅうございました」

「写楽は、今、どうしている？」

「毎日、酒を飲むか、絵を描くかしております。幸い、耕雲堂《こううんどう》という版元が、写楽の絵を評価してくれておりますので、そこから版画が出せるものと思っております」

「それは目出たいな」

と、吉保は、微笑したが、ふと、皮肉な眼つきになって、

「そちは、あの絵が、下々《しもじも》の者にわかると思っておるのか？」

「さあ」

「下賤《げせん》の者には、あの絵はわからぬわ」

吉保は、断定するようにいった。

「下賤の者というのはな。単純な考えしか出来ぬものだ。上役人は、ひたすら恐ろしいも

のとのみ思い、役者はただ美しいものとのみ思い込んでいる。彼らが、写楽の誇張した絵に満足するとは、到底、わしには思えんな」

「かも知れませんが――」

「もう一つ。写楽の絵は、上様がお気に入られた。その絵が、下賤の者の手にも入っておるというのは、いかにも恐れ多い」

「――」

「版画には雲母《きら》刷りと申すのが、あるそうだな？」

「よくご存知でございますな。金のかかる高価な刷り方でございます」

「版元に話して、写楽の絵は、全て雲母刷りにするようにせい。そうすれば、必然的に単価は高くなり、下賤の者の手に入り難くなるからな」

「わかりました。そう致しましょう」

「ところで、今日は何の用で参ったのだ？」

「柳沢様を、舟遊びにご招待申し上げようと思いまして」

「舟遊びか。風流だが、まだ早過ぎるのではないかな」

「しかし、今頃の舟遊びも風流なものでございますよ。何よりも、川に浮ぶ舟が少ないのがよろしゅうございます」

「なるほどな。それでは、招待を受けようか」

「ありがとうございます」

「舟遊びには、写楽も連れて参れ。話を聞きたい」

「わかりました」

「よし。決った」

吉保は、ニッコリ笑ってから、思い出したように、一枚のかわら版を取り出して、重兵衛に見せた。

「それを、読んだか？」

「このかわら版なら読みました」

「どう思った？」

「なぜ、私にお聞きになるのでございますか？」

「有名な回船問屋鳴門屋の主《あるじ》の意見が聞きたくてな」

吉保は、微笑しながらいう。それをどう受け取っていいかわからず、重兵衛は、用心深く、

「江戸市中で連日の斬合いとは、恐ろしいことでございますな」

と、当り障りのないいい方をした。

「それだけか？」

「はい。お侍のなさることは、町人の私にはよくわかりませぬ。柳沢様こそ、どうお考え

でございますか？」

「これは、町奉行の考えることでな。そちと同様、わしにも関係がない」

うふふと、吉保は、低い声で笑った。

意味ありげな笑い方だった。何もかも、知っているぞという笑いにも受け取れるし、ただ単に、斬合いなど詰らぬことという笑いにも思えた。

(腹の読めぬ男だ)

と、重兵衛は、改めて、柳沢吉保という人物が恐ろしくなった。苦手だし、好きになれぬ男である。

だが、老中の酒井但馬守を押えられる人物となると、この柳沢吉保以外に考えられないのだ。吉保の地位は、老中に準ずるものとはいえ、厳密にいえば、老中には及ばない。成上り者ということで、幕閣で、彼をねたむ者の多いことも、重兵衛は知っていた。だが、将軍綱吉《つなよし》の寵愛《ちようあい》は、抜群だ。重兵衛は、そこに賭《か》けている。吉保に酒井但馬守は押えられなくとも、将軍綱吉の威光でなら、押えられると思っているからである。

「久しぶりに、茶でも馳走《ちそう》致そう」

吉保は、上機嫌にいい、重兵衛を誘って、庭におり、池の向うに建てられた茶室に向って歩いて行った。

「読んだか？」

と、三浦半左衛門は、かわら版を、秋山幻斉の前に投げた。

幻斉は、それには見向きもせず、

「何に、腹を立てておいでですか？」

と、落ち着き払った声で、聞き返した。

「そのかわら版だ。わしのことを、からかっておるわ。素浪人に駕籠を襲われ、一目散に逃げ出した某藩江戸家老とな。藩の名は書いてないが、読めば阿波藩とわかるようになっておる」

半左衛門の声が大きくなった。額に、青筋がたっていた。

幻斉は、薄く笑って、

「そのようでございますな」

「そちのことも書いてあるのだぞ。天下の兵道家、秋山幻斉が、次々に門弟を殺されながら、手も足も出ぬとな」

「書きたい奴には、何とでも書かせておいたらいかがですか」

「口惜しくないのか？」

「この和泉屋伍助と申す者、恐らく、荒木田隼人の仲間と思われます。とすれば、このかわら版の目的は、われらを怒らせることにあるに違いありませぬ。笑って黙殺するのが得策かと存じますが」

「それでは、わしの腹がおさまらぬわ。荒木田隼人は、まだ斬《き》れんのか？」

「いざとなれば、私が斬ります。だが、今のところ、居場所が突き止められませぬ」

「それなら、このかわら版屋を斬り捨てい」

「そうしなければ、ご機嫌は、なおりませぬか？」

「なおらぬな」

「よろしいでしょう。斬りましょう」

幻斉は、あっさりと約束した。

幻斉は、阿波藩江戸屋敷を出た。が、そのまま道場には戻らず、駕籠を拾って、酒井但馬守の別邸へ向った。

いつものように、中庭を通り、茶室の前へ腰をかがめた。

戸が二寸ほど開いて、老人の小柄な身体が見えた。

「今日は、かわら版のことで来たか？」

老人が、いくらか甲高《かんだか》い声で聞いた。

「さようでございます」

「三浦半左衛門は、どうしておる？」

「かわら版を読んで、大変立腹しておられました」

「小人物よのう」

と、老人は、のどの奥で、くッくッと笑った。

「その器量では、城代家老勝浦主馬に敵わなかったのも無理はないわ」

「三浦様は、和泉屋伍助というかわら版屋も斬れと申されました」

「それで、そちは、どう返事をしたのだ？」

「よろしい斬りましょうと。いけませぬか？」

「いや。騒ぎは大きくなった方がいい。ところで、荒木田隼人と申す者の素姓は、まだわからんのか？」

「残念ながら、まだわかりませぬ。しかし、そのうちに、必ず私が斬っておめにかけます」

「斬る自信があるのか？」

「ございます。これまで、斬ると決めて斬れなかった相手は、おりませんからな」

「その言葉、信じておこう。そのうちに、そちに頼むことになるかも知れぬからな」

「相手は荒木田隼人でございますか？」

「ふ、ふ、ふ——」

と、老人は、低く笑ってから、

「よし。帰れ」

ぴしゃりと戸を閉めた。

幻斉は、その笑いの意味を、あれこれ考えながら、但馬守の別邸を出たが、永代橋への途中で、一人の男とすれ違った。

いつもの恰好とは変っていたが、その猪首《いくび》や、顎《あご》を前へ突き出すような歩き方に見覚えがあった。岡っ引の仙八だった。鼻の利《き》く男をと、但馬守にいわれて紹介したのだが。

（いったい、何を頼まれたのか？）

と、幻斉は、首をひねっていたが、そのまま、道場へ帰ると、迎えに出た門弟に、

「黒川周平はいるか？」

「おりません」

「また、酒と女遊びか」

幻斉は、舌打ちしてから、奥へ入った。

一刻ほどして、酒気を帯びた周平が戻って来た。

幻斉の前で、ふぅッと、酒臭い息を吐《は》いてから、

「おれに、何か用だそうだな？」

「ここにいる限り、道場の規則は守って貰いたいな。他の門弟の手前もある」

「ところが、生憎《あいにく》と、おれは規則に縛られるのが嫌でね。用がないのなら、退《さが》らせて貰うぜ」

「金は欲しくないか？」

「金か。いくらだ」

「十両。大金だぞ」

「何をする？　人を斬るのか？」

「そうだ」

「荒木田隼人なら、十両では安過ぎる。いや、あの男なら、金は要らん。誰にも斬らせずに、おれが斬る」

周平は、妙にすわった眼で、きっぱりといった。

「斬って貰いたいのは、和泉屋伍助というかわら版屋だ」

「その男一人か」

「このかわら版屋で働いている人間は、全部だ。二度と、かわら版が出せないようにして貰いたい」

幻斉は、戸棚から金を取り出し、周平の前に置いた。周平は無造作に、十枚の小判を袂《たもと》に放り込んで立ち上がった。

「これから飲んでくる。仕事をするのは、明日だ」

「三吉どの」

と、藤乃が呼んだ。

呼ばれた三吉が、頭をかいて、

「三公で結構でござんすよ」

「立派な殿御を、そんな風には呼べませせぬ」

「立派な何ですって？」

「あなたは、立派な殿御です」

「ありがとうござんす」

「隼人様が見つかると思いますか？」

「お頭は、江戸中に眼をお持ちでござんすからね。すぐ見つけますさあ」

「もう二日目なのに、まだ、見つからぬではありませぬか」

「そりゃあ、まあ――」

「私は、これから、隼人様を探しに出かけます。案内して下さい」

「そりゃあ、いけませんや。お頭から、堅く止められておりますんで」

三吉は、あわてて止めた。藤乃は、その手を振り払うようにして、

「出かけます。止めることはなりませぬ」

と、二階から階下へおりようとしたが、その時、階下で、

「うわッ」

と、伍助が、叫び声をあげるのが聞こえた。

三吉は顔色を変えて、だだっと、階段を駈けおりた。源十郎から、何が起きるかわからないぞと、注意されていたからである。

店の真ん中に、血刀を下げた片腕の浪人が、突っ立っていた。

小柄な伍助は、はじき飛ばされたみたいに、店の隅にうずくまっている。その肩から、どくどくと血が流れていた。

浪人は、じろりと三吉を見た。青白い顔に、眼だけが、異様に光っている。

三吉は、思わず、ぞーッとしながら、階段の途中から、相手を睨みつけた。

「なんだ、てめえは。盗っ人か」

「お前も、この店の者か？」

「そうだったら、どうする積りだ？」

三吉は、ふところの中で、匕首《あいくち》を握りしめた。

「可哀《かわい》そうだが斬る」

黒川周平は、冷たくいった。

「よしやがれ。てめえなんかに斬られてたまるもんか。おれを誰だと思ってやがる。仏の源十郎の一の子分で、猿《ましら》の三吉とは、おれのことだ」

「小悪党か」

と、周平は、小さく笑った。

「そっちは、切取り強盗じゃねえか」

「それが念仏代りか」

　周平は、だらりと刀をぶら下げたまま、ずかずかと、階段を上って来た。

三吉は、上に向って、

「お嬢さん。お逃げなせえッ」

と、叫んでから、匕首を抜き放ち、

「こん畜生ッ」

と、相手に向って、切りつけていった。

無謀だった。

周平が、ニヤッと笑った。横に払った刀が、見事に、三吉の胴を斬っていた。悲鳴をあげて階段を転がり落ちる三吉には、見向きもせず、周平は、二階にあがった。

そこで、周平は、立ちつくした。

思いもかけず、そこに、藤乃を見つけたからである。

青白い周平の顔に、一瞬、赧味《あかみ》がさした。気付いて、血に染まった刀を鞘《さや》におさめてから、

「藤乃殿。拙者と一緒においでなさい」

「いやです」

藤乃は、後ずさりしながら、懐剣の柄に手をかけた。

「いやといわれても、拙者は、連れて行く。連れて行って、拙者の妻にする」

「無体な」

「力ずくでも、妻にする」

周平が、一歩近づいた。

藤乃が、一歩退った。

窓の縁に、身体《からだ》が触れた。その後は、浅草川だ。川の流れる音が、藤乃の耳を打った。

もう、後に退ることは出来ない。

周平が、ニヤッと笑った。

その瞬間、藤乃は、着物の裾を押えて、窓から川面に向って飛んだのである。

「あッ」

と、叫んだのは、周平の方だった。

激しい水音がひびき、浅草川は、たちまち、藤乃の身体を呑《の》み込んでしまった。

周平は、窓に駈け寄ると、じっと、川面を睨んだ。

浅草川は流れが速い。一瞬、藤乃の着物が見えたと思ったが、たちまち、きらきら光る川面しか見えなくなった。

周平は、強く舌打ちすると、階段を駈けおり、和泉屋を飛び出すと、浅草川の岸を、川下に向って走った。

走りながら、川面に眼をやった。

だが、藤乃の姿は見つからなかった。

周平は、息を切らして立ち止った。その顔が、息苦しさからだけではなく、醜く歪《ゆが》んでいた。

(それほど、このおれが嫌いなのか)

周平は、唇を嚙《か》んだ。酒を飲み、吉原《よしわら》に女を買いに出かけても、いつの間にか、藤乃に似た顔の女を抱いてしまっている。それなのに、藤乃は、周平を避けて、浅草川に飛び込んだ。

(死んだのか?)

いや、死にはしまい。死ぬ筈《はず》がない。生きている限り、いつかきっと、おれの妻にしてみせる。

周平は、もう一度、川面に視線を投げてから、ゆっくりと歩き出した。

和泉屋の前には、人だかりが出来て、岡っ引が、突っ立って通行人を睨んでいる。

周平は、冷たい眼で、じろりと和泉屋を見やってから、その前を通り過ぎた。

その頃、下流の新大橋《しんおおはし》辺りで、柳沢吉保は、鳴門屋重兵衛の催した舟遊びを楽しんでいた。

新大橋は、長さ百八間、元禄《げんろく》六年末に出来あがったばかりの橋である。

屋形舟《やかたぶね》の中には、重兵衛が集めたきれいどころがはべっていたが、吉保の興味は、もっぱら、同席した東洲斎写楽に向けられていた。

あばた面の小男ながら、写楽は、天下の柳沢吉保に向って、毫《ごう》も、おくした様子がなかった。

吉保には、そんな写楽の態度が、小気味よく映《うつ》ったらしい。

自ら盃《さかずき》を与え、浮世絵の話などしていたが、ふと、写楽の胸元からのぞいている細長い皮袋に目を留めて、

「それは何だ？」

と、吉保が聞いた。

「これですか」

写楽は、皮袋の口をひらき、中から固く巻いた掛軸を取り出して、吉保の前に広げて見せた。

「知人からの預りものですが、素朴な筆の運びが気に入って、こうして持ち歩いております」

「山水画だな」

と、吉保がいい、重兵衛も、横からのぞき込んだ。

描き手の署名はない。その代りのように、詩の一節らしきものが書いてあった。

「この山は、四国の剣山です」

と、写楽がいった。

「四国といえば、確か、そちも阿波の生れであったな」

吉保がいうと、写楽は、笑って、

「四国の山猿でござる」

「この山水画に書かれた詩らしきものは、妙なものですな」

と、重兵衛が、首をひねった。

それには、たった三行、次のように書いてあった。

木ノ横ヲ見レバ楽アリ
奥山ガ上ニ戴《イタダ》クトイエドモ
峠ノ山上ハ切リ取ルベシ
吉保は、興味を抱いたとみえて、腕を組み、じっと、読み返していたが、

「どうやら、判じものだな」

と、口の中で呟いてから、写楽に向って、

「そちに、意味がわかるか？」

「いっこうにわかりませぬ」

「これを、そちに預けたという人物に、聞いてみたことはないのか？」

「ございません」

「どういう人物だ？」

「昔、阿波の郷士だったお人で、江戸で知り合いましたが、先日、これを返しに行きましたら、どこへ行ったか娘御ともども、行方《ゆくえ》不明になっておりました」

「阿波の郷士の持物か」

吉保は、宙に眼をすえて、何か考えていたが、重兵衛と、写楽の顔を、見比べるようにして、

「四国の剣山といえば、確か、巨万の財宝が埋められておると聞いたことがあるが」

「私も、昔から、いろいろと聞いておりますが、どこまで信用していいのか、迷っております」

と、重兵衛は、微笑した。

阿波に生れた者で、剣山の財宝の話を耳にしない者はいない。だが、絶対にあると信じている者は少なかった。

「剣山の財宝か」

と、吉保が、腕を組んだまま呟いた時、外で、船頭の叫び声がした。

ぐらりと、舟がゆれた。

「どうした？」

と、重兵衛が聞くと、船頭の困惑した声が返ってきた。

「若い娘を拾いましたんで」

「何だと？」

「若い娘が流れて来たんでさあ。土左衛門《どざえもん》と思ったら、まだ、脈がありますよ」

「助かりそうか」

そんな、船頭と重兵衛のやりとりを聞いていた吉保が、

「水は吐かせましたが、身体を温めねえと――」

「かまわぬ。中へ入れて温めてやれ」

と、船頭に向っていった。

芸者衆が、身体をずらせて、空いた場所へ、若い船頭が、びっしょりと濡《ぬ》れた若い娘の身体を抱きかかえて来て、仰向《あおむ》けに寝かせた。

白い顔に、濡れた髪の毛が、いく筋かへばりついているのが、凄艶《せいえん》な感じだった。その顔を見て、重兵衛は、あッと思った。

（藤乃さん）

「鳴門屋。そちの顔見知りの娘か？」

と、吉保が聞いた。

「いささか――」

「姿は町娘だが、懐剣を所持しているところを見ると、武家の娘だな」

「昔、私が御恩を受けましたお方のお娘御でございます」

「そちが恩を受けたというと、阿波藩の家中か？」

「はい」

「この娘の名前は、何という？」

「藤乃様とおっしゃいます」

「この美しさにふさわしい、いい名だな」

と、吉保は、微笑してから、急に、重兵衛に向って、

「舟遊びは止めるぞ。この娘は、わしの今日の拾いものゆえ、屋敷に連れて行く。かまわぬだろうな？」

と、いった。相手が吉保では、重兵衛は、黙って肯《うなず》くより仕方がなかった。

藤乃は、小さく咳《せ》き込《こ》んでから、やっと、眼を開いた。

いつの間にか、厚い絹布団に寝かされている。身につけている着物も、変っている。は

っとして、起き上がると、枕元《まくらもと》にいた女中が、

「まだ起きてはなりませぬ」

と、叱《しか》るようにいった。

「ここは、どこですか？」

藤乃は、その女に聞いた。障子《しょうじ》の向うで、鯉《こい》のはねたらしい音が聞こえた。

「ここは、柳沢吉保様のお屋敷です」

「なぜ、私が、柳沢様のお屋敷に？」

「それは、お殿様がお答えになります。あと半刻ほどお休みになったら、お殿様のところへ、お連れ申し上げます」

と、女中が答えた。

半刻して、藤乃は、化粧を直され、着物を着換えさせられてから、奥へ連れて行かれた。

書類に眼を通していた吉保が、顔を上げ、藤乃に向って、微笑した。

「気がついたな」

「私は、なぜ、柳沢様のお屋敷にいるのでございましょうか？」

「わしは、今日、舟遊びをしていてな。そちを拾ったのだ。鳴門屋に聞いたところ、そちは、阿波藩城代家老の娘とのことだが」

「勝浦主馬の娘、藤乃でございます」

「城代家老の娘が、なぜ、町娘の姿で江戸におる？」

「その理由は、お答えできませぬ」

「わしが聞いても、答えられぬと申すか？」

「ご勘弁下さいませ」

藤乃は、頭を下げた。

「いえぬか――」

と、吉保は、呟いたが、別に怒った気配はなく、笑って、

「そちは、父の肩をもんだことがあるか？」

「時々は」

「では、わしの肩ももんでくれ」

吉保は、気楽な表情で、畳の上にごろりと横になった。

藤乃は、戸惑っていたが、吉保に手招きされると、膝《ひざ》をすすめ、その肩に手を置いた。

かすかに、香の匂《にお》いがした。洒落《しゃれ》者の吉保は、衣服に香を焚《た》き込んでいるのだろう。

吉保は、眼を閉じて、藤乃に身を委《まか》せている。

「さっきの話だが」

「はい」

「何か望みを抱いて、江戸に参ったのか?」

「――――」

「もし、そうなら、わしが、その望みをかなえてやってもよいが」

「本当でございますか」

思わず、藤乃の声が上がった。柳沢吉保の権威がどれほど強いものか、藤乃には、正確にはわかっていない。だが、幕閣の有力者であることだけは、知っていた。もし、柳沢吉保が、力を貸してくれるなら、阿波藩のために、命を捨てる覚悟は出来ている。藤乃は、そう思った。

「確か、そちの父は、亡くなったのであったな?」

「はい。先日、亡くなりましてございます」

「わしが聞いたところでは、勝浦主馬が亡きあとの阿波藩は、藩内が二派に分れて相争い、ごたごたが絶えぬそうな。新しく城代家老に推されている勘定奉行の田名部大学も、根強い反対にぶつかって、いまだに宙に浮いていると、わしは聞いたのだがのう。このままでは、いつ、幕閣が、阿波藩取潰《とりつぶ》しに動かぬとも限らぬ。そうは思わぬか?」

吉保は、笑いながら、恐ろしいことをいった。幕閣の中には、吉保自身も入っているのではないのか。

藤乃は、じっと、唇を嚙《か》みしめて、吉保の言葉を聞いていたが、きっとした眼で、相手

を見つめると、

「阿波二十五万石は、必ず守っておめにかけます」

「なかなか、勇ましいの」

吉保は、楽しそうに笑って、

「その細腕で、見事、阿波二十五万石を守ってみせるか」

「命をかけている者は、私一人ではございませぬ」

「かわら版に出ていた荒木田隼人と申す浪人も、その一人かな?」

「――――」

「手が留守になったぞ」

「申しわけございませぬ」

藤乃は、あわてて、もむ指先に、力をこめた。

「そちは、いくつになる?」

吉保は、頬杖をつき、藤乃に肩をもませながら聞いた。

「十八歳でございます」

「美しい――」

「――――」

「わしが、可愛《かわい》がってやろうといったらどうするな?」

吉保は、いきなり、右手を伸ばして、藤乃の手首をつかんだ。

藤乃は、反射的に、手を引っ込めようとしたが、すぐ、相手のなすに委せた。色白な顔立ちに似合わず、吉保の腕は、骨太である。つかまれた手が痛い。

「阿波藩の安泰を約束して頂けますか？」

藤乃は、手首をつかまれたまま、吉保を見た。

吉保は、急に、「あははは」と大声で笑い出し、つかんでいた藤乃の手を放すと、

「そちは、わしの拾いものゆえ、しばらく当屋敷におれ」

と、いった。

そのあと、立ち上がって、庭に面した障子を開けた。

「庭でも案内してつかわそう」

宝の絵図

お絹は、今、自分が、どこに閉じこめられているのか、判断がつかなかった。

神田鍛冶町のおたきの家から、急にめかくしをされ、駕籠に乗せられて、ここへ連れて

来られたのである。

一刻近くも駕籠にゆられていたから、かなり遠くまで連れて来られたとはわかったが、めかくしされていたので、方角の見当がつかない。

めかくしを外された時は、薄暗い土蔵の中であった。仙八は、縄を解いてくれたが、頑丈な扉を閉め錠を下ろされてしまうと、逃げることは不可能だった。

明りとりの窓にも、鉄格子がはまっている。

時々、鶯《うぐいす》の鳴き声が聞こえるところをみると、江戸の真ん中ではないらしい。お絹にわかるのは、そのくらいだった。

食事を運んでくるのは、たいてい、おたきだった。

おたきは、その度に、お絹を見て舌打ちをし、

「あんたのおとっつぁんは、娘が可愛くないのかねえ。早く、宝の絵図を持って来ないと、ほんとに、あんたを吉原に売り飛ばしちまうよ」

と、脅した。

そんなおたきでも、もし、いなかったら、仙八がきっと、自分に嫌らしいことをしていたろうと思うと、お絹は、感謝したくなる時があった。

夜になると、土蔵の中は真っ暗で、お絹は、一層心細くなった。そんな時、しっかりと眼を閉じ、荒木田隼人のきりっとした顔を思い浮べた。それでも恐ろしい時には、小声

で、「隼人様」と、呟いた。そうすると、不思議に、気持が落ち着くのだ。

岡っ引の仙八の方は、ここ毎日、不機嫌だった。

おたきも、機嫌が悪い。

「こんな内藤新宿《ないとうしんじゅく》の外れまで逃げてくる必要があったのかい？　お前さん」

と、おたきは、仙八にからんだ。

仙八は、酒を飲みながら、じろりと、おたきを睨んで、

「逃げたんじゃねえ。一時、身をかくしただけだ。あのお絹を、源十郎の奴にでも見つかってみろ、折角の五百両が、ふいになっちまわあ」

「なぜ、源十郎を、そんなに怖がるのさ。あんたは岡っ引で、向うは盗っ人じゃないか」

「怖いのは、源十郎の眼と耳だ。あいつの子分は、江戸中に散らばってやがるからな。お絹のことが見つかって、それが、荒木田隼人にも知られてみろ。隼人って奴は、お絹に惚れてるんだ。それに、秋山道場の門弟たちを、大根でも切るみてえに斬りやがった凄腕《すごうで》の浪人だ。おれたちも、ばっさりやられちまうぜ」

「ほんとかい？」

おたきは、思わず、胸に手をやった。仙八は、ぐいッと酒を呷《あお》ってから、

「ほんとうとも。だから、ここにかくれて、宝の絵図を手に入れようっていうんだ。酒井の殿様も、気が短《みじけ》えから、そうそうは、待ってくれねえ。三日間と日限を切られてるん

だ。それにしても、あの爺《じじ》いは、どこへ消えちまいやがったか」

仙八は、盃《さかずき》を置いて、ふらりと立ち上がった。

「これから、あの爺いを探しに行ってくる。お絹のあまを、逃がさねえようにしとけよ」

「女の細腕で、あの土蔵が破れるものかね」

「そりゃあ、そうだが」

仙八は、土蔵の方へ、ちらりと眼をやった。若くて、きれいな娘だ。年増のおたきにはない、清純な色気がある。今、おたきがいなきゃなあと、仙八は、彼女に見えないところで舌打ちをしてから、家を出た。

いつもは、十手をぶらぶらひけらかせて歩くのだが、今日は、十手はふところに入れたままだし、手拭で頬かむりをしている。

仏の源十郎や、荒木田隼人に見つかるのが怖いからである。うまくいけば、酒井但馬守から五百両ぐらいは貰えそうなのに、お絹を取り返されたら、一文にもならなくなってしまうのだ。

春風が吹いて、土埃《つちぼこり》が舞いあがっている。

仙八は、材木長屋に足を向けた。裏からのぞいてみたが、お絹の父親の姿はなかった。あれから、ここに帰った気配もない。向うも、娘のお絹を探し歩いているに違いないとは、仙八にも想像がつくのだが、いったい、どこにいるのか。

酒井但馬守にいわれた期限は、あと一日、明日一杯である。それまでに宝の絵図が手に入らなければ、どんな運命が待ち受けているか、わかったものではない。

仙八は、頰かむりの下の眼を、ぎらぎら光らせて、水道橋から、神田、浅草と、探し廻った。

浅草寺の近くまで来た時である。

向うから、うす汚い老人が歩いてくるのにぶつかった。

頭にまで土埃がくっついている。着ているものも、よれよれで、眼には、黄色く眼やにがたまっていた。

(乞食《こじき》か)

と、仙八は、眉《まゆ》をしかめてすれ違ったが、

「あッ」

と、声をあげて、振り返った。太い腕を伸ばして、その老人の肩をつかむと、

「見つけたぞ。本物の絵図を渡しやがれッ」

と、怒鳴った。

同時に、老人の方も、眼やにだらけの眼を、急に、きらりと光らせて、

「お前は――。娘を返してくれッ」

と、自分の方から、仙八に、むしゃぶりついて行った。

仙八は、お絹の父、又五郎老人を、伝法院の裏手へ引きずって行くと、ふところから十手を取り出して、

「おい」

と、凄《すご》んだ。

「娘を女郎に叩き売られたくなかったら、本物の絵図を渡すんだ」

「お絹は、無事だろうな？」

又五郎老人は、地面に片手をつき、荒い息を、ぜいぜい吐きながら、仙八を睨んだ。

「無事だよ。だが、爺さん。そっちの出方次第だ」

「お絹に会わせてくれ」

「本物の絵図を持ってくりゃあ、いつだって会わせてやるぜ。おい。本物は、どこにあるんだ？」

「知り合いの絵師に預けてある」

「何て絵師だ？」

「東洲斎写楽という人だ」

「知らねえな。そんな奴は」

仙八は、馬鹿にしたように、ペッと、唾《つば》を吐いてから、

「とにかく、明日の朝五つまでに、本物の宝の絵図を、ここへ持ってくるんだ。そうすり

ゃあ、娘は、きっと返してやる」

「ああ、持ってくるとも」

老人は、ふらっと立ち上がると、つんのめるような恰好《かっこう》で、雷門の方へ歩いて行った。

仙八は、ニヤッと笑って、それを見送ってから、いったん、内藤新宿へ引き返した。

昔、この辺りの庄屋の屋敷だったのが、住み手がなくなって荒れ果てていたのを、仙八と、おたきが、無断でもぐり込んだのである。母屋の方は傷みが激しいが、お絹を閉じ籠《こ》めた土蔵だけは、しっかりしている。

仙八が帰ると、所在なさそうに横になっていたおたきが、起き上がって、

「首尾は、どうだったい？」

「上々さ。明日の朝には、宝の絵図が手に入る」

「じゃあ、もう、こんなところにくすぶってなくていいんだね？　くさくさするんだよ。この辺りは。肥料《こやし》くさいし、呉服屋も、髪結いもないしね」

「もう、そんなことで、くよくよすることはねえさ」

と、仙八は、豊満なおたきの身体を抱き寄せ、胸に手を差し入れて、彼女の乳房をもてあそびながら、

「今度こそ、五百両が手に入るんだ。ぜいたくざんまいの暮らしをさせてやるぜ」

「そんなことといわれると、身体が濡れてくるじゃないか」

おたきは、ふふふと、含み笑いをして、自分から、横になり、身体を開いていった。

翌朝、仙八は、十手をふところに投げ込んで、家を出た。

昨日の伝法院の裏手に来ると、まだ五つ前なのに、又五郎老人が、地面にうずくまるようにして、仙八を待っていた。

「持って来たかい？」

と、仙八が声をかけると、老人は、桐の箱に入った掛軸を、仙八の手に押しつけるようにして、

「これだ。早くお絹に会わせてくれ」

「あわてるんじゃねえよ。まず、中身が本物かどうか見てみねえとな」

仙八は、膝の上で、掛軸を広げた。山水画だというのはわかったが、書いてある字の意味がわからない。

「これは、どういう意味だい？」

「わたしにもわからんのだ。ただ、先祖代々伝えられるところでは、この字の意味を解いた者が、巨万の富を得られるということだ」

「巨万の富をな」

その言葉が気に入って、仙八は、ニヤッと笑った。

「絵図は渡したんだ。お絹を返してくれ」

老人が、哀願する。

「いいとも、おれについて来な」

仙八は、先に立って歩き出した。

土手八丁といわれる日本堤《にほんづつみ》に向って、すたすたと歩いて行く。両側に茶店が出ているが、まだ店は開けていない。

老人は、息せき切って、仙八について歩きながら、

「お絹は、本当に、こっちにいるのかね？」

「ああ、この先だ。あそこに見える家にいる」

仙八が立ち止って、吉原の方を指さした。

老人が、背伸びをするようにして、眼を向けた。

「そっちじゃない。もっと左の方だよ。爺さん」

喋《しゃべ》りながら、仙八は、いきなり、老人の身体を、土手の下に向って突き飛ばした。

「うわッ」

と、悲鳴を残して、又五郎老人は、土手から転がり落ちた。下の草むらで止ったが、えびのように身体を丸めたまま、動かなくなった。

（爺いめ。くたばりやがったか？）

仙八は、しばらく、土手の上から見下ろしていたが、吉原の方から空駕籠が来るのを見

て、それに乗り込んだ。老人が死のうが、どうしようが、知ったことではない。この宝の絵図を酒井但馬守に高く売りつけたうえ、お絹は、四、五十両で売り飛ばすというのが、仙八の最初からの腹だった。

「どこへ行きますんで？　旦那《だんな》」

たれをおろしてから、駕籠屋が聞くと、仙八は、ちょっと考えてから、

「霊岸島《れいがんじま》へやってくれ」

と、いった。まず、この掛軸を五百両にと考えたのだ。内藤新宿へ戻って、お絹を売り飛ばすのは、そのあとでもいいだろう。

駕籠が走り出した。

そのとたん、どこから現れたか、深編笠《ふかあみがさ》の侍二人が、両側から、ぴったりと駕籠をはさみ込んだ。

駕籠の中にいた仙八が、びくッとして、

「おい。止めてくれッ」

と、叫んだ。駕籠屋が、足を止めようとすると、侍の一人が、低い声で、

「止るな」

「なんだ？　てめえたちは」

と、仙八は、駕籠のたれをはね上げ、十手を突き出して、

「おれは、お上の御用をうけたまわっている者だぜ」

と、怒鳴った。

駕籠屋は、青い顔で、足を止めてしまっている。

「笑わせるな」

二人の中、長身の侍が、深編笠の中で、冷たくいった。

仙八には、相手が何者なのかわからなかった。荒木田隼人かと思ったが、違うようだ。

何者とも知れぬだけに、気味が悪い。

「いくか。さんぴん」

と、仙八は、駕籠の外に出ると、肩をそびやかして、二人の侍を睨みつけた。

「おれを、ただの岡っ引だと思うなよ。おれの背後《うしろ》にはな、ご老中の酒井様がついているんだ。おれに指一本でもかけてみやがれ。てめえたちの首が飛ぶぞ」

これだけいえば、相手は、たちまち、おじけづくだろうと、仙八は、踏んだのだが、驚いたことに、二人の侍は、深編笠越しに、ちろりと眼くばせしただけで、

「いいから乗れ」

と、相変らず、冷たい口調で命令した。

「てめえたち、酒井様が怖くねえのか?」

「酒井の狸おやじか」

ふふふと、小太りの方が、笑った。

仙八は、びくっとした。この二人の侍は、老中酒井但馬守を、少しも怖がっていないのだ。

「てめえたちは、いったい何者なんだ？」

少し、声が震えた。逆に、仙八の方が、相手を怖がってしまった。

二人の侍は、答えない。

「乗れッ」

と、鋭い声が飛んだ。

拒否すれば、容赦なく斬り捨てるぞという気迫が、仙八を震えあがらせた。

仙八は、駕籠に乗った。

「かつげ！」

と、侍は、駕籠屋に命令した。

駕籠が走り出した。

仙八は、ゆられながら、たれの隙間《すきま》から外を見た。よくわからないが、霊岸島にある酒井但馬守の別邸に向っていないことだけは確かだった。

片方の侍が、黙って、行く先を指図しているらしい。

しばらくして、駕籠が止った。

「出ろッ」

と、背の高い方が命令した。

どこかわからない。人気《ひとけ》のない河原に、小さな小屋が建っている。

駕籠は、その前で止っている。

「入れッ」

と、仙八は、背中を押された。

小屋の中に、入っても、二人の侍は、深編笠を取ろうとしない。

仙八は、ござの上に座らされた。

「さっき、老人から取り上げたものを見せて貰おうか」

と、背の高い侍がいった。

「さあ。何のことで?」

仙八が、とぼけたとたん、もう一人の侍が、小刀を抜いて、仙八の左頰《ひだりほお》を、すうーッと切った。

血が吹き出した。

仙八は、真っ青な顔で、あわてて、両手で傷口を押えた。

「出せッ」

と、眼の前の深編笠がいった。

仙八は、ふところから、掛軸を取り出し、侍の前に投げ出した。

二人の侍は、掛軸を広げて、じっと見ていたが、

「この言葉の意味は？」

「知りませんよ。本当なんだ。何のことか、皆目、見当もつかねえんで」

「この山は？」

「知りませんよ。ただ、阿波の山らしいとは聞きましたがね。ねえ、お侍さん。後生だ。その掛軸を返しておくんなせえ。持って行かねえと、あっしの命が失くなっちまうんで」

仙八は、血の気を失った顔で、哀願した。

血は止っていたが、左半分が、朱《あか》く染まっている。

「持って帰らぬと、酒井但馬守に殺されるか？」

「さようで。お願いだ。助けると思って、それを返しておくんなさい」

「返してはやる」

と、一人がいい、ふところから巻紙を取り出し、悠々と宝の絵図を写しはじめた。

仙八は、じっと待っているより仕方がない。

（こいつら、いったい何者なんだ？）

と、いくら考えても、仙八には、見当がつかなかった。

わかるのは、老中酒井但馬守をも恐れぬ不敵さを持っているということだけである。

二人の侍は、悠々と写し終ると、掛軸を、仙八に返して寄越した。

「それ、酒井の狸おやじに持って行ってやれ」

一人がいうと、もう一人が、深編笠の中で、含み笑いをしながら、

「われらのことは、但馬守にいわぬ方が、お前のためだな。折角の宝の絵図が、他の者に写し取られたとわかれば、但馬守は、約束の金を払ってくれぬかも知れぬからな」

(畜生!)

と、仙八は、小屋の外へよろめき出た。

一刻後。

仙八は、酒井但馬守の別邸で、宝の絵図を献上していた。

老人は、機嫌がよかった。

「今度は、本物のようだな」

老人は、相変らず、茶室の中から、庭に控えている仙八に声をかけた。

「死ぬ思いで、手に入れたものでございます」

と、仙八は、神妙にいった。

茶室の中で、人の動く気配がして、小柄な酒井但馬守が、戸口に姿を見せた。

「この絵図を、他の誰かに見せたりはしなかったろうな?」

「とんでもない。わたくしが、そんなことをする筈がございませんでしょう。お殿様のた

めに、必死にお仕え申しあげております」

「それならいいがな。その顔の傷はどうした？」

「絵図を手に入れますとき、相手と、ちょっとやり合いまして、危うく、命を落とすところでございました」

「高く買わねばいかんようだな」

老人は、薄笑いをし、奥に向って、用人を呼んだ。

用人は、三方《さんぼう》に、五百両をのせて、黙って仙八の前に置いた。

仙八は、ニヤッと笑い、その金を、ふところにねじ込んだ。

「わかっておろうが、このこと、口外無用だぞ」

但馬守は、強い語調で釘《くぎ》を刺し、仙八が、帰ってしまうと、もう一度、用人を呼んで、

「秋山幻斉を呼んで参れ」

と、命じた。

一人になると、但馬守は、自分の前に掛軸を広げ、細い眼で、じっと眺めた。

「木ノ横ヲ見レバ楽アリ。奥山ガ上ニ戴クトイエドモ、峠ノ山上ハ切リ取ルベシ――か」

但馬守は、口の中で、何度も呟いた。

いつの間にか、茶室の外に夕闇が立ち籠め、手元が暗くなってきた。

女中が入って来て、灯を入れた。

但馬守は、まだ、同じ言葉を呟いていた。が、庭に、人の気配を感じて、

「幻斉か？」

と、声をかけた。

「さようでござる」

老人は、その声に、掛軸を巻いて、戸を開けた。さあッと流れた明りの中に、総髪の秋山幻斉の姿が浮び上がった。

「仙八と申す岡っ引を存知ておるな？」

但馬守は、突っ立ったまま、幻斉を見下ろした。

「知っております」

「斬れ」

「はッ」

「仙八と一緒におる者は、一人残らず斬り捨てるのだ。女子供といえども容赦はいらん」

「わかりました。が、仙八は、今、どこにおりますか？」

「仙八をつけさせたところ、内藤新宿の古びた庄屋の屋敷に住んでおるとのことだ」

「斬るだけで、よろしいのですな」

「そうだ。逃がすなよ。絶対に斬り捨てるのだぞ」

「承知つかまつりました」

幻斎は、一礼して、酒井の別邸を出た。老人は、いつも理由をいおうとしない。こちらから聞けば、不機嫌になるだけだった。

だから、幻斎も、心得て、聞いたことはない。

しかし、理由を知りたい気持は、別ものだった。

（あの仙八が、いったい何をしたのか？）

老人が、仙八を使って、何か探らせていたことは、幻斎も知っている。それも、かなり大事な仕事だったのだ。そうでなければ、閊っ引ふぜいを、老人が、別邸へ呼びつけたりはしまい。

仙八は、その仕事をやりとげたのだ。だから、口封じに、斬るということだろう。

その頃。

内藤新宿の、こわれかけた庄屋屋敷では、仙八が、おたきの前に、五百両の小判を積みあげて、悦に入っていた。

「どうだ。いつ見ても、悪くねえ眺めだろう」

「これ、本当に、あたしたちのものなんだねえ」

おたきは、震える指で、封を切り、ざッと、こぼれた小判を、両手で取りあげた。

「当りめえよ。それに、宝の絵図も、こうして、ちゃんと写しておいた。何万両も夢じゃねえぜ」

仙八は、ふところから、四角にたたんだ半紙を取り出して見せた。深編笠の侍二人に、ひどい目にあったあと、仙八も、酒井但馬守の別邸へ行く途中で、茶店に寄り、絵図を写し取ったのだ。

「ところで、お絹は、どうしている？」

「観念したと見えて、土蔵の中で大人しくしているよ」

「そうか。そろそろ、売り飛ばした方がいいな」

「お前さん。若くてきれいだから、未練があるんじゃないのかい？」

おたきが、睨むのへ、仙八は、ちょっと狼狽《ろうばい》した顔になった。

「詰らねえ勘ぐりはするんじゃねえッ」

と、おたきを、怒鳴りつけてから、

「ここへ、お絹を連れて来い。今日中に、売り飛ばして、ここを引き払うんだ。じたばたしやがったら、縛りあげちまえ」

「あいよ」

と、おたきが、腰を上げた。

（まあ、五、六十両だな）

と、仙八が、考えた時、玄関の方に、かすかに物音がした。

仙八は、びくっとした顔で、耳をすませた。

あわてて、五百両の金を、布団の下へ押し込んだ。

ばたばたっと、廊下に足音がして、おたきが、お絹を引きずって来た。

お絹は、無残にも、胸のあたりを、荒縄で、ぎりぎりと縛りあげられている。襟《えり》がはだけ、片方の白い乳房が、顔をのぞかせていた。

「観念してると思って、安心してたら、いきなり逃げようとしやがったんだよ」

おたきは、憎々しげにいい、お絹の髪をつかんで、ずるずると、床柱のところまで引きずって行った。

「あっ――」

と、お絹は、思わず悲鳴をあげた。疲れ切ってさえいなかったら、こんな女にねじ伏せられたりはしない筈なのだと、口惜《くや》し涙が、ぽろぽろと、こぼれ落ちた。

「売り物だぜ。大事にしろよ」

と、仙八は、おたきにいったが、また、びくっとした顔になって、耳をすませた。

「どうしたんだい？　お前さん」

「気のせいかも知れねえが、表の方で、変な物音がしたんだ」

仙八が、十手を握りしめた時、がらっと、襖《ふすま》が開いた。

秋山幻斉が、そこに突っ立っている。

仙八は、ぎょっとしながらも、

「なんでえ。秋山先生じゃございませんか。何かご用で？」

と、声をかけた。

幻斉は、敷居のところに突っ立ったまま、じろりと、座敷を見廻した。

「妙な取り合せだな」

と、縛られたお絹に眼を留めていった。

「これは、ちょっとわけありなんで」

「どんなわけがある？」

「そいつは、勘弁して下さいよ。先生とは関係のねえことなんだ」

「ここにいるだけか？」

「何のことで？」

「この屋敷に、他に誰かいるかと聞いているのだ」

「他には、誰もいませんや。それが、どうかしたんで……」

「三人か」

と、幻斉が、呟いた。

「お前さん。何か様子が変だよおっ」

ふいに、おたきが、甲高い声で叫んだ。

とたんに、物もいわずに、幻斉が、抜き打ちに、おたきを斬った。

白刃が、宙を走った。

行灯《あんどん》の明りがゆれた。

「わあっ」

と、おたきが、悲鳴をあげ、床柱に縛りつけられて、身動きできぬお絹の膝の上に、倒れてきた。

ぱっと飛び散る血潮。

お絹は、眼を閉じた。

「何をしやがるッ」

仙八は、顔を真っ赤にして、怒鳴った。

「可哀そうだが、斬る」

幻斉は切っ先を仙八に向け、青白い眼で、じっと見つめた。

その眼を見ていると、蛇に睨まれた蛙《かえる》みたいに、仙八は、身動き出来なくなってくるような気がした。

「畜生ッ」

と、十手を投げつけた。

幻斉は、軽く避けて、横なぎに、斬り込んできた。

仙八は、必死に飛び退った。が、左足に、焼けるような痛みを感じた。

太股《ふともも》を切られて、どっと血が吹き出した。

仙八は、四つん這《ば》いになり、庭に、転がり出た。

幻斉は、ニャッと笑って、庭へおりかけたが、ふと、背後に、人の動く気配を感じて、振り向いた。

いつの間に現れたのか、お絹をかばう恰好で、町人姿の男が立っていた。

天井板が一枚外れている。そこから飛びおりたのだ。

「貴様は、確か、源十郎とかいう悪党だったな」

幻斉は、足場をかためながら、ゆっくりといった。

「おぼえていておくんなすったんですねえ」

源十郎は、笑った。が、ふところの中で、匕首《あいくち》を握りしめていた。

そのままの恰好で、背後のお絹へ、

「お絹さん。安心なせえ。もうすぐ、隼人さんがお見えになりますぜ」

「隼人様が？」

蒼白《あおじろ》かったお絹の顔が、ぱっと輝いた。

（隼人が来る？）

幻斉は、迷った。

相手が、荒木田隼人一人なら、勝てると思う。だが、源十郎と二人では、手を焼くことになるだろう。この妙な男の手強さは、永代橋で経験ずみだ。

「源十郎」

「なんですね？」

「今日は、その命、助けてやろう。荒木田隼人に伝えておけ。そのうちに、命を貰うとな」

「伝えておきますよ」

幻斉はじりじりと後退《あとずさ》りして行き、ふいに、その姿は、庭の闇に消えた。

源十郎は、「ふうっ」と溜息《ためいき》をついてから、お絹の縄を解きにかかった。

「隼人様は、本当にお見えになるんですね」

お絹は、源十郎の腕をつかんで聞いた。その眼が、もう、うるんでいる。

源十郎は、眼をそらせた。

「ごめんなさいよ。お絹さん。ああいわねえと、あいつに斬られるかも知れねえもんだからね」

「隼人様は、どこなんです？　教えて下さい」

「あっしが教えたら、どうなさるんです？」

「もちろん、すぐ、お会いしに参ります」

「隼人さんがいるところは、修羅の世界ですぜ。いつ命を落すかも知れねえんだ。それでもいいんですかい？」

「構いません。教えて下さい。後生です」

お絹は、必死に、嘆願した。

源十郎が知っていたお絹は、万事に控え目で、羞恥心《しゅうちしん》の強い娘だった。そのお絹が、変ったと、源十郎は思った。強い女になったのだ。危険な目にあったからだろうか。それとも隼人への愛のためだろうか。

(隼人さん。おめえさんが羨《うらや》ましいぜ)

源十郎は、ふと、藤乃のことを思った。あの気の強い娘が、いつの日か、このお絹のように、自分を慕ってくれることがあるだろうか。

「山谷《さんや》堀に、月光《げっこう》寺って、寺がありまさあ。去年、借金を溜《た》めて住職が逃げ出したって寺でしてねえ。草ぼうぼうで、誰も住んでやしねえ。隼人さんは、そこに――」

源十郎の言葉が終らない中に、お絹は、ふらつく足で、外へ飛び出していた。

源十郎は、追うのを止めた。ここは、お絹のしたいようにさせた方がいいと、思ったからである。しばらくして、

(いけねえ。爺さんのことを話すのを忘れちまった)

と、気がついた。

日本堤の下で、危うく死ぬところだった又五郎老人は、今、材木長屋に運ばれて、床に

就いている。命に別条はないが、娘のお絹に会いたがっている。

(あの爺さんには、お絹さんが無事だと、教えてやらなけりゃあな)

源十郎は、そう考え、引き揚げようとしてから、もう一度、血に染まった座敷を見廻した。

幻斉に斬られたおたきの死体。

(考えてみりゃあ、こいつも可哀《かわい》そうな女だ)

と、思う。仙八みたいな悪党にでも惚《ほ》れていたんだろう。

「なむあみだぶつ」

と、片手で拝んだ源十郎だったが、死体の傍に、半紙に描いた絵図を見つけて、拾いあげた。

源十郎の眼が、きらりと光った。

(こいつは、きっと、宝の絵図だ)

源十郎の頭が、素早く回転した。なぜ、仙八が、お絹を人質にとっていたのか。酒井但馬守が、仙八を使って、何を探らせていたのか。

全て、この絵図のためなのだ。

(本物は、多分、酒井但馬守の手に入ったろう。だから、秋山幻斉を使って、不用になった仙八を消そうとしたに違いねえ)

源十郎は、それをふところに突っ込むと、外へ飛び出した。

夜の道を、四谷《よつや》御門の方角に向って歩きながら、源十郎は、不敵な笑いを浮べていた。

(面白くなってきやがった)

と、思うのだ。

(何千両か、何万両か知らねえが、酒井但馬守にも、三浦半左衛門にも、秋山幻斉にも、絶対に渡せねえ)

「それにしても、判じものみてえな言葉の意味が、わからねえな」

と、源十郎は、口の中で呟いてから、急に、きっとした顔になって、足を止めた。

背後に、かすかな、人の足音を聞いたからだ。

背後の足音も消えた。

源十郎が、また歩き出す。背後に足音がまた聞こえた。

(つけてやがる。だが、何者だろう?)

秋山幻斉や門弟なら、こんなまだるっこしいことはしないで、斬りつけてくるだろう。

源十郎は、彼らしい行動を取った。

立ち止ると、くるりと振り向いて、誰が待ち構えているかわからない夜の闇に向って、すたすたと歩き出したのだ。

ふと、前方に、黒い人影が二つ見えた。

深編笠をかぶった侍が二人だ。

源十郎は、足を止めた。

「あっしに、何のご用でござんすか？」

と、源十郎が、声をかけた。が、相手は黙っている。

「こいつは面白え。口のきけねえ侍を二人も見るなんて、初めてだ」

「噂《うわさ》どおり、口だけは達者だな」

背の高い方が、低い声でいい、ふふふと、小さく笑った。

「なんだ、耳も聞こえる、口をおききになれるんで」

「ふところにあるものを、こちらに渡せ」

背の低い方が、ゆっくりした口調でいった。

「何のことでござんす？」

「庄屋屋敷で、お前が手に入れたものだ。お前のような下賤《げせん》なものには、用のない筈だ」

「嫌だといったら、どうなさるんで？」

「斬るさ」

「へえ」

ニヤッと、源十郎は笑った。侍って奴は、人の顔さえ見れば、斬るっていいやがる。秋山幻斉も、片腕の黒川周平も、そして、こいつらもだ。

瞬間。

闇を引き裂いて、何か光るものが、源十郎めがけて、飛んだ。

はっとして、源十郎は、横に飛んだ。

手裏剣《しゅりけん》だ。

(相手は、忍びの人間か)

源十郎は、ひとまず逃げることにした。相手の素姓がわからないからだ。

「追うのはやめろ。次郎《じろう》」

と、背の低い方が、連れの男を制した。

「いつでも斬れる。それより、まず、殿への報告が先だ」

その一刻後。

二人の深編笠の侍は、柳沢吉保の別邸で、吉保の前に平伏していた。

二人の名前は、伊知地太郎《いちじたろう》と次郎。甲賀《こうが》五十三家の一つ、伊知地家の生れである。

甲賀武士は、徳川家康に仕えて武功があったが、太平の世となっては、忍者の働く場所は少ない。武士を捨てて、百姓となったものも多い。

そんな中で、伊知地太郎と次郎の兄弟は、吉保の手足となって働くことによって、伊知地家の興隆を夢見ていた。

同じ忍者の伊賀《いが》衆が、麹町《こうじ》に将軍家から屋敷を与えられているのに比べて、甲賀衆の現在は、恵まれていない。

「ご明察どおり、酒井但馬守様の狙いは、阿波剣山に眠る巨万の埋蔵金でございます。これが、その絵図の写しでございます」

伊知地太郎が、写し取った絵図を、吉保の前に差し出した。

「どれ」

と、吉保は、手に取った。が、とたんに、苦笑が浮んだのは、鳴門屋重兵衛に誘われて舟遊びを楽しんだ時、東洲斎写楽が持っていた掛軸の絵だったからである。

「本物の絵図は、今、酒井殿の手元にあるのだな？」

「御意《ぎょい》。まずければ、今からでも、奪い取って参りますが」

伊知地太郎が、吉保を見上げていう。

兄の太郎は、なぜか、頭をつるつるに剃《そ》りあげている。弟の次郎は、もみあげを長く伸ばしている。整った顔立ちなのだが、どこか、暗く険のある眼をしていた。

「いや。それには及ぶまい。当分、酒井殿の出方を見たいからな」

と、吉保は、微笑して、

「この絵図のことを知っている者は、何人おる？」

「最初の持主、原又五郎と申す阿波の郷士、それに、娘のお絹と申す者も、当然、知っておりましょう。その他、酒井様が手先に使いました岡っ引仙八」

「その岡っ引は、いかがした？」

「酒井様が、秋山幻斉に命じて、殺させようと――」

「死んだか？」

「片足を斬られましたが、逃げのびた様子でございます」

「その他には？」

「仏の源十郎と申す盗賊も、絵図の写しを手に入れました」

「名前だけは、耳にしたことがある。町方も手を焼いておるようだな」

吉保は、ゆっくりと立ち上がり、縁に出た。冷たい夜気の中から、庭の白梅が、強く匂ってくる。

「吉保様」

と、兄の伊知地太郎が、吉保の背に向って、話しかけた。

「阿波剣山の埋蔵金は、十万両とも二十万両とも伝えられております。一方、来年に迫った日光東照宮《にっこうとうしょうぐう》の御改築の費用は、約十万両と聞いております。もし、酒井様が、剣山の埋蔵金を手に入れ、東照宮御改築を一手に引き受けられましたなら、いかがなりましょうや？」

「酒井様に対する将軍家のお覚えは、目出たくなろうな」

「そればかりでは、ございますまい」

伊知地太郎は、小さく咳払いをしてから、

「全国諸大名は、一様に勝手元が苦しく、東照宮御改築を命ぜられたら、莫大《ばくだい》な借金を背負うことになります。そこへ、酒井様が、一手に引き受けることになれば、諸大名の感謝の念は、酒井様に集りましょう。酒井様の方も、恩を売ることができます。さすれば、自然に、幕閣での力も強まりましょう」

「わたしが、酒井様を恐れていると思うのか？」

「いや、そうは思いませぬが、吉保様の出世ぶりを心よく思わぬ方も多いと思われます。酒井様が、それらの諸大名を手なずける恐れも、十分にございます。老中筆頭の酒井様が、目の上の瘤《こぶ》とみているのが、あなた様でございますから」

「それで？」

「剣山の埋蔵金は、是が非でも、あなた様が手にお入れにならなければいけませせぬ」

「それで、わしに、どうせいと申すのだ？」

「われら兄弟に、斬れとお命じになれば、この絵図のことを知っている者は、残らず、斬り捨ててごらんにいれます」

伊知地太郎が、冷たい口調でいった。

吉保は、じっと、白梅を見つめている。

「酒井様も斬ると申すのか？」

「ご命令があれば、酒井様でも、斬ってごらんにいれます」

伊知地太郎が、ずばりといった。隣で、弟の次郎が、眼を光らせている。

「斬るのもよいが――」

吉保は、あいまいに、語尾を濁して、庭に面した障子を閉めた。

「まだ夜は寒いな」

「どうなさいますか？」

「問題は、この絵図に書かれた文字だ。この謎が解けなければ、巨万の富は手に入らぬ。そちたち兄弟に、この文字が、何を意味しているかわかるか？」

「わかりませぬ」

「酒井殿も、すぐには、謎は解けまい。解けぬうちは、動きが取れぬ筈だ。他の者も同じであろう。そちたちは、酒井殿はじめ、この絵図のことを知っている者たちの動きを監視するのだ。動きがあったところで、処置を考える」

「かしこまりました」

伊知地兄弟が引き退ると、吉保は、小さく伸びをしてから、藤乃を呼んだ。

藤乃は、座敷に入って来て、きらりと光る眼で、吉保を見た。

「何かご用でございますか？」

「そちと話をしたくてな。これを見たことがあるかな」

吉保は、伊知地兄弟が置いていった絵図の写しを、藤乃に見せた。

藤乃は、吉保に近寄って、絵図の写しを手に取った。

「見るのは、初めてでございます。ただ、この山の形は、どこかで見たような――」

「阿波の剣山だ」

「確かに、剣山でございます」

「そこに書いてある文字だが、そちに、その意味がわからぬか？」

「木ノ横ヲ見レバ楽アリ、奥山ガ上ニ戴クトイエドモ、峠ノ山上ハ切リ取ルベシ――」

と、藤乃は、口の中で呟いてから、

「判じもののように見えますけれど」

「そちの亡くなった父が、同じ言葉を口にしていたことはなかったかな？」

「覚えがございませんが、この絵図は、もしかして――？」

「埋蔵金の絵図だ」

「やっぱり」

藤乃は、絵図を見直した。阿波に育った藤乃は、幼い時から、剣山の埋蔵金の話は聞いていた。だが、その話は、ひどくあやふやなものだった。

「剣山には、本当に、埋蔵金があるのですか？」

「あるとしたら、そちは、どうする？」

「私には、わかりませぬ」

「わからなければよい」

と、吉保は、笑って、

「そちは、酒を飲むか？」

「いいえ」

「では、酌《しやく》をせい」

手を打って、女中を呼び、吉保は、酒の支度をさせた。

藤乃と一緒にいると、吉保は、機嫌がよかった。美しい娘だからだけではない。この娘は、少しも、吉保を恐れていない。そのことが、吉保の気に入ったのだ。彼の政敵でさえも、吉保の前では、怯《おび》えるのにである。

「ここは、気に入ったかな？」

と、吉保は、盃を重ねながら、藤乃を見た。

「はい」

「では、いつまでもいればよい」

「いいえ」

藤乃は、きっぱりといった。

「なぜだ？」

「荒木田隼人様に会わなければなりませぬ」

「荒木田隼人か」

吉保は、口の中で、その名を呟いてから、

「会って、どうするのだ？」

「どうするかは、わかりませんが、隼人様に会わねばならぬのです」

「荒木田隼人という浪人は、ただの人殺しではないのか？」

「いいえ。違います」

「むきになるところをみると、そちは、荒木田隼人が好きか？」

「いいえ」

「好きでもない男に、なぜ、そう会いたがるのだ？」

「会わねばならぬのです。もし、お許しが出れば、明日にでも隼人様を探しに参りたいと存知ております」

「許さんぞ」

少し酔いが廻って、吉保は、笑いながら、藤乃にいった。

「そちは、わしが拾ったのだ。わしの許しなしに、荒木田隼人に会うことは許さん」

「はい」

「藤乃」

「なんでございましょう?」

「わしが好きか? それとも嫌いか?」

「――――」

「まあ。よいわ。酔って、眠くなった。退《さが》ってよいぞ」

「はい」

藤乃は、頭を下げ、廊下に出た。

中庭に面した出廊下を歩いていると、ふいに、闇《やみ》の中から、

「藤乃さん」

と、呼ばれた。はっとして、立ち止り、藤乃は、闇をすかした。

「あっしですよ。仏の源十郎でさあ」

つつじの茂みから、源十郎が、顔を出して、藤乃を見た。

「あッ」

と、藤乃も、声を出して、

「なぜ、私がここにいるとわかったのですか?」

「それが、偶然なんでさあ。妙な侍二人に狙われましてね。逆に、そいつらをつけて来たら、この屋敷にたどりついたわけでしてね」

「あなたは、隼人様の居所を知っていますか?」

知っているといいかけて、源十郎は、あやうく、その言葉を呑み込んだ。隼人のところには、今頃、お絹が行っている筈だった。

「どうなのですか？」

「探しているんですが、どこへ行ったか、隼人さんは見つからないんで」

「早く見つけて下さい」

と、藤乃がいった時、

「誰だッ。そこにいるのは」

と、若侍の声がした。源十郎は、

「ほい。見つかったか」

と、不敵に笑ってから、

「藤乃さん。柳沢吉保は、あなたに変なわるさをしないでしょうね？」

「そんなこと、わたしがさせません」

「それを聞いて安心しましたぜ」

源十郎は、ニッと笑って見せてから、たちまち、闇の中に姿を消した。

山谷堀のあたりは、寺が多い。

隅田《すみだ》川を舟で来て、山谷堀に入ると、右手が寺町《てら》、左手が吉原遊廓である。

山谷で葬式があると、若い衆が喜ぶのは、その帰りに吉原で遊べるからである。その他、隅田川を舟で来る遊客は、山谷堀で舟を降りて、吉原に行く。

この寺町に、月光寺という荒れ果てた寺がある。そこに、得体の知れぬ浪人が住みついたと思ったら、今度は、若く美しい娘が、一緒に住むようになった。

酔っ払った若い男が、この荒寺の傍を歩いていた。月明りの中に、ほの白い女の姿を見て腰を抜かしたりしたことがあり、夫婦狐《めおとぎつね》が住みついたという噂が立った。

この夫婦狐は、もちろん、荒木田隼人とお絹の二人である。

源十郎から、隼人のことを教えられたあの夜、お絹は、夢中で、山谷堀に走った。

月光寺を見つけ、荒れ果てた庫裡《くり》に入ったが、隼人の姿はなかった。

ただ、隼人の存在を示すように、貸布団が隅にたたまれていた。お絹は、暗い寺の中で、隼人を待った。

隼人は、なかなか帰って来なかった。お絹は、その間、食事もとらずに丸一日、待ち続けた。庫裡に食べ物はなかったし、近くに食べに行ったら、その間に、隼人が帰って来てはと、心配だったからだ。

朝になり、また陽が落ちても、隼人は帰らなかった。

(隼人様は、他へ移ってしまわれたのではあるまいか?)

という不安に襲われたりもしたが、そのうちに、疲れと空腹から、眠ってしまった。

怖い夢を見た。また、岡っ引の仙八に捕まり、責めさいなまれている夢であった。夢の中で、夢中で、隼人に助けを求めて――眼を覚まし、そこに、隼人の顔があった時、どんなに嬉《うれ》しかったことか。

ただ、ただ、隼人の逞《たくま》しい腕に抱かれて、ポロポロと涙を流し続けたのである。

（こんなにも、わたしは、隼人様を愛していたのだ）

と、改めてわかり、お絹は、切なかった。

それから、二日たった。

その間に、隼人は、お絹に向って、自分の傍にいてはいけないといった。

「拙者は、ある人のために、人を斬りました。これからも斬らなければならない。いわば人殺しです。いつ、町方に捕まるかも知れないし、その前に、相手方に殺されるかも知れません。そんな拙者と一緒にいては、お絹さん。あんたは不幸になるばかりだ」

隼人は、そういった。

お絹を好きだからこその言葉だったし、そのことは、お絹にもわかったが、彼女は、即座に、首を横に振った。

隼人のいない不幸に比べたら、隼人と一緒に味わう辛さなら、どんな辛さでも、問題ではないと、思ったからである。

「もし、隼人様が不幸になるなら、わたしも一緒に不幸になりたいのです。わたしには、他に生き方がございません。だから、ここに置いて下さい」

と、お絹はいった。

隼人は、もう、何もいわなかった。

隼人は、ふらっと、寺を出て行く。お絹は、行く先も、何をしに行くかも、聞こうとしない。たとえ、隼人が、火つけ盗賊を働いているとしても、構わないと思っていた。世の全ての人が、隼人の敵に廻《まわ》ったとしても、自分だけは、隼人の味方なのだと、堅く心に決めている。

隼人が留守の間、お絹は、彼から渡された五両の金で、彼のために、食事の用意をする。その五両が、鳴門屋重兵衛から、隼人に渡されたものだということも、お絹は知ろうとしなかった。

夜の闇の中から、今日も、隼人は、ひっそりと、帰って来た。

お絹は、いそいそと、おそい夕食の膳《ぜん》を並べる。

「辛くは、ありませんか?」

と、隼人は、優しい眼でお絹を見て聞いた。障子は破れ、襖は穴だらけである。若い娘の住むところではない。それだけに、嬉しそうにしているお絹を見れば、どうしても、痛々しさが先に立ってしまう。

「いいえ。ちっとも」

と、お絹は、微笑した。嘘でも、痩せ我慢でもなく、お絹は、今の生活が喜びだと感じていた。ただ一つの不満があるとすれば、隼人の手助けが出来ないということだった。

「わたしは、隼人様のお役に立ちたいのです」

と、お絹はいった。

「何か、わたしに出来ることがあれば、おっしゃって下さい」

「あなたが、ここに来た時、宝の絵図のことを、拙者《せっしゃ》に話してくれましたね」

隼人は、これから話すことが、お絹を、新しい危険に巻き込むかも知れぬと、思いながら、切り出した。

「はい」

と、お絹は、膝《ひざ》の上に、きちんと両手を揃《そろ》えて、隼人を見つめた。

「拙者は、阿波藩のために働いています。正確にいえば、阿波藩の二つの勢力の片方のためにです。あなたに、こんなことを話すのは、あなたを信じているからです」

「はい」

「江戸家老三浦半左衛門、兵道家秋山幻斉の一派、その背後にいると思われる老中酒井但馬守たちに、剣山の巨万の埋蔵金が手に入ったら、大変なことになる。ぜひとも、阻止しなければなりません」

「わたしに、何か出来ることがありますでしょうか？」

「拙者は、宝の絵図がどんなものか知りたい。だが、手掛りがないのです」

「そんなことでしたら、父に会って、聞いて参ります。きっと、絵図がどんなものだったか、覚えているに違いありませんから」

お絹は、眼を輝かせた。これで、隼人の役に立てるという期待に、胸が震えた。

「そうして貰えたら、ありがたいのだが」

「これから、父のところへ、行って参ります」

と、お絹は、夕食がすむと、立ち上がった。

「遅くなったら、向うに泊って来るといい」

隼人は、そういって、お絹を送り出した。

剣山の宝の絵図が、どんなものか、この眼で見たいというのも事実だった。だが、もう一つ、お絹を、父親の又五郎老人のところへ帰してもやりたかったのである。

この荒寺に、お絹がやって来てから、彼女は、一度も、父親のことを口にしていない。会いたいに違いないのに、それをいわないのは、隼人に、心配をかけまい、余分な負担をかけまいとする優しい心根からだと、隼人にも、痛いほどよくわかるのだ。

だから、今日は、お絹を一人で送り出した。仕事を頼めば、お絹も、心の負担を持たずに、父親に会えるだろうと思ったからである。

お絹は、六日ぶりに材木長屋に帰った。いかけ屋の徳さんや、豆腐《とうふ》屋のかみさんなどが、駈け寄って来て、なつかしそうに、お絹を取り囲んだ。

「どうしちまったんだよオ。急に消えちまってさあ」

と、豆腐屋のかみさんが、大きな声でいい、どんとお絹の背中を叩く。そんな乱暴な言葉が、お絹には、嬉しかった。

「あんたのお父っつぁんも、三、四日行方《ゆくえ》がわからなかったんだけど、昨日、やっと、帰って来てね」

小柄な魚屋のかみさんが、背伸びするようにして、お絹にいう。

お絹は、急いで、自分の家に上がった。

布団にくるまっていた父の又五郎が、起き上って、「おお」と、声をあげた。

「無事だったのだな」

「お父さまは？」

「わしの方は、心配ない」

と、老人は、笑った。が、その顔が、急に歪《ゆが》んだ。仙八に突き落された時、右足を骨折して、それが痛むのだ。

それを、笑い声でごまかして、

「誰に助けられたのだ？　仏の源十郎とかいう御仁か」

「はい。でも今は、荒木田隼人様の所に――」

その言葉を口にしながら、お絹は、顔を赧《あか》くした。

いつもの又五郎なら、男の所にいるというお絹の言葉に激怒して、殴りつけていたかも知れない。だが、娘が、どんなに辛い目にあったかと思うと、何もいえなかった。

それに、又五郎は、お絹が、どんなに荒木田隼人という若い浪人が好きかを知っていた。今も、隼人の名前を口にしながら、幸福そうな顔をしているではないか。

「そうか、隼人殿のところにいるのか」

と、又五郎は、うなずいた。老人は、隼人が、秋山道場の門弟の何人かを斬り捨てたことを、知らないわけではなかった。理由はわからないが、隼人は、血に染まった世界に生きているのだ。そんな男と一緒になれば、娘は不幸になるに決っている。だが、顔を赧く染め、幸福そうにしている娘を見ていると、又五郎は、何もいえなくなってしまう。

「お父さまに、お願いがあるのです」

と、お絹は、いった。

「何だな？」

「剣山の宝の絵図のこと、お父さまが覚えていらっしゃったら、わたしに教えて頂きたいんです」

「いいとも、あの絵は覚えているから、描いてあげよう」

又五郎は、灯心《とうしん》をかき立ててから、お絹に、硯《すずり》を持って来させた。

「剣山の埋蔵金というのは、本当にあるのですか？　お父さま」

と、お絹は、父親の横で、墨をすりながら聞いた。

「あるとも」

と、又五郎は、大きく肯《うなず》いた。

「天正の頃、長宗我部元親《ちようそかべもとちか》という偉いお方が、四国全土を平定し、君臨されておられた。その後、豊太閤《ほうたいこう》が、四国を攻められ、元親様は敗れたのだが、一宮城《いちのみや》（のちの徳島城）が陥《お》ちる時、全ての金銀財宝を、ひそかに、剣山に埋めたといわれているのだ。その量は十万両とも二十万両ともいわれている。われらの先祖は、元親様にお仕えしてきたから、この巨万の富は、われら阿波の郷士が、その正当な相続者といえぬこともないのだ」

「なぜ、わたしたちの家に、絵図が伝わっていたのでございますか？」

「われらの先祖、原伊左衛門《はらいざえもん》様は、当時、勘定方で、埋蔵の指揮を取ったといわれている。宝の絵図が代々、わが家に伝わっているのは、そのためであろうな」

又五郎老人は、筆を取り、紙の上に、剣山の絵を描いていった。そして、意味のわからぬ三行の言葉。

「絵図のことも知らず、ただ、剣山の宝のことだけを知って、すでに何人もの人間が、あの山に踏み入ったが、ことごとく、死亡している。この絵図があっても、この言葉の謎が解けねば、同じ目にあうのだ」

「お父さまには、言葉の意味がおわかりですか?」

「いや。わしにもわからぬ。何の意味だろうかと、ずいぶん考えたこともあったが、結局、解くことが出来なかった。最初に、この言葉の謎を解いたものが、巨万の富を手に入れることになるだろうな」

旅立ち

「鳴門屋が、至急にお会いしたいと申して、来ておりますが」

と、用人に告げられて、柳沢吉保の血色のいい顔に微笑が浮んだ。

「やはり、来たか」

「は?」

「東洲斎写楽と申す絵師も一緒か?」

「そのようで」

「通せ。会おう」

と、吉保はいった。

鳴門屋重兵衛が、写楽と一緒に、案内されて来た。写楽の方は、いつもの通りの呆《とぼ》けた表情をしていたが、重兵衛は、日頃の落着きを欠いていた。

そんな二人を、吉保は、面白そうに見比べながら、写楽が最近描きあげた市川男女蔵《いちかわおめぞう》の奴一平《やっこいっぺい》の絵などを賞《ほ》めあげたりした。

重兵衛は、膝の上で、拳を作ったり、開いたりしていたが、我慢しきれなくなったように、

「鯉を見せて頂きたいと存知ますが」

「鯉？」

「珍しい鯉を入手されたと聞きましたので」

「そうだった。わしが案内してつかわそう」

と、吉保は、笑いながら立ち上がってから、写楽に向って、

「そちも、鯉に興味があるかな？」

「いえ。わたしは、鯉などより、酒の方が好きな方で」

「そうであったな」

吉保は、女中を呼んで、酒をもてなすように命じてから、重兵衛を連れて、庭におりた。

広大な庭に、早咲きの桜が匂っている。

もちろん、重兵衛の目的は、珍しい鯉を見ることではなかった。彼岸桜の下を歩きながら、

「あのことは、事実でございますか?」

と、吉保に聞いた。

「何のことだ?」

吉保は、呆けて聞き返す。

「阿波藩に、検察使が遣わされるという噂は事実でございますか?」

重兵衛は、吉保の背に向って、聞き直した。

「心配か?」

「はい」

「一昨日。閣議の席で、阿波藩の話が出た。城代家老勝浦主馬が亡くなってから、藩内は二派に分れて勢力争いに明け暮れて、民衆は、塗炭《とたん》の苦しみに喘《あえ》いでいるとな。言い出されたのは、酒井但馬守殿だ」

「やはり、酒井様ですか」

「驚いたことに、酒井殿自ら、検察使として阿波に行くと言い出された」

「ご老中自ら行かれるというのですか?」

「そうだ。誰も反対はしなかったから、二、三日中に、酒井殿が検察使として、出発され

る筈だ。阿波藩も大変だな」

「酒井様の目的は、いったいどこにあるのでしょうか」

「さあ。わしは、酒井殿ではないのでな」

「阿波藩の取潰《とりつぶ》しが目的で、ございましょうか？」

「さあて」

吉保は、微笑して、はぐらかした。

「柳沢様」

と、重兵衛が、必死でいった。

「何かな？」

「私の資産は、全部で二万両はございましょう」

「たいしたものだな。あれが、近頃、手に入れた緋鯉だ。美しい鯉であろうが」

吉保は、池の中央を、悠然と泳いでいる数匹の緋鯉を指さした。

重兵衛は、ちらりと、眼をやっただけで、すぐ、吉保に視線を戻して、

「その二万両全部を、貴方《あなた》様に差しあげましたら、阿波藩を救って頂けましょうか？」

「二万両をな。それほど、阿波が大事か？」

「大事でございます。私は、ある方に、阿波藩を守ってみせますとお約束を致しました。そのためなら、無一文になっても、悔みは致しません」

「ある方とは、亡くなった城代家老か」

「――――」

「まあ、よい。だが、二万両では、阿波は救えぬかも知れぬぞ」

「いくら出しましたら、よろしゅうございますか？」

「二十万両かな」

「そんな多額では、私の手には負えませぬ」

「がっかりしたようだな」

と、吉保は、小さく笑って、

「まだ阿波藩の取潰しが決ったわけではあるまい。江戸家老の三浦半左衛門も、急いで帰国すると聞いている。藩内が一致すれば、検察使が来ても、無事ですむかも知れぬぞ」

「三浦様も、帰国なさいますか」

半左衛門の目的は、藩内での自派の勢力の、拡大にあるのだろう。そうなれば、藩論が一致するどころか、勢力争いは、ますます激化する。

亡くなった勝浦主馬が、自分の後継者として推挙した勘定奉行田名部大学は、三浦一派の猛烈な反対にぶつかって、いまだに、城代家老の地位に就けずにいる。

「一つだけ、教えて仕わそう」

吉保は、座敷に戻りながら、後についてくる重兵衛に向っていった。

「酒井殿の目的は、阿波藩の取潰しにはない筈だよ」

「本当でございますか？」

「本当だ」

「では、何の目的で、酒井様自ら――？」

「それは、自分で考えてみることだな」

吉保は、笑いながらいった。が、二人が帰ってしまうと、厳しい表情になって、伊地知兄弟を呼び出した。

伊地知太郎は、ずんぐりした身体を、吉保の前に運ぶと、

「敵は、動き出しましたな」

と、ニヤリと笑った。

弟の次郎の方は、相変らず、怒ったような顔で、兄の傍に控えている。

「検察使とは、酒井殿も考えたものよ。検察使なら、阿波藩内のどこへでも、自由に入り込めるからな。もちろん、剣山へもだ」

吉保は、小さく舌打ちをした。

「斬《き》りますか？」

と、伊地知太郎は、ずばりと聞いた。

「斬る？　検察使をかね？」

「そうです。阿波藩内で検察使一行が襲われれば、犯人は、阿波藩士と思われましょう」

「それはそうだが、わしは、斬るのは好かん。斬るのは、最後の手段だ。それより、酒井殿が、宝の絵図の謎を解いたかどうかだが」

「まだ、あの文字の謎は解いておらぬと思います」

「果して、そういい切れるかな？」

「もし、解いていますれば、酒井様の手の者が、すでに阿波に向っておりましょう。だが、今のところ、その気配はありませぬ」

「すると、検察使として乗り込む道中で、あの謎を解く気だな」

「と思います。ただ――」

「ただ、何だ？」

「秋山道場の動きが気になります。道場主の秋山幻斉以下、妙にあわただしい動きを示しております」

「酒井殿の命を受けて、先に、阿波へ入る積りでいるのではないのか？」

「もちろん、酒井様の一行と共に、阿波に入ると思いますが、今のところ、旅支度の様子はございませぬ」

「旅支度もせずに、あわただしい動きを見せていると申すのか」

吉保は、腕を組み、考え込んだ。

秋山道場が動くとすれば、それは、酒井但馬守の指図によるものと考えていい。旅支度もせずに、何をしろと、酒井但馬守は、秋山幻斉に命じたのだろうか。

「そうか」

と、吉保は、組んでいた腕を解いて、薄く笑った。

「と申しますと？」

「酒井殿は、阿波へ乗り込むに際して、前もって大掃除をしておく気らしい」

「あの宝の絵図のことを知っている者は、酒井殿一人ではない。何人もいては、酒井殿にはうまくない。それで、あらかじめ片付けておこうというのだよ。江戸にいる間に消してしまえば、悠々と、阿波入りが出来るからな」

「なるほど」

「今帰った二人も、あの絵図を見ておる。二人とも、宝の絵図とは知らずに見ていたようだが、酒井殿は、そうは思うまい」

「では、帰り道を襲われるかも知れませぬな」

「すぐ、追いかけてみい」

「追いかけて、二人を助けますか？」

兄が、そう聞くと、弟の次郎は、急に沈黙を破って、

「助ける必要はありますまい。絵図のことを知っている者が、一人でも減れば、われ等に

とっても、好都合ですからな」

「その通りだが」

と、吉保は、笑って、

「今日は、助けてやるのだ。鳴門屋重兵衛は、わしに、二万両を差し出してもよいといったし、写楽と申す絵師は、千人に一人の腕の持主だからな」

「かしこまりました」

伊知地兄弟は、吉保の前を退《さが》ると、深編笠をかぶり、夕闇が漂いはじめた道を、日本橋に向って走った。

たちまち、前方で、人の叫び声が聞こえた。

兄弟は、立ち止って、前方をすかすように見た。

二梃の駕籠《かご》が止り、鳴門屋重兵衛と東洲斎写楽の二人が、五人の侍に取り囲まれている。駕籠屋は、どこかへ逃げ去ってしまっていた。

重兵衛は、落ち着いた動作で、ふところから短銃を取り出し、じろりと、相手を見廻した。

「どうやら、秋山道場のご門弟方らしいが、わたしたちを、どうなさろうというお積りですね？」

「死んで貰う」

「なぜでございます？」

「死ね！」

と、いきなり斬り込んでくる相手に向って、重兵衛は、一歩退りながら、短銃の引金をひいた。

だが、カチッと音がしただけだった。

今まで落ち着き払っていた重兵衛の顔に、激しい狼狽《ろうばい》の色が走った。

逆に、斬り込んで来た侍は、ニヤッと笑った。

「死ねい！」

と、その侍が叫んだ時、写楽は、とっさに身体を二人の間に入れて、重兵衛をかばった。

振り下ろされた刀は、重兵衛を斬る代りに、写楽の右腕を切り落していた。

血が、霧のように飛散した。

「うッ」

と、写楽が呻《うめ》き声をあげて、地面に這《は》いつくばった。

「今だ。斬れ！」

大柄な侍が叫ぶ。五人の門弟が、重兵衛と写楽を押し包んだ時、闇を引き裂いて、手裏剣が飛んだ。

その一本が、一人の門弟ののどに突き刺さった。たちまち、どっと、その場に倒れた。

同じ時刻。

空寺で休んでいた荒木田隼人も、激しい襲撃を受けていた。

隼人が、破《や》れ寺の月光寺を住み家に選んだのは、目立たないこともあったが、寺が寺社奉行の支配で、町方の探索を受けずにすむからである。

隼人は、隙間《すきま》風の入ってくる本堂で、仮眠を取っていたのだが、ふと、人の足音を耳にしたような気がして、はね起きた。

刀を手元に引き寄せる。耳をすませる。いつも、夕方になると聞こえる虫の声が聞こえて来ない。

誰かが、庭にいるのだ。それも、一人や二人ではない。数人の気配だ。

(秋山道場の奴等か)

かすかに足音が聞こえた。すり足で近づいて来る気配がする。

隼人は、立ち上がって、剣を抜き放った。

その瞬間、第一撃が来た。

隼人の想像外の攻撃だった。

突然、眼の前が真っ赤になり、轟音《ごうおん》が、隼人の耳朶《じだ》を打った。次の瞬間、彼の身体《からだ》は、本堂の床に叩きつけられた。

敵は、爆薬攻撃に出たのだ。次々に投げ込まれる爆薬が、爆発し、夜の空気を震わせる。

月光寺の本堂は、たちまち紅蓮《ぐれん》の炎に包まれた。

庭の一か所に突っ立った秋山幻斉は、その青白い顔を、炎にさらしながら、じっと、燃える本堂を見つめていた。門弟四人も、火の粉を浴びながら、炎を見つめている。

「油断するな」

と、幻斉は、低い声で、門弟にいった。

「隼人が、炎の中から飛び出して来たら、容赦なく斬り捨てるのだ」

その時、寺の外で、「火事だぞッ」と叫ぶ男の声が聞こえた。

続いて、遠くで、半鐘の音。

幻斉は、一瞬、迷ってから、

「引き揚げよう」

と、門弟たちを見た。

彼等が、闇の中に消えたあとで、飛び込んで来たのは、仏の源十郎だった。

燃え盛る本堂に、「くそッ」と、源十郎は舌打ちしてから、

「隼人さーん」

と、大声で呼んだ。

だが、風にあおられる、ゴウゴウという炎の音が聞こえるだけで、隼人の声は聞こえない。

「隼人さーん」

と、叫びながら、源十郎は、燃える本堂のまわりを狂人のように走り廻った。

ふいに、その足元に、人間が転がって来た。

隼人だった。どさッと倒れたまま、動こうとしない。その顔は、煤《すす》で真っ黒に汚れ、着物が、焦げてくすぶっている。

「しっかりしなせえ。隼人さん」

と、源十郎が抱き起こしたが、隼人の身体は、ぐったりとしている。

源十郎は、大きな隼人の身体を担ぎあげた。

「死んじゃいけませんぜ。隼人さん」

背中に担いだ隼人にいい聞かせて、源十郎は、明りの見える浅草寺の方へ向って走った。

医者を見つけると、隼人を担いだまま、ずかずかと、土足で上り込んだ。

丁度、夕食をとっていた五十年配の医者が、びっくりして、源十郎を見上げている。給仕をしていた女中は、悲鳴をあげて、部屋の隅に逃げた。

「お前さんは、医者だな?」

突っ立ったまま、源十郎が聞いた。

「そうだ。医者の道庵《どうあん》だが」

「じゃあ、この人を助けてくれ」

源十郎は、医者の眼の前に、隼人の身体を横たえた。

「いいかい。道庵さん。この人は、大事な人なんだ。助けてくれたら、百両でも二百両でも、お前さんが欲しいだけ払ってやる。だがな、もし、死なせやがったら、お前さんの命は貰うぜ」

「無茶な」

「いいから、早く手当してくれ」

「ひどい火傷《やけど》をしておる」

さすがに医者で、落着きを取り戻すと、てきぱきと、手当を始めた。焦げた衣服を切り取り、軟膏《なんこう》を塗って包帯をする。

手当が終っても、隼人は、なかなか意識を回復しなかった。

「これで、助かるのかい？」

と、源十郎が聞くと、医者は、手桶《ておけ》の湯で、汚れた手を洗いながら、

「助かるよ。この人は、若くて、体力もある。このくらいのことでは死なん。ただし、二、三日、動かしちゃいかん」

医者の言葉は、嘘ではなかった。夜半近くなって、ふいに、隼人が、ぱっちりと眼を開いた。

「気がつきなさったね。隼人さん」

「ここは？」

「医者の家でさあ。すぐ、お絹さんに知らせやしょう。あっしより、お絹さんの看護の方が、よくきくでしょうからね」

「あの人には、知らせないでくれ」

と、隼人は、かすれた声でいった。

「なぜですね？」

「あの人を、こんな目にあわせたくないからだ。それよりも、敵の動きを教えて欲しい」

「そうですかい。江戸家老の三浦半左衛門は、近く江戸を立って、阿波へ帰りますぜ」

「なぜだ？」

「驚いちゃいけませんぜ。隼人さん。老中の酒井但馬守が、おん自ら、検察使として阿波へ乗り込むことになったんですよ。二、三日中にね」

「まさか」

「あっしだって、まさかと思いましたよ。老中自ら検察使になるなんてねえ。だが、間違いねえ。酒井但馬守自ら、阿波に乗り込む気ですぜ」

「酒井但馬守の目的は、いったい何だろう？　やはり、阿波二十五万石の取潰しか」

「それだけなら、但馬守自ら乗り込むこともねえでしょう。腹心の部下でも、検察使にすりゃあ、いいんですからねえ。となりゃあ、向うさんの目的は、剣山に眠る二十万両の埋蔵金かも知れませんぜ。それだけの大金を握れば、幕閣の実権を手にすることだって、出来ますからねえ。それに、検察使なら、阿波藩内のどこでも調べられる。埋蔵金探しには恰好《かっこう》のかくれ蓑《みの》でさあね。秋山幻斉も、片腕の薄気味の悪い浪人も、きっと、阿波へ行きますぜ」

「そんな時に、こうしてはおられん」

　隼人は、がばッと、布団の上に起きあがった。次の瞬間、全身の痛みに、思わず呻き声をあげた。火傷の痛みの上に、焼け落ちた梁《はり》を左手で受けた時の打ち身も、まだ、ずきずきと痛む。

「無理しちゃいけませんや。隼人さん」

　と、源十郎は、隼人を、むりやり寝かせつけて、

「ここの医者は、二、三日は動いちゃいけねえといったんですぜ」

「だが、検察使や、三浦半左衛門が、阿波入りするのを、見過すわけにはいかん。彼等を討ち果すには、阿波までの道中は、絶好の場所だからな」

「そりゃあそうだが、あっしの調べたところじゃあ、酒井但馬守が江戸を出発するのは、

早くとも、二、三日後だ。従って、秋山幻斉たちの出発も、遅くなるに決っていまさあ。二、三日、養生してから出発なさっても、十分、間に合いますぜ。それでもご心配なら、あっしが、先廻りして、街道を見張っててもよござんすよ」

「検察使一行の出発は、二、三日後だとしても、江戸家老の三浦半左衛門は、即刻、出発する筈だ。あの男に、阿波へ入られては、勝浦主馬様の礎《きず》かれた藩政を崩されてしまう恐れがある。三浦半左衛門は、絶対に、阿波への途中で討ち果さねば」

「そういったって、この身体じゃ無理というもんだ」

「――――」

隼人は、無念そうに、唇を噛《か》んで、じっと天井を見つめていたが、ふと、

「貴公に頼みがある」

と、源十郎を見た。

「どんなことでも、おっしゃって、おくんなさい」

「お絹殿のことが、やはり心配になる。悪いが、見て来てくれないか」

「そうこなくっちゃあ」

と、源十郎は、ニコッと笑ってから、

「あっしも、お絹さんのことが心配でしてね。隼人さんが、今日狙《ねら》われたのは、剣山の埋蔵金を狙う酒井但馬守が、阿波行を前にして、例の宝の絵図のことを知っている人間を皆

殺しにしようと考えたのかも知れねえ。秋山道場の奴等を使ってね。もし、そうだとしたら、絵図の最初の持主だったお絹さん親娘も、狙われる恐れがありますんでね。待っておくんなさいよ。すぐ、お絹さんを連れて参りますからね」

源十郎は、外に飛び出すと、夜の街を、材木長屋に向って走った。

材木長屋に着くと、様子がおかしかった。長屋の住民が、ひそひそと立ち話をしており、岡っ引の姿も見える。

源十郎は、顔を伏せて近づくと、

「何かあったんですかい？」

と、集っている長屋の連中に聞いてみた。

「ここに住んでいるご浪人が、殺されたんですよ」

と、太ったカミさんが教えてくれた。

「ご浪人というと、もしや、お絹さんという美しい娘さんがいる――？」

「そのご浪人ですよ」

「殺したのは？」

「わかりませんよ。でも、刀で斬られてたっていうから、相手は、侍だと思うんだけど」

「それで、お絹さんは？」

「お絹さんは、夕方、どこかへ出て行って、まだ帰って来てないんですよ。ところで、お前さんは？」

豆腐屋のカミさんが聞き返した時、源十郎の姿は、すでに、そこから消えていた。

お絹が、どこへ行ったのか、源十郎には見当がついていた。月光寺というあのお寺だ。恐らく、お絹は、父親に最後の別れをいって隼人のもとへ行ったのだろう。好きな隼人と生死を共にする積りだ。

源十郎は、山谷堀に向った。彼の予想した通りだった。月光寺の焼け跡に、呆然《ぼうぜん》と立ちすくんでいるお絹が見つかったからである。

（この娘は、父親が死んだのを、まだ知らずにいる）

と、思いながら、源十郎は、

「お絹さん」

と、声をかけた。振り向いたお絹が、

「あ、源十郎さん」

「隼人さんは無事ですぜ」

「本当ですの？」

ぱっと、お絹の顔が明るくなった。

「ちょっと怪我《けが》をしていますがね。たいしたことはありません。あっしが、隼人さんのところへ、ご案内しますよ」

源十郎は、お絹を、医者の所へ連れて行ったが、医者の道庵は、二人に向って、

「逃げたぞ。あの浪人は」

「おい。逃げたとは、どういうことだ？」

源十郎は、道庵の首筋をつかんだ。

道庵は、眼を白黒させて、

「わしが逃がしたわけじゃない。往診から戻って来たら、消えていたのだ。診療代と薬代は、ちゃんと置いてあったがな」

「間違いねえな」

「わしは、嘘はつかん」

「信用してやろう」

源十郎は、手を放した。道庵は、痛そうに首筋の辺りをなぜながら、

「無茶な男だよ。お前さんの連れは。二、三日静かにしていろといったのに」

「あのままで、大丈夫なのかい？」

「一応の手当はしておいたから、過激な運動をしなければ大丈夫だよ」

「お絹さん」

と源十郎は、お絹を、外へ連れ出した。

お絹は、白い顔で、

「隼人様は、どこへ？」

「お絹さんに聞きたいんだが、隼人さんと一緒なら、死んでもいいと覚悟しておいでですかい？」

一瞬、お絹は、蒼《あお》ざめた顔になったが、まっすぐに源十郎を見つめて、

「はい」

「隼人さんが、何をなさろうとしているか、ご存知ですかい？」

「はい。うすうすは」

「じゃあ、これからすぐ、江戸を出発なさい。隼人さんは、阿波へ向われたんだ。その後を追いなさるがいい」

「はい」

「ただし、その道中、どんな辛い目にあうかわかりませんぜ」

「覚悟はしております」

「それなら安心だ」

「では、ここで」

「あっしも、後から行きますと、隼人さんに会ったら伝えておくんなさい。それから、お絹さん。お父さんには、会わずにお立ちなせえ」

「なぜでございますか？」

「未練が出ると困るじゃありませんか」

「はい。そう致します」

お絹は、素直にうなずいて、闇の中に消えて行った。

（気をつけて、お出でなせえよ）

と、源十郎は、小さく呟《つぶや》いてから、駒込に向って、すたすたと歩き出した。

源十郎が、やって来たのは、柳沢吉保の別邸である。月の光の中に浮ぶ宏大な屋敷を、しばらく眺めていたが、音もなく、高い塀を飛び越えた。中庭を走り抜け、母屋《おもや》の天井にもぐり込む。狭い天井裏を、源十郎は、猫のように歩き廻っていたが、奥の一部屋の真上に来て、ぴたりと止った。

その部屋で、藤乃が、琴を弾いていた。

源十郎は、天井板をずらして、

「藤乃さん」

と、呼んだ。

藤乃が、びっくりして、手を止めて天井を見上げた。

「あっしです。仏の源十郎でさあ」

源十郎は、ひょいっと、畳の上に飛びおりた。柳沢吉保の邸《やしき》の中だということを、少しも感じていないような、平気な顔をしている。

(相変らず、気品のあるお嬢さんだ)

と、源十郎は、思いながら、

「阿波藩が大変なことになりますぜ」

「何があるのですか？　阿波に」

「検察使が、阿波に行きますよ。江戸家老の三浦半左衛門も、あわてて阿波へ帰る。隼人さんも、阿波へ向いましたぜ。道中で、ひと騒動あるのは眼に見えていますねえ」

「本当ですか？」

藤乃の顔色が変った。

「あっしが、嘘をついても仕方がありますまい」

「本当なら、私も、阿波へ帰らねばなりませぬ」

「この屋敷を脱け出すのなら、あっしが、お手伝い致しますぜ」

「では、明日早朝、お屋敷の前で待っていて下さい」

「まさか、表門から出て来るというんじゃあございますまいねえ？」

「いいえ。その積りです。こそこそと、逃げ出したくはありません」

「柳沢吉保が、許しやしませんぜ」

「いいえ。絶対に、柳沢様のお許しを得て、正々堂々と、このお屋敷を出て行きたいのです」

「がんこなお嬢さんだ」

と、源十郎が、呆《あき》れるのへ、藤乃は、ニコリともしないで、

「あなたは、すぐ消えなさい。私は、これから、柳沢様にお会いして、お許しを得て参ります」

といい、琴爪《ことづめ》を外して立ち上がった。

「いいですね。明日早朝、お屋敷の前ですよ」

藤乃は、念を押すように、源十郎にいって、部屋を出た。

まっすぐに、吉保の部屋に向って廊下を歩いて行く。

襖の外に両手を仕えて、

「藤乃でございます」

「まあ、入りなさい」

と、中で、吉保の声がした。

吉保は、机に向って、書き物をしていたが、藤乃を見やって、

「何か用かな？」

「身勝手でございますが、お暇を頂きとうございます」

「阿波へ帰るか？」

「は？」

「わしが、許さぬといったら、どうする?」

藤乃の顔が蒼ざめた。

「私は、阿波へ帰らねばなりませぬ」

「誰に聞いた?」

「は?」

「検察使が、阿波藩に派遣されると、誰に聞いたのだ?」

「——」

「どうやら、近頃、野良猫が、この屋敷に入り込むらしいの」

と、吉保は、笑ってから、

「そちは、わしが、舟遊びをしていて拾いあげた娘だ」

「はい。助けて頂いたご恩は忘れませぬ。それ故、今夜、ひそかにお屋敷を脱け出そうと思いましたのを止め、こうしてお願いしているのです。出来れば、ご恩返しをしてから、お暇を頂きたいと」

「わしのいうことを、何でも聞くと申すか?」

「はい」

「では、先に寝所へ行って待て」

「——」

藤乃は、思わず身体をかたくして、眼を伏せた。

「聞こえなかったのか？」

「いいえ」

「では、先へ行け。わしもすぐ行く」

吉保は、冷たくいって、鈴を鳴らした。老女がやって来て、無表情に、「こちらへ」と、藤乃を促した。

風呂《ふろ》に入れられ、身体を洗い清められてから、寝所へ導かれた。

藤乃の身体は、微《かす》かに震えていた。死んだ父のことを思い出した。父が、もし、ここにいたら、何というだろうか。藤乃を祝福するだろうか。それとも、自害せよというだろうか。

足音がして、吉保が入って来た。

微笑して、藤乃を見た。

「怖いか？」

「いいえ」

「声が少し震えているぞ」

「申しわけございません」

「謝ることはない」

吉保は、くるりと着物を脱ぎ捨てた。中年にしては、逞《たくま》しい裸身だった。そのまま、布団の上にあぐらをかいた。

「おいで」

と、吉保は、手を伸ばして、藤乃を引き寄せた。柔らかい藤乃の身体が、吉保の膝に倒れてくる。藤乃は、ただ、じっと、眼を閉じていた。

吉保の手が伸びて、藤乃の太股《ふともも》に触れた。その指先が、ゆっくりと、彼女の身体を愛撫《あいぶ》しはじめる。もう片方の手が、藤乃の胸元に滑り込み、乳房に触れた。

吉保の愛撫は、優しく、巧みだった。身体を堅くしていた藤乃は、次第に、小さく喘《あえ》ぎはじめた。自然に、足を開いてしまう。いつの間にか、藤乃は、吉保を受け入れ、両腕を彼の背に回していた。

吉保の愛撫は、長く、執拗《しつよう》だった。藤乃は、何度か、絶頂に昇りつめ、大きく喘いだ。

朝が来た。

藤乃は、疲れて、いつの間にか眠ってしまい、眼ざめた時、吉保の姿はなかった。あわてて、布団の上に起き上がり、はだけている襟をかき合せた。

老女が入ってきて、

「隣の部屋にお支度が出来ております」

という。

「支度？」

「はい。お支度でございます」

何かわからず、藤乃が、隣の部屋に入ってみると、そこに、旅装束から、通行手形まで並べてあった。

老女が、三方《さんぽう》に載せた百両の包みを、藤乃の前に置いた。

「お殿様からの贈り物でございます」

「お殿様は？」

「庭にお出になっていらっしゃいますが、あなた様に、挨拶《あいさつ》は要らぬゆえ、黙って出立せよと、おっしゃっておいででした」

「そうですか」

藤乃は、すぐ、旅支度にかかった。彼女の肌には、まだ、吉保の愛撫が、記憶として残っている。それを振り払うように、藤乃は、部屋を出ると、小走りに、廊下を歩いた。

藤乃の姿が、消えると、庭で、池の鯉に餌《えさ》をやっていた吉保は、立ち上がって、

「行ったたな」

と、呟いた。一瞬、この男には珍しい寂しげな影が、端整な顔をよぎって消えた。が、次の瞬間、いつもの吉保らしい、冷静で、精悍《せいかん》な表情に戻って、

「伊知地兄弟はおるか」

と、吉保の前に跪《ひざまず》いた。

伊知地太郎と次郎の二人が、小走りに近づいて、吉保の前に跪《ひざまず》いた。

「今日中に、阿波藩江戸家老三浦半左衛門が、江戸を出発致すぞ」

「検察使一行の出発は、いつでございますか？」

伊知地太郎が、坊主頭を上げて、吉保に聞いた。

「明日の午後と決った。一行二十五名の多勢だ」

「面白くなりました」

伊知地太郎は、不敵に笑った。

「そちたちも、これからすぐ出発致せ。仕事は、わかっておるな」

「心得ております」

「もう一つ、やって貰いたいことがある」

「何でございますか？」

「藤乃という娘を知っているな？」

「ここで見かけたので覚えております」

「あの娘も、今、阿波へ向った。死なせてはならぬ。そちたちが、目立たぬように、守って仕わせ」

と、吉保は、二人に命じた。

その日の午後、阿波藩江戸屋敷から、三浦半左衛門の一行八名が、阿波に向って出発した。

駕籠の中で、半左衛門は、不安を感じていた。警護の人数が少な過ぎるからだった。といって、これ以上増やすことは、外聞がはばかられた。突然の帰国も、幕府への届けには、病気治療のためとしてある。病気治療の帰国に目立つような供揃《ともぞろ》えは出来ない。

半左衛門は、荒木田隼人に襲撃された時の恐怖を忘れていなかった。秋山幻斉は、隼人が焼死したと伝えて来たが、それを鵜呑《うの》みには出来ないのだ。

「秋山幻斉には、今日の出発を、伝えたであろうな？」

と、半左衛門は、駕籠の中から、供侍の一人に声をかけた。

「伝えました」

「それで返事は？」

「目立たぬように、離れて警護するという返事でございました」

「確かに、そう申したのだな？」

「はい。それゆえ、ご心配なくとも申しておりました」

「それならよいが」

半左衛門は、いくらか安心した。秋山幻斉の兵道を以《も》ってすれば、たとえ、隼人が生存していて、襲撃して来ても大丈夫であろう。

だが、半左衛門は、幻斉を全面的に信頼しているわけではなかった。どこか得体の知れぬところのある男だし、自分の立身出世のためなら、裏切りも平気でやるかも知れぬ男とも、半左衛門は、睨んでいる。

(それにしても、自ら検察使を志願して阿波入りをしようとしている酒井但馬守の狙いは、いったいどこにあるのか？)

駕籠にゆられながら、半左衛門は、考えていた。

酒井但馬守は、油断のならない狸爺《たぬきじじい》だ。

その狙いは、阿波藩の取潰しにあるのだろうか。

阿波藩は、塩と藍《あい》を専売制にして、莫大《ばくだい》な利益をあげ、二十五万石の表向きの石高より、実際の石高は大きい。それだけに、幕府が取潰しを狙うことも多くなるわけだが、もし、酒井但馬守の狙いが、それならば、かえって、防ぎやすいかも知れぬと、半左衛門は思う。酒井但馬守は、商人のように利にさとい老人だという評判がある。金の力で、酒井但馬守を籠絡《ろうらく》することも可能だろう。

だが、酒井但馬守の目的が、阿波藩取潰し以外にあったらどうすればいいのか。

(とにかく、一刻も早く阿波に入り、反対派を叩き潰して、藩の実権を掌中にしておかなければならぬ)

対応策は、その後でなければ立てられないとも、半左衛門は思った。

半左衛門の一行は、第一日目の宿を藤沢《ふじさわ》にとった。ここまで、江戸から十二里。

夕食をすませて、くつろいでいるところへ、阿波からの急使が、到着した。

「北島達三郎《きたじまたつさぶろう》です」

と、筋骨逞しい使者の侍は、半左衛門に向って、ニッコリと微笑した。

半左衛門も、微笑した。北島達三郎は、半左衛門が目をかけている藩士の一人だった。

「国元の情勢はどうだな？」

と、半左衛門は、杯を与えてから、達三郎に聞いた。

「正直に申しあげて、次席家老三浦丹波《みうらたんば》様のお力が、藩を支配しているとはいえませぬ」

北島達三郎は、若侍特有の率直さで、半左衛門にいった。三浦丹波は、半左衛門の甥《おい》である。

「しかし、勘定奉行田名部大学の野心は抑え込んでいるようではないか」

「田名部様を城代家老へという声は、一応、重役方のところで、差し止められております。しかし、勝浦主馬様の遺令は、いまだ、強く藩内に残っており、検察使派遣という今度の非常時に際し、田名部様を城代家老にいただき、幼君治昭様のもと、藩論を統一して事に当るべしの声が、次第に大きくなって来ております」

「重役たちの中に、わしを裏切る者がおるのか？」

「国家老の山崎《やまざき》様が、田名部様の支持に回られました」

「それを、丹波は、黙って見ておるのか？」

「丹波様は、何事も、あなた様がご帰国されてからと、お考えです」

「馬鹿者が。それでは遅いわ」

と、半左衛門は舌打ちした。

勘定奉行田名部大学は、凡庸な男だといわれている。城代家老勝浦主馬の支えがなくなれば、何の力もあるまいと、軽視する者もいる。だが、半左衛門は、そうは見ていなかった。

平々凡々としているところに、あの男の怖さがあるのだ。冒険もしないが、失敗もしない。勝浦主馬のように、鋭い才覚はないだろうが、それだけに、敵を作ることもない。勝浦主馬を憎んでいた筈の国家老山崎源《げん》右衛《え》門《もん》が、ここに来て、田名部大学支持に回ったのは、そのいい例だ。

（わしが、阿波へ着いてからなど考えていては、間に合わぬかも知れぬではないか）

半左衛門は、甥の丹波の優柔不断ぶりが、歯がゆかった。

「そちは、ご苦労だが、直ちに、阿波へ引き返してくれ」

と、半左衛門は、北島達三郎にいった。

「かしこまりました。それで、いかが致しますか？」

「山崎源右衛門に会って、翻意《ほんい》を促すのだ。少なくとも、わしが帰国するまで、田名部大学を、城代家老に推挙するのだけは止めるように説得するのだ」

「もし、山崎様が、ご翻意なき場合は、いかが致しましょうか？」

「構わぬ。斬れ。藩のためだ」


荒木田隼人は、裏街道を通って、箱根の関所を抜け、原宿《はらじゅく》、吉原《よしわら》、と過ぎて、富士川《ふじ》の近く、松岡《まつおか》に宿をとった。

富士川は、東海道第一の急流である。橋はないし、歩いて渡ることは、まず無理。ここを越える旅人は、渡し舟に乗らなければならない。見張るには、絶好の場所と、隼人は考えたのである。

火傷《やけど》の方は、医者の呉《く》れた塗り薬がきいたのか、化膿《かのう》もせず、痛みもやわらいだが、左手の打撲傷は、意外に、痛みが取れなかった。

それに、ここまでの道中で、疲労が重なっていた。旅籠《はたご》の二階に入ると、隼人は、昼間から布団を敷いて貰い、しばらくの間、身体を横たえた。

富士川の激しい水音が、耳に聞こえてくる。

『東海道名所記』によれば、富士川の渡しを、「舟の中にある人は、目まい肝消ゆる心地して、腹は背につき、手を握りて、ようよう岸に着く――」と、書き記している。それほど急流である。

待ち伏せには、絶好と、隼人は思っていた。通過を確かめるにも、絶好だった。この急流がある限り、抜け道を通ることは、不可能の筈だからである。

ふいに、勇ましい掛声が聞こえた。

隼人は、起き上がって、街道を見下ろした。

早駕籠《はやかご》だった。まだ肌寒い季節だというのに、八人の人足が、双肌《もろはだ》脱ぎに、ねじり鉢巻という勇ましい恰好《かっこう》で、一梃《いっちょう》の駕籠をかついで、掛声も勇ましくやって来るのが眼に入った。

駕籠は、隼人の泊っている旅籠の前で止った。舟を待つ間に、一服ということらしい。

駕籠からおりたのは、厳重に旅ごしらえをした、二十二、三歳の侍だった。

隼人は、その侍の顔に見覚えがあった。確か、昨日の朝、小田原近くで、すれ違った武士である。

あの時は、江戸に向って馬を飛ばしていたのだが、それが、今日は、早駕籠で、京に向っている。

（忙しいお人だ）

と、思っただけだが、湯茶の接待をしている宿の女中が、どこまでお出ですかと聞いたのへ、その侍が、「阿波」と答えたので、隼人は、きッとした眼になって、もう一度、その侍を見つめた。

（阿波藩の武士か）

とすると、検察使のことで、江戸屋敷へ行く急使だったのかも知れぬ。

しかし、江戸屋敷へ着いていれば、この時刻に、早駕籠で、ここまで戻ることは不可能である。

（恐らく、江戸への途中、平塚《ひらつか》か藤沢あたりで、相手に会い、そこから引き返して来たに違いない）

その相手は、江戸家老三浦半左衛門以外には考えられぬ。

隼人が、考えている間に、陽《ひ》が落ちて、周囲は、次第に暗くなり始めた。早春で、まだ陽は短い。

階下で、急に口論が始まった。どうやら、陽が暮れたので、渡し舟が、もう出せなくなったというのに対して、早駕籠で来た阿波藩の武士が、怒り出したのだ。

言い争いは、しばらく続いた。酒手《さかて》はいくらでもはずむから、松明《たいまつ》をともしてでも舟を出せと、阿波藩士が主張するのに対して、旅籠へ呼びつけられた船頭は、暗くなってからの危険を主張して譲らないのだ。昼間でも危険な富士川の急流であってみれば、船頭の危ぶむのが当然で、結局、明日早朝に、特別に舟を出すということで、阿波藩士は、この旅籠に泊ることになった。

隼人が、廊下に出て見ていると、阿波藩士は、女中に案内されて、新しく建てた離れの方に、渡り廊下を歩いて行くのが見えた。

がっちりした身体つきだが、顔に疲労の色が見えるのは、早駕籠で揺られて来たからであろう。

（三浦半左衛門が、何を命じて、帰らせるのか、それを知りたい）

と、隼人は、思った。併せて半左衛門一行が、総勢何人で、今、何処《どこ》に来ているのかも調べたい。

夜半になって、隼人は、手拭をぶらさげ、湯に入るふりをして、廊下に出た。手には、小柄《こづか》だけ、手拭に巻いて持っている。そのまま、渡り廊下を通り、阿波藩士の泊っている部屋の前まで歩いて行った。

中の明りは消えていて、かすかに寝息が聞こえてくる。

隼人は、そっと、障子を引き開けた。その幅だけ、青白い月の光が、部屋に差し込んだ。

相手は、疲れ切っているとみえて、気がついた様子はなく、相変らず、寝息が聞こえてくる。

隼人は、中に入り、後ろ手に障子を閉めた。月明りはさえぎられたが、それでも、部屋の中は、ぼんやりと明るかった。

隼人は、相手の枕元に腰を下ろし、小柄をのど元に突きつけると同時に、手拭を、顔にかぶせた。

「うッ」

と、相手が声をあげるのへ、

「動くなッ。動けば、のどを掻《か》き切る」

と、低い声でいった。

相手も、多少は剣の心得があるらしく、自分の置かれた立場が、了解できたようだった。動かしかけた手を止めて、

「何者だ？」

「答えるのは、お主の方だ。阿波藩士だな？」

「――――」

「答えなければ、可哀そうだが、このまま、のどを切る。ここで死ねば、阿波へ戻って報告できなくなるぞ」

一瞬、相手の息が止った。隼人の言葉に狼狽《ろうばい》したのだ。

（この男は、大切な使命を持って、阿波へ戻るところらしい）

と、隼人は、読んだ。

「もう一度聞く。阿波藩士だな？」

「そうだ。北島達三郎だ」

「江戸家老三浦半左衛門から、どんな命令を受けて、阿波へ戻る？」

手拭の下で、相手が、大きく息をしたのがわかった。

「三浦半左衛門に会ったことはわかっているのだ。半左衛門には、どこで会った？」

「昨夜、藤沢の宿に」

「嘘ではないな？」

「嘘はいわん」

「一行の人数は？」

「知らん」

「ここで死ねば役目は果せんぞ」

「三十名だ」

「見えすいた嘘はつかぬことだ。今、阿波藩が揺れ動いているというのに、そんな目立った人数で道中する筈がない」

「七人か八人だ」

「そんなところだろう。三浦半左衛門には、何を報告した」

「国元の情勢だ」

「では、まず、それを聞かせて貰おうか」

「それはいえぬ」

「それほど死にたいか？」

「何者だ？　なぜ、こんな真似《まね》をする？」

「質問は、こちらがすると断った筈だ。阿波藩内の情勢は？」

「公儀隠密か？」

「いや、阿波藩に縁のある者だ」

「その言葉、信じていいのだな？」

「もちろんだ」

「今、阿波藩は、勘定奉行田名部大学殿を城代家老に推し、藩論を統一しようという動きがある。だが、それに反対する力もある。田名部殿では、この難局を乗り切れまいとする人々だ」

「三浦半左衛門も、そう考える一人だな」

「その方の考えは正しい」

「それで、半左衛門は、お主《ぬし》に何を命じたのだ？」

「それだけはいえぬ。殺すなら殺すがいい」

相手は、口を閉ざしてしまった。いわなくても、隼人には、大体の想像がついた。現在の阿波藩の情勢は、三浦半左衛門にとって面白くはあるまい。それを打ちこわすという命令を、この藩士に伝えたに違いない。

(この男を、阿波に帰してはならぬ)

と、隼人が思った時、相手が、ふいに顔にかぶせた手拭をはねのけて、起き上がろうとした。

隼人は、とっさに、小柄を、逆に持ちかえて、相手の鳩尾《みぞおち》を突いた。

呻き声をあげて、北島達三郎が気絶した。

隼人は、この藩士を殺す気になれなかった。自分では、阿波藩のために働いていると信じている男なのだ。といって、阿波に帰すわけにはいかぬ。

(四、五日、阿波へ入るのを遅らせれば、急使の意味を失う筈だ)

隼人は、気を失っている藩士を担ぎあげて部屋を出た。旅籠の者も、泊り客も寝静まっている。隼人は、足音を殺して、裏口から外へ出た。

富士川の土手に出る。川面《かわも》をなぜてくる風が冷たかった。

しばらく川上に向って歩くと、枯草の茂る河原に、朽《く》ちかけた小屋が見つかった。昔、漁師が使っていた小屋でもあるのだろう。

隼人は、中に入り、そこにあった縄で、藩士を、厳重に縛りあげた。猿ぐつわもかませる。部屋にあった大小と荷物は、富士川に投げ捨てた。誰かが、この藩士を見つけて縄を解いたとしても、路銀や大小がなければ、すぐには、出発できまい。

翌朝、隼人が目ざめると、階下が騒がしかった。どうやら、早朝の出発を口にしていた阿波藩士が消え失《う》せてしまったので、番頭や女中が、大騒ぎをしているらしい。

朝食の膳《ぜん》を運んで来た女中が、隼人に向って、

「あのお侍は、神かくしにあったんじゃないかって、番頭さんがいっているんですよ」

と、真顔でいって、隼人を苦笑させた。

隼人は、食事をすませると、昨日よりも、なお、熱心に、見張りを始めた。

あの北島達三郎の言葉から考えて、三浦半左衛門の一行が、ここ松岡の宿に着くのは、今日と見ていいと、計算したからである。

昼過ぎになって、障子の細い隙間から、街道を見張っていた隼人は、はっとして、眼を凝《こ》らした。

旅姿の若い娘が一人、疲れ切った足取りで、この宿場に入って来るのが見えたのだ。

(お絹さん)

間違いなかった。真正面から照りつける西陽《にしび》を、手をかざして避けながら、一軒一軒、旅籠をのぞくようにして歩いて来るのは、間違いなく、お絹だった。

(拙者を追って来てくれたのか)

と、思ったとたん、胸に熱いものがこみあげて来たが、同時に、ここで顔を合せるのは

まずいという気持が働いた。

三浦半左衛門の一行を、隼人は、ここで待伏せし、隙あらば襲撃するつもりだった。その戦いに、お絹を巻き込みたくはない。

(どうしたらいいのか)

と、隼人が、この男らしくもなく狼狽した時、その狼狽を助長するように、道中姿の武士たち数人が、一梃の駕籠を守る形で、松岡宿に入って来た。

先頭の武士に、隼人は見覚えがあった。愛宕山下《あたごやま》で、三浦半左衛門を襲撃した時、剣を交えた供侍の一人に間違いなかった。

(とすれば、駕籠の中は三浦半左衛門)

お絹は、斜向《はすむか》いの旅籠に入った。

三浦半左衛門の一行は、本陣に入らず、茶店で休息をとっている。一行の中から、若侍が一人、河原へ向って駈け出して行くのが見えた。

今日中に、富士川を越える気なのだ。あの若侍は、特別に舟を仕立てるために、交渉に行ったのだろう。

隼人は、素早く旅仕度をして、階下へおりた。勘定をすませて、外へ出る。今、ここで、半左衛門を襲撃しては、お絹を、騒ぎに巻き込むことになりかねない。といって、暗くなるのを待っていては、彼等は、川を越えてしまう。

（如《し》かず。富士川を先に越えて、川向うで待ち伏せよう）

と、考えたのである。

編笠で顔をかくして、河原へ出た。丁度、渡しが出るところだった。隼人が飛び乗ると同時に、陽焼けした、ねじり鉢巻姿の船頭が竿《さお》を突いて、舟を出した。

名だたる急流に、十五、六人の客を乗せた舟は、大きく揺れた。水しぶきが顔に当る。だが、船頭は、落ち着き払って、竿を巧みにあやつり、向う岸へ舟を着けた。

ほっとした顔で、客が舟をおりる。隼人は、最後に、舟をおりた。

陽が、だいぶ傾いた。今から、半左衛門一行が、富士川を渡ったとして、次の泊りは、蒲原《かんばら》か、由比《ゆい》であろう。

蒲原の手前に、松並木がある。隼人は、そこを、襲撃の場所と決めた。道は狭く、その両側は畠《はたけ》が広がっている。襲撃には、絶好の場所だ。

隼人は、大きな松の木の根元に腰を下ろして、三浦半左衛門の一行を待った。まだ、左腕に、鈍痛が残っている。が、襲撃を止めるわけにはいかなかった。たとえ斬り死にしても、半左衛門を仕留めなければならない。それは、死んだ勝浦主馬と約束したことだった。

旅人が通り過ぎて行く。が、編笠をかぶって、休息している隼人をいぶかしがる者はいなかった。

また、人通りが絶えた。

陽がかげり、風が冷たくなる。隼人は、手がかじかむのを防ぐために、両手をこすり合せた。

ふと、足音が聞こえた。かなり多勢の足音だ。

隼人は、素早く、松のかげに身をかくした。

三浦半左衛門の一行だった。半左衛門の乗る駕籠を、七人の藩士が警護している。

(半左衛門一人を)

と、隼人は、心に決めていた。供侍を斬っても仕方がないし、今の隼人には、体力の不安がある。

先頭の供侍をやり過し、駕籠が、眼の前に来た時、隼人は、剣を抜き払って、いきなり、松のかげから飛び出した。

無言で、駕籠を突き刺した。

(あッ)

と、思ったのは、隼人の方だった。

手応《てごた》えがないのだ。

(失敗《しま》った)

と、唇をかんだ時、供侍の一人が、

「あははは」

と、大声で笑った。

編笠を取ると、現れたのは、総髪の秋山幻斉の顔だった。

「やはり生きていたな。荒木田隼人」

「謀《はか》ったな」

「松岡宿で、われらがご家老に追い付き、万一に備えて、空駕籠にしておいたまでのことよ。引っかかる方が、愚かなのだ」

「三浦半左衛門は？」

「後ろから来られる。それまで、お主は、生きてはいまいがな」

幻斉は、冷たくいってから、他の六人の侍に、

「貴公たちは、ただ、逃げぬように、荒木田隼人を囲めばよい。わたしが斬る」

と、指図した。

それを受けて、六人が、ぱっと散った。四人が、枯れた畠に入り込んで、隼人の退路を遮断した。あとの二人が、隼人の左右から、刀を突きつけた。が、幻斉の命令を守って、斬りかかっては来ない。

幻斉は、隼人の正面に立っている。

刀の柄に手をかけたが、その姿勢で、じっと、光る眼で、隼人を見すえた。

(居合だな)

と、隼人は感じた。

「刀が重そうだな。荒木田隼人」

幻斉が、からかうようにいった。

幻斉の鋭い眼が、隼人の左手の悪さを、見抜いたのだ。

「手に火傷でもしたか」

「――――」

「刀がだんだん重くなって来るぞ。手が、ぶるぶる震えて来るぞ。そのうちに、重さに耐えかねて、刀を取り落すぞ。その時が、お主が死ぬ時だ。もう、だいぶ、手が疲れて来た筈だ。切っ先が下がって来たぞ」

幻斉が、呪文《じゅもん》のように、そんな言葉を繰り返す。

隼人は、ふいに、刀が、ひどく重くなったような気がした。手がだるい。

(馬鹿者ッ)

と、隼人は、自分を叱《しか》った。いつの間にか、幻斉の暗示にかかっているのだ。

(しっかりしろッ。隼人)

と、自分にいい聞かせる。

その心の動揺を見すかしたように、幻斉は、腰をひねって、いきなり、斬りつけてきた。

白刃が、蛇のように、隼人めがけて伸びて来た。

はっとして、刀で受け止める。

だが、その瞬間、痛む左手が、じーんとしびれて、隼人の剣は、はじき飛ばされた。

死闘

「死ねッ」

勝ち誇った声で、幻斉が叫んだ。

隼人は、死を覚悟した。はね飛ばされた刀は、畠の土に突き刺さっている。とっさに、小刀の柄に手をかけたが、抜く余裕を、幻斉が与えてくれる筈がなかった。

幻斉の切っ先は、眼前二尺の距離で、せきれいの尾のように、小きざみに震えている。隼人が、小刀を抜き合せようとすれば、その瞬間、幻斉の剣は、隼人ののどをえぐってくるだろう。

隼人は、仕方なく、じりじりと後ずさった。幻斉は、のしかかるように、間合いを詰めてくる。

「覚悟せい。隼人」

幻斉が、ニヤッと笑った。

その瞬間である。

一つの人影が、転がるように走り出て来て、

「畜生ッ」

と、叫びながら、幻斉の横腹にむしゃぶりついていった。その手に匕首《あいくち》が、キラリと光っている。

幻斉は、はっとして、飛び退《さが》った。

旅姿のずんぐりした男は、匕首を構えて、息をはずませながら、幻斉を睨んだ。

「やいッ。秋山幻斉。おれの顔を見忘れたか」

「ふむ」

幻斉は、冷たい眼で、眼の前の男を見つめた。

「どこかで見た顔だが、ああ、岡っ引の仙八か」

「そうだ。その仙八だ。てめえに足を斬られて、ご覧のような身体にされちまった仙八だ。その仕返しをしてやる」

「ふふふ」

と、幻斉は笑った。

その間に、隼人は、刀のところに突進して、畠の土から抜き取った。

わあッと、喚声をあげながら、秋山道場の門弟の一人が、斬りつけてくる。

隼人は、その切っ先を片膝をついてかわした。相手の身体が流れていくのへ、横なぎに斬った。

悲鳴があがり、血煙が噴出する。

幻斉の眼が、一瞬、そちらに動いたとき、仙八は、匕首を突き出すようにして、幻斉めがけて突進した。

その切っ先が、かすかに、幻斉の着衣に触れた。

(やったぞ)

と、仙八は、一瞬、錯覚した。が、横に飛んだ幻斉は、のめっていく仙八を、背後から、袈裟懸《けさが》けに斬《き》り捨てていた。

仙八の身体が、血を吹きながら、どッと倒れる。

幻斉は、それには見向きもせず、隼人の姿を探した。

門弟一人を斬り捨てて、突破口を開いた隼人は、畠を突っ切り、雑木林の中に走り込んでいた。

「追うなッ」

と、幻斉は、門弟たちを制した。追うことはない。どうせ、三浦半左衛門を斬りに、また、隼人の方からやって来るのだ。

三浦半左衛門は、馬に乗り、家臣七名に守られて、やって来ると、蒼ざめた顔で、畠の中に転がっている二つの死体を見やった。

「荒木田隼人が現れたのか？」

と、堅い表情で、馬上から、幻斉を見下ろした。

「さよう。推測どおり現れました。空駕籠とも知らず、斬りつけました」

幻斉は、落ち着いた声でいった。

「それで、隼人は仕留めたのか？」

「もう少しのところで、思わぬ邪魔が入り、逃げられました」

「邪魔というのは、そこに死んでいる町人のことか？」

「さよう」

「何者だ？」

「さあ、何者ですかな」

と、幻斉は、とぼけてから、

「この先、馬は危険ゆえ、駕籠にお乗り頂きたい」

「しかし、駕籠は危険だと申したのは、幻斉、そちの筈だぞ」

「ここまではでござる。隼人め、今頃空駕籠だったことに、地団太ふんでおりましょう。とすれば、駕籠には、ご家老は乗っていないと、しばらくの間、思い込んでいる筈でございますからな」

　幻斉は、自信を持っていった。

　半左衛門は、幻斉のいうがままに、馬からおりて、駕籠に乗り換えた。

「隼人は、また、襲ってくると思うか？」

　半左衛門は、駕籠の中から、不安気に聞いた。

「必ず」と、幻斉はいった。

「隼人の目的は、多分、ご家老を国表へ入れないとするにございましょう。さすれば、阿波までの間に、何度でも繰り返し、襲撃して参りましょうな」

　幻斉は、半左衛門に代って馬にまたがった。

　ちらりと、背後に眼をやったとき、その視野に、若い女の姿が入った。

（どこかで見たような？）

　と、思った。が、思い出せぬままに、幻斉は、手綱を取って、半左衛門の駕籠の前に立った。

　女は、お絹だった。

　お絹は、真っ青な顔で畠の中に横たわっている死体を見つめていた。

間違いない。そこに斬り殺されているのは、彼女をひどい目にあわせたあの岡っ引の仙八だった。

「ここで、何があったのでございましょうか？」

と、お絹は、そばにいた百姓に聞いた。

「若いご浪人が、七、八人の行列に斬り込みなすったのさ」

と、野良着姿の若い百姓が答えた。

「それで？」

お絹は、蒼い顔のまま、先を促した。

「それで、斬合いになったところへ、この人が飛び出したんだが」と、百姓は、仙八の死体を、あごで示した。

「たちまち、斬られちまった」

「それで、行列に斬り込んだご浪人は、どうなったのでございますか？」

「あの雑木林の方へ逃げて行ったよ」

「あの雑木林でございますね」

確かめてから、お絹は、畠を横切り、雑木林の方へ歩いて行った。

「おい。娘さん。そっちは山で、怖い猪《いのしし》が出て来るぞォ」

という百姓の声は、お絹には聞こえなかった。

（隼人様に違いない）

お絹は、そのことだけを考えていた。

雑木林に入ると、ひやりと、寒くなった。人の気配は、どこにもない。

「隼人様」

と、小声で、呼んでみたが、何の声も返って来なかった。

陽が落ちて、周囲は、急速に暗くなっていった。それでも、月明りを頼りに歩いて行くうちに、いつの間にか、山の中に、まぎれ込んでしまった。山といっても、低いものだが、それでも木立ちが深く、どちらを見ても灯が見えない。

次第に疲れてきた。

山で迷ったら、稜線《りょうせん》へ出るか、川に出るかどちらかにしろと、お絹は、幼い時、父の又五郎に教えられたことがある。彼女の幼い頃、家の周囲には、深い山が多かった。その中の一つが、阿波の剣山だったのであろうが、幼くして江戸へ出てしまったお絹には、しかとした記憶がない。

耳をすませたが、川の音は聞こえてこなかった。

それで、お絹は、月明りに光って見える山の稜線に向って、曲りくねった山道を登って行った。

峠に出た。

遠くに、灯が見えた。蒲原宿あたりの灯であろうが、そこまで歩いて行く気力はなかった。とにかく、足が棒のようになってしまっていた。

幸い、近くに、人のいない山小屋があったので、中に入り、隅に小さくなって休むことにした。

いつの間にか、うとうとと眠った。子供の頃の夢を見た。自分は幼いのに、なぜか、父の又五郎の方は白髪になっていた。家の庭から見える美しい山に登りたいのだが、父は、あの山は霊山で、女人禁制だといって許してくれぬ。ある日、父に黙って、山に入って、道に迷った――

ふと、寒さで眼が覚めると、小屋の中で話し声がした。

姿は見えないが、男二人の、ささやくような話し声だった。

「富士川を渡ったところで、荒木田隼人が、三浦半左衛門の一行を襲撃した」

ふいに、隼人の名前が聞こえたので、お絹は、思わず、声のする方へ首を伸ばした。

土間で、火が燃えている。そこに、武士が二人、枯枝をくべながら、小声で話し合っていた。武士といっても、片方は、頭を丸く剃《そ》った得体の知れぬ人物、もう一人は、容貌魁偉《ようぼうかいい》な背の高い男である。浪人とも野武士ともつかぬ男たちだった。

「それで、襲撃は成功したのか？」

頭の丸い方が、ぴしッと小枝を折りながら聞く。

「失敗した」と、若い方が、クックックッと、甲高《かんだか》く笑った。

「どうやら、秋山幻斉の方が知恵者よ。隼人の奴《やつ》め、危うく斬り殺されるところだったが思わぬ闖入《ちんにゅう》者が出て、救われたわ」

「そいつの名前は？」

「岡っ引の仙八。幻斉が斬った」

「仙八といえば、剣山の宝の絵図のことを知っている一人だな。その中の一人が死んだか」

「われらが手を下すまでもなく、彼等が、勝手に殺し合ってくれるわ」

また、若い方が、クックックッと、妙な笑い声をあげた。

「残る人物の一人、老中酒井但馬守の一行は？」

と、丸坊主が聞く。こちらの方は、低い声で、全く笑い声を立てなかった。

「昨日、江戸を出発した」

「阿波に入ってから、阿波藩との駆引きが見ものよの。仏の源十郎とかいう盗賊の行方は？」

「殿のいわれた藤乃という女と同行して、東海道を下っている筈だが、姿が見えぬ。そのうちに、姿を現すであろうがな」

「宝の絵図のことを知っている者になると、最初の持主がいたな。材木長屋に住んでいた浪人の親娘はどうした？」

「娘のお絹は、隼人を追って旅に出た模様だが、行方《ゆくえ》がわからぬ。父親は、殺された」

（あッ）

と、お絹は、思わず声をあげそうになった。一瞬、眼の前が暗くなった。

父が死んだ。本当だろうか。あの優しい父が。しかも、殺されたという。

「殺したのは、酒井但馬守の手の者か？」

「直接手を下したのは、秋山幻斉たちよ。だが、酒井但馬守の指図であることは明らかだわ」

また、クックックッと、笑い声を立てた。

お絹の眼に、涙があふれた。幼い頃のことや、父のことを夢に見たのは、殺された父が、そのことを、自分に知らせようとしたのかも知れない。

夜が明け、二人の男は、小屋を出て行った。

藤乃と源十郎も、富士川を渡った。といっても、源十郎は、変幻自在、藤乃の傍にいたかと思うと、ふっと姿を消して、三浦半左衛門たちの動きを調べて来て、藤乃に教えてくれるのだ。

「隼人さんが、三浦半左衛門たちを襲ったそうですぜ」

と、源十郎は、蒲原宿に向って歩きながら、藤乃の耳元でささやいた。

藤乃は、武家娘姿で、源十郎の恰好《かっこう》は、その供の者という風に見える。

「それで、どうなったのですか？」

藤乃は、真っすぐ前を見て歩きながら、源十郎に聞く。

「秋山幻斉のために失敗したようですが、隼人さんは、ご無事にお逃げになったらしゅうござんすね」

「それがあったのは、昨日ですね？」

「そうですが」

「では、急ぎましょう。三浦半左衛門の一行に追いついて、半左衛門を倒すのです」

「向うには、秋山幻斉もついていますぜ」

「平気です」

「そのお気持は買いますがねえ」

「わたくし一人では、無理だというのですか？」

藤乃は、足を止め、きッとした眼で、源十郎を睨んだ。

(相変らず、気のお強いお嬢さんだ)

と、源十郎は、苦笑しながら、

「いざとなれば、あっしもお手伝い致しますが、出来れば、隼人さんとご相談なすってての方が、ようござんすよ」

と、いった。源十郎は、藤乃を危ない目にはあわせたくなかった。このまま無事に、阿波まで送ってやりたい。三浦半左衛門をやるのは、自分と隼人でと、思っていた。

「隼人様には、一刻も早くお会いしたいと思います。しかし、その前に三浦半左衛門に出会った時は、わたくし一人でも、半左衛門を倒して見せます。死ぬことなど、恐ろしくはございませぬ」

「そりゃあ、そうでしょうが、どうやって、半左衛門を倒しますんで？　半左衛門のまわりは、供侍や、秋山幻斉の門弟たちで、厳重に護衛されてますぜ」

「平気です。わたくしには、これがあります」

藤乃は、懐中から、黒く光る短銃を取り出して、源十郎に見せた。

源十郎は、「ほう」と、驚きの声をあげた。

「どこで、そんな物騒なものを手に入れなすったんです？」

「柳沢様の贈り物です。道中は物騒ゆえ、持って行けといわれて、下さったものです。これで、半左衛門を倒して見せます」

「柳沢様の贈り物でござんすか」

源十郎の顔に、苦渋の色が浮んだ。この男には、珍しいことだった。どんな危険な目にあっても、源十郎は、笑いながら、それを切り抜けて来たものだった。

源十郎は、苦しんでいた。彼は、藤乃に恋している。

(藤乃と柳沢吉保の間に何があったのか?)

それを知りたいのだが、藤乃に聞くことが出来ぬ。

吉保の藤乃に対する態度は、源十郎が見ても甘過ぎる。何かあったと考えるのが自然なのだが、源十郎は、そう考えたくないのだ。

蒲原宿で、駕籠をやとい、源十郎は、藤乃をのせた。

少しずつ、三浦半左衛門一行に追いついているのがわかった。源十郎は、隼人や、お絹の消息を調べてみたが、どちらも、つかむことが出来なかった。

その夜、府中《ふちゅう》(静岡)で一泊。

「この分なら、明日、島田《しまだ》あたりで、三浦半左衛門の一行に追いつけますね」

と、藤乃は、気負った声でいった。源十郎も、そう思う。大井《おおい》川で、三浦半左衛門一行は足踏みするだろう。ここ二、三日、初春にしては暖かい日が続いている。雪解け水が、大井川の水量を増やしているだろうから、川止めも十分考えられる。

翌日、金谷《かなや》で新しい駕籠をしつらえ、藤乃と源十郎は、西に向った。

藤枝《ふじえだ》を過ぎる頃から、空が、どんよりと曇ってきた。嫌な空模様だと、源十郎が舌打ちをしていると、島田に近づくにつれて、とうとう雨が降り出した。絹のような細い雨だが、それでも、今頃の雨は冷たい。

陽が落ちてから、島田の宿に入った。

案の定、大井川は、水量が増えて、川止めになっていた。

大井川について、『東海道名所記』には、次のように書かれている。

〈大井川。駿河《するが》と遠江《とおとうみ》の境なり、又あの世、この世のさかひを見るほどの大河なり。大雨降れば、島田の駅を河中になす事もあり。又は一筋の大河となって、大木を流し、大石を転ばすこともあり、古《いにしえ》より舟も橋も流すことかなわず。従来の旅客、人も馬も河の瀬を知らず下れば金谷に泊り、上れば島田に泊って、水の落ちるを相い待つなり〉

島田宿には、二百三十軒の宿がある。その一軒に旅装を解いた藤乃と源十郎は、早目の夕食をすませ、源十郎が、様子を見に外へ出た。

川止めのため、どの宿も、旅人で一杯だった。宿をとれなかった旅人が、道を右往左往している。

越前屋《えちぜんや》という大きな旅籠に、三浦半左衛門の一行は泊っていた。

「やはり、いましたぜ」

と、源十郎は、戻って、藤乃に報告した。

藤乃は、顔を輝かせた。

「わたくしは、今夜、半左衛門を襲います。あなたが気が進まないのなら、わたくし一人でも決行します」

半左衛門は、苛立《いらだ》っていた。

「一刻も早く阿波へ入らねばならんのに、ここで足止めされていては、どうにもならんではないか。何とか、ならんのか」

と、半左衛門は、供侍に当り散らした。

無理なことは、半左衛門自身にもわかっている。増水した大井川は、舟では渡れないのだ。といって、泳いで渡れるような生やさしい流れでもない。

半左衛門の苛立ちは、国元の情勢が、つかめないことだった。

藤沢宿で会った急使に、国元へ急いで帰り、反対派の国家老を消せと命じた。それが成功したかどうかもわからないのだ。

秋山幻斉が、ふらりと部屋に入って来た。

「どうやら、明後日まで、川止めが続くようですな」

と、幻斉は、笑いながらいった。

半左衛門は、幻斉を頼みにしているが、それでも、時々、この傲慢《ごうまん》な兵道家が嫌いになることがある。

「そうか」

「検察使の一行も、明後日には、ここへ着くでしょう」

「まずいな。彼等より一日でも早く阿波へ入り、対応策を立てねばならんのに」

「国表の人々を信頼できぬわけですか？」

幻斉は、皮肉な眼つきで、半左衛門を見た。

半左衛門は、舌打ちをして、

「田名部大学などという若輩者が、実権を握ろうとして、種々画策しておるのだ。そんなとこへ、検察使の一行に来られたらどうなる。わしが一足先に入り、逆臣どもを叩き伏せて、藩論を統一しておかねばならんと思っているのだ。それなのに、ここで川止めされていては、どうにもならん」

「二、三日は道中で縮められましょう。何しろ検察使一行は、二十名を超す大世帯で、足は遅い筈ですからな」

と、幻斉は、半左衛門を、一応安心させてから、

「それより、目下の問題は、荒木田隼人の襲撃を、いかに防ぐかでございましょう。川止めにあって身動き出来ぬわれわれは、絶好の的《まと》でございますからな」

「また、隼人が襲ってくるというのか？」

半左衛門は蒼い顔になった。

幻斉は、冷たく半左衛門を見て、

「今夜にでも」

「しつこい男だ」

「あの男は、阿波に入る迄《まで》に、ご家老を倒すと、固く心に誓っておるのかも知れませぬな」

「あんな素浪人と心中は真っ平だ。警護の方は、万全であろうな？」

「大丈夫でござる。襲って来れば、こちらとしては、隼人めを斬る絶好の機会と考えております。また、土地の岡っ引に、金を与え、隼人の人相を教えておきました故、現れればすぐさま、知らせてくることになっております」

「それはいい。ところで、黒川周平の姿が見えぬが、あの男はどうしたのだ？」

「あの無頼漢は、夕食もとらず、酒を飲みに外へ出ました」

「役に立たぬ奴め」

「しかし、人を斬るのが好きな男ですから、いざという時には、役に立ちましょう」

その周平は、酔いの回った蒼い顔で、この宿場の女郎屋の前を、のっそりと歩いていた。

格子窓の向うで、厚化粧をした女郎たちが、通り過ぎる男たちに、声をかけている。

周平は、ふと、立ち止って、格子の向うにいる女郎を見た。

（藤乃――）

と、思った。よく見れば、若いだけが藤乃と同じ、骨ばった、さして魅力のない女だった。

それでも、どこか藤乃に似ているような気がして、周平は、のっそりと、その店へ足を踏み入れた。

二階に上って、布団の上に座り、女が運んで来た酒を、蒼白い顔で、飲む。飲めば飲むほど、眼がすわってくる陰気な酒である。

「あたしの名前は——」

と、女がいおうとするのへ、周平は、うるさそうに手を振って、

「名前など、どうでもよい」

藤乃以外の名前は、周平には、意味がないのだ。

「裸になれ」

「じゃあ、布団の中で」

「そこで、裸になるんだ」

じろっと睨まれて、女は、怯《おび》えた眼になり、周平に背を向けて、着物を脱いでいった。

周平は、蛇のような眼で、真っ裸になった女郎を見つめていた。女郎の裸身に、藤乃のそれを重ね合せてみようとするのだが、どうしても、重なってくれなかった。

ふいに、周平の眼が、狂暴に光った。

「そこに、犬のように四つん這《ば》いになれ」

女は、手で前をかくし、意味がわからないというように、周平を見ている。

「――――」

周平は、立ち上ると、いきなり、女の髪の毛をつかんで、畳の上に引き倒した。女が悲鳴をあげた。

「犬になれというのだ」

「畜生ッ。鬼ッ」

と、蛙《かえる》のように四つん這いになって、裸の女が叫んだ。

周平は、そんな女を突き飛ばすと、急に、さめた顔になって、部屋を出た。

背後で、女は、まだ、口汚く罵《ののし》っている。

周平は、刀を片手にぶら下げた恰好で、店を出た。道の両側は、妙にひっそりとしている。周平の顔が、急に堅くなった。

周平は、動物のような嗅覚《きゆうかく》で、何かを嗅《か》ぎ取ったのだ。

(来るな)

と、思った。相手は、荒木田隼人か誰かわからないが、確実に、何者かが、半左衛門を襲う。

雨は上がっているが、空気は湿って重い。猫の鳴き声も聞こえぬ。襲撃には、絶好の夜だ。

周平は、刀を腰に差し込み、越前屋に急いだ。どんよりとしていた眼が、急に、生き生きとしてきた。人を斬る瞬間、周平は、何ともいえない戦慄《せんりつ》を感じるのだ。

越前屋で、幻斉も、キラリと眼を光らせた。二階に半左衛門を休ませ、自分は、階下の広間で、床柱にもたれていたのだ。庭は、半左衛門の供侍と、幻斉の門弟が、交代で警備に当っている。

もちろん、屋根伝いに襲撃して来ることも考えて、供侍三人が、二階に詰めていた。

(隼人か?)

いや、違うなと思った。金を与えた土地の岡っ引たちが、隼人の姿を見かけていなかったからである。

「うわッ」

と、ふいに、庭で悲鳴があがった。

幻斉は、雨戸を開けて、庭を見た。部屋から流れ出た明りの中で、門弟が一人、のどをかき切られて倒れている。

供侍と門弟たちが、広い庭を走り廻っている。

幻斉は、じっと、闇をすかした。

「池の向うだッ」

と、幻斉は、怒鳴った。

その瞬間、黒い影が、ひょいッと、宙を飛んだ。

幻斉も、刀をつかんで、庭に飛びおりた。

「仏の源十郎だな」

「お久しぶりでござんすねえ。幻斉さん」

闇の中から、不敵な声が、はね返って来た。

「何を盗みに来た？」

「もちろん、三浦半左衛門さまのお命でさあね」

「しれ者ッ」

と、供侍の一人が、眼の前に、ぼんやりと浮ぶ黒い影に向って斬りつけた。

闇に眼のきく源十郎は、簡単に切っ先をかわし、相手の腰を蹴った。どぶーんという派手な水音を立てて、供侍が池に落ちた。

源十郎は、ニヤッと笑い、いきなり、裏の勝手口に向って走った。

「逃げるぞッ」

と、誰かが叫んだ。

「逃げるぞッ」

と、源十郎も叫んだ。

釣られた恰好で、供侍と門弟たちが、どッと、源十郎の後を追った。

幻斉も、追おうとして、はッとなった。

(陽動作戦ではないのか?)

と、思ったからである。

幻斉は、部屋の方を振り向いた。

その眼に、二階へ上る階段を、駈けあがって行く人影が見えた。

鮮やかな色彩。

(女か?)

と、思い、

「待てッ」

と、叫んだとき、階段の途中で振り向いた若い娘が、短銃を構えて、引金をひいた。

「だあーん」

と、耳をつんざくような轟音《ごうおん》が、鳴りひびいた。

ふいをつかれ、かわすひまがなかった。弾丸は、幻斉の右の耳の肉を喰《く》いちぎって、飛び去った。一瞬、眼の前が暗くなり、幻斉は、膝をついた。

その隙に、藤乃は、オランダ渡りの連発銃を片手に、階段を駈けあがった。

前に立ちふさがった若侍の一人を、射ち倒して、奥の部屋に突き進んだ。

その時、表戸を蹴破るようにして、黒川周平が、飛び込んで来た。

「二階だッ」

と、右耳から血を流しながら、幻斉が、指さした。

周平は、片手で刀を抜き放つと、猫のようなすり足で、階段をのぼって行った。

藤乃は、短銃で供侍たちを威嚇《いかく》しながら、襖を開けた。

三浦半左衛門が、中腰になって、藤乃を迎えた。

「三浦様。お命頂戴《ちょうだい》致します」

藤乃は、必死に叫んで、銃口を向けた。

ぱッと、半左衛門が、手に持った湯呑《ゆの》みを投げた。

はッとして、藤乃が身をかわす。そこに出来た隙を突いて、供侍が斬りつけて来た。藤乃は、また、引金をひいた。供侍は、胸に弾丸を受け、藤乃に蔽《おお》いかぶさるように、倒れて来た。

辛《かろ》うじてそれをよける。

その間に、半左衛門は、廊下に逃げた。追おうとした藤乃の前に、黒川周平が、立ちふさがった。

「藤乃どのだな」

周平が、蒼白い顔で、ニヤッと笑った。

「おどきなさいッ」

と、藤乃が叫んだ。

「どきませんな。そんな手つきじゃあ、短銃は、当りませんよ」

周平は、からかうようにいった。

からかわれて、藤乃が、かッとなったとき、それを見すましたように、周平は、

「背後《うしろ》から斬れッ」

と、叫んだ。罠《わな》だった。藤乃が、はッとして、背後に眼をやった時、周平は、刀の峰で、ぴしッと、藤乃の手首を打った。

「あッ」

と、叫んで、藤乃は、短銃を不覚にも取り落してしまった。

「殺すな。取り押えろッ」

勝ち誇った声で、周平が叫んだ。

倒れた藤乃に向って、供侍たちが、わッとばかりに折り重なって行った。

「縛りあげるんだ」

と、周平が、ニヤッと笑った時である。

突然、部屋の明りが消えた。

外は、どんよりと曇って月も星も出ていない。部屋の中は、それこそ、文字通り、真の闇に変った。

「明りをつけろッ」

と、周平が怒鳴った。

「うわッ」

と、藤乃を押えつけていた供侍が、悲鳴をあげて畳に転がった。闇の中から、ふいに、手裏剣が飛んできて、左肩に突き刺さったのだ。

藤乃は、自分の身体を、何者かが抱えあげたのを知った。凄《すご》い力だ。背の高い、黒装束の男だった。

男は、藤乃を横抱きにし、廊下に飛び出した。

周平は、眼の前を、黒い影が走るのを見た。藤乃を抱きかかえているのに、足音も立てない。

（忍者か）

周平は、黒い影に向って、踏み込みざま斬りつけた。

十分な手応《てごた》え。と思ったが、斬ったのは障子だった。

黒装束の男は、旅籠を出ると、夜の道を走った。町外れまで来て、やっと、藤乃を地面に下ろした。驚いたことに、息一つはずませていないのだ。

「お助け頂き、お礼を申しあげます」

と、藤乃は、居ずまいを正して、頭を下げた。が、相手は、黒覆面からのぞく眼を、ぎらぎら光らせるだけで、一言も口をきこうとしない。

(何者なのだろうか?)

と、藤乃が、眉《まゆ》を寄せた時、同じように黒装束をまとった男が、闇の中を走って来た。

こちらの方は、ずんぐりと小さい。

「藤乃どのだな?」

と、その男は、低い声で、確かめるように、藤乃を見た。落ち着いた声だった。

「あなた方は?」

と、藤乃は、聞き返した。が、相手は、それには答えず、

「あまり、無謀な真似はなさらぬことだ」

と、叱《しか》るようにいってから、背の高い方に向って、

「次郎。行くぞ」

と、声をかけた。

その時、仏の源十郎が、風のように走って来た。

三人の前に、ひょいと、止って、

「ご無事でしたか。藤乃さん」

と、ほっとした顔で、声をかけた。

「この方たちに、危ういところを助けて頂いたのです」

藤乃が、二人の黒装束の男に、眼をやった。

「そうですかい」

と、源十郎は、じろりと、二人に眼を向けたが、

「あっしも、お礼をいわなきゃならねえんだろうが、どこかでお会いしてやしませんかねえ？」

「会ったことはない」

「そうでござんすかねえ。覆面で顔は見えねえが、その身体つきや、身のこなしは、確かに、一度、どこかでお会いしている筈なんだが」

「詰らぬことを詮索《せんさく》して、命を落さぬことだな」

覆面の中で、眼だけがニヤリと笑い、二人の男は、素早く、闇の中に消えて行った。

藤乃は、急に、緊張から解放された表情で、小さく溜息《ためいき》をついた。

「あなたは、今の二人を知っているのですか？」

「多分、甲賀者《こうがもの》でござんしょうね」

「というと、忍者？」

「さようで。今、思い出しましたが、江戸で、あの二人に、危うく斬られそうになったことがありやしたよ」

源十郎は、その時のことを思い出して、首をすくめた。あの時は、深編笠姿で、埋蔵金

の絵図のことを口にしていた奴等に間違いない。

「でも、今夜は、わたくしを助けてくれました。なぜでしょうか？」

「そいつは、多分――」

「多分、何です？　亡くなった父を知っている人たちでしょうか？」

「そうとは思えませんねえ。それなら、あっしを斬ろうとなんかしねえだろうし、隼人さんの味方の筈だが、そんな気配もねえ。となると、藤乃さん、あんたを、誰かに命ぜられて助けたことになる」

源十郎は、暗闇の中で、小さく笑った。

「藤乃さんには、察しがつきませんか？」

「いいえ」

「柳沢吉保」

と、源十郎は、ずばりといって、

「あの甲賀者を使っているのは、間違いなく柳沢吉保でござんしょうね」

「なぜ、柳沢様が？」

「一つには、藤乃さん、あんたを守るためでござんしょうね」

「なぜ、わたくしを？」

「柳沢吉保が、あんたに惚《ほ》れた――」

と、いってしまってから、源十郎は、苦い思いに襲われた。藤乃の顔が赧《あか》らんだのを見て、その思いは、一層、強いものになった。

（柳沢め、藤乃さんに、何をしやがったのか）

何をしたか想像がつくだけに、一層、源十郎は、苦しい気持になってくるのだ。

「もう一つ」

と、源十郎はいった。

「柳沢吉保も、阿波藩にちょっかいを出そうとしているということで、ござんしょうね」

「でも、何故、柳沢様が、阿波藩に？」

藤乃が、首をかしげた。

「酒井但馬守が検察使として、阿波藩へ行こうとしているのはご存知でしょう。その狙《ねら》いは多分二つ。一つは、阿波藩の豊かさでさあね。阿波藩二十五万石だが、藍《あい》四十万石といわれますからねえ。もう一つは、剣山の埋蔵金。それを手に入れようって魂胆は見えすいている。検察使とは、上手《うま》いことを考えたもんでさあ。柳沢吉保は、この酒井但馬守と張り合っている。指をくわえて見ている手はないっていうんで、甲賀者を使って、但馬守の邪魔をしようってんでしょうねえ」

「では、柳沢様は、わたくしたちの味方ということでしょうか？」

「さあねえ」

と、源十郎は、暗闇の中で、眉をしかめた。どうやら、藤乃が、柳沢吉保に好意を持っているらしいのが、腹立たしいのだ。

「阿波藩を食い物にしようって点じゃあ、どっちもどっちですぜ。見ようによっちゃあ、酒井但馬守より、柳沢吉保の方が、ずっと怖い相手ですぜ」

必要以上に、源十郎は、力を込めていった。

藤乃は、黙ってしまった。柳沢吉保を、そんな人間として考えたくない気持がある。吉保は、藤乃にとって、初めての男だった。

源十郎は、そんな藤乃の様子に、また、胸が苦しくなるのを感じたが、町の方向から近づいて来る提灯《ちょうちん》の明りを見て、きッとした顔になった。

提灯の数は、五つ。その中には、御用提灯の文字も見える。

「逃げた方が、よさそうですぜ。あっしたちを探しに来たようだ」

「三浦半左衛門たちですか？」

「それならいいが、どうやら、御用提灯も混ざっている」

「逃げるといって、どこへ逃げるのですか？」

「大井川は川止めになっているから、あと二、三日は、半左衛門たちも、ここを動けねえ筈だ。ここはひとまず、藤枝の宿まで戻ってみようじゃありませんか」

「でも、それでは、敵に背後《うしろ》を見せることになりませぬか？」

藤乃は、異議を唱えた。

そうしている間にも、提灯の明りが、こちらに近づいて来る。

源十郎は、いきなり、藤乃の腕をつかんで走り出した。藤乃が、よろけて、小さく声をあげた。いつもの源十郎なら、すぐ、藤乃のことを気遣って、声をかけるのだが、今夜の源十郎は、押し黙って、藤乃を引っ張って行った。藤乃に対して腹を立てているのではなかった。藤乃の向うにいる柳沢吉保に腹を立てていたのだ。吉保から藤乃を奪い取ろうとするかのように、源十郎は、強く引っ張り続けた。

藤枝の近くまで来て、藤乃が、足をもつれさせて、

「少し休ませて下さい。疲れました。それに、手を放して下さい」

「ああ。こいつは。痛かったでしょう？　許しておくんなさい」

源十郎は、あわてて手を放した。藤乃は、首を振ったが、そのまま、しゃがみ込んでしまった。

「さあ、あっしの背中につかまんなせえ。藤枝まで、おぶってさしあげますぜ」

源十郎が、藤乃に背中を向けた。

藤乃が遠慮するのを、源十郎は、半ば、強制するように、背中におぶってしまった。若い娘の体温が、じかに伝わってきて、源十郎の胸を騒がせた。

（どうしたんだ。源十郎）

と、藤乃を背負って歩きながら、源十郎は、自分に話しかけた。

(女は何人も知っているし、芸者を裸にして背負う遊びもやったことがあるこのおれが、この娘の前に出ると、なぜ、こうもだらしがなくなりやがるんだ)

「何かいいましたか?」

背中で、藤乃が聞いた。

「いや。何もいいませんぜ」

源十郎は、あわてていった。

藤枝宿に入った。藤乃が恥しがるので、源十郎は、背中から下ろした。

まだ、真夜中だった。通りに、人影はない。

本陣の前で、源十郎は、足を止めた。高提灯の明りが、

〈御老中酒井但馬守様御宿〉

と、書かれた文字を浮き出していたからだった。

「ほう」

と、源十郎は、いつもの彼に戻って、ニヤッと笑った。

「酒井但馬守は、藤枝宿にいやがったのか」

「島田宿まで、あと二里しかないのに、なぜ、ここに泊っているのでしょう?」

藤乃は、本陣の大きな瓦屋根を見た。大井川に接した島田宿に泊っていれば、川止めが

解けると同時に、出発することが出来る筈である。それなのに、なぜ、藤枝宿に、悠々と宿をとったのか、それが、藤乃には不可解だった。

「酒井但馬守は、喰《く》えねえ狸《たぬき》じじいですからねえ。ここで、三浦半左衛門一行の様子を、じっくりうかがっているのかも知れませんぜ」

源十郎は、秋山幻斉のことを考えた。あの二股膏薬《ふたまたごうやく》の兵道家は、きっと、酒井但馬守とも連絡を取りながら、旅をしているに違いない。酒井但馬守は、その連絡を待って、わざと、ここに泊っているのだろう。

二日後、川止めが解けて、島田宿で、待ち構えていた旅人たちは、どっと、大井川を渡った。

その中には、編笠で顔をかくした隼人もいた。

三浦半左衛門一行の後を追ったのだが、秋山幻斉たちが、ぴったりと警護に当っているので、容易に隙がなかった。無鉄砲に斬り込んだら、半左衛門に一矢も報いられずに、命を落してしまうだろう。それに、まだ、身体が完全ではなかった。

隼人は、待伏せすることを考えて、三浦半左衛門の一行を、掛川《かけがわ》の先で追い越した。

井上河内守《いのうえかわちのかみ》六万石の城下町、浜松《はままつ》宿に入ったのは、二月二十七日だった。家並みの数、三千余軒。さすがに、人通りも多く、町には活気がある。

「失礼でございますが」

と、隼人は、ふいに、商人風の男に声をかけられた。

「荒木田隼人様では、ございませんか？」

「――――」

隼人は、黙って、相手を見た。記憶にない顔だった。

「ご安心下さい」

と、相手は、笑って、

「私は、江戸の鳴門屋さんの御恩を受けた者でございます。昨日、鳴門屋さんから早飛脚が着き、あなた様の来るのを待っていたのです」

相手は、梅屋正八《うめやしょうはち》と名乗り、鳴門屋重兵衛から来た手紙を二通見せてくれた。

間違いなく、重兵衛の筆跡であった。荒木田隼人という浪人が、東海道を西に向う筈だから、よろしくとあり、隼人の人相が書き添えてあった。

もう一通は、隼人宛《あて》であった。

自分も、阿波に行きたいが、そうもいかぬ。江戸に残って、柳沢吉保への運動を続けていく積りでいる。先日、柳沢邸からの帰途、秋山幻斉の一味に襲われ、同行していた浮世絵師の東洲斎写楽は、右手を斬り落されたが、元気に、左手で絵を描き続けている。この襲撃から考えて、幻斉たちも、剣山の埋蔵金に食指を動かしているとみていいだろう。

そんなことが書かれていたあと、二百両の金を飛脚に持たせたので、役立てて欲しいと書き添えてあった。

「これが、そのお金でございます」

と、梅屋正八は、切もちを取り出して、隼人に渡した。

隼人は、礼をいって受け取ってから、

「この辺に、猟師はいないか？」

「猟師でございますか。この先の増楽村に、確か、鴨撃《かもう》ちの猟師が、三人ばかりいた筈でございますが」

「そこまで、遠いのかね？」

「いえ、すぐ近くでございますよ。ご案内致しましょうか？」

「いや。拙者一人で行く。それより、拙者の後から、お絹という娘が来る故、その娘の面倒を見て貰いたいのだ」

隼人は、お絹の顔立ちを話し、切もち一つと五十両を、相手に渡した。

隼人は、梅屋正八と別れると、町を出て、増楽村に向った。小さな村だった。村人の一人をつかまえて、猟師の家と聞くと、すぐわかった。この村では、百姓と、猟師を兼ねている男が三人いるのだ。隼人は、その三人の中で、一番年かさだという伍作《ごさく》という男に会った。

五十歳くらいだが、陽焼《ひや》けした顔は若々しく、精悍《せいかん》だった。眼つきが鋭いのは、猟師のせいだろう。

「撃って貰いたいものがある」

と、隼人は、単刀直入にいい、伍作の眼の前に、五十両の金を置いた。

「これは、その礼金だ」

「それで、何を撃てばいいんでございますか？」

伍作は、大金を見て、少しどもった。

「人間だ」

「何でございますって？」

「人間を撃って貰いたいのだ。承知してくれたら、あと五十両、上のせしてもいい。金額が不足か？」

「とんでもない。こんな大金は、見たのが初めてでございます。しかし、人間を撃てば、手が後に回ります。それどころか、獄門になるかも知れねえ」

「人間を撃ってくれと頼んだが、殺せとはいっていないぞ」

「と、申しますと？」

「この近くを、明日朝にも、総勢八名の一行が通過する。いや、人数は十名ぐらいになっているかも知れぬ。この一行が見えたら、三人で、一斉に撃ちかけて欲しい。脅しだけでいいのだ。その先は、拙者がやる故、お主たちは、撃ち続けていてくれればいい。それだけのことで、五十両、いや、百両手に入るのだ。どうだ？　簡単なことではないか」

「他の二人とも、相談しませんと」

「いいとも」

隼人は、その返事を、村外れにあるお堂の中で待つことにした。

昼頃から、夕方まで待って、ようやく、伍作が、他の二人の猟師を連れてやって来た。

「ただ、空に向って撃つだけで、百両貰えるんでございますね？」

と、伍作は、念を押した。

「そうだ。殺す必要はない。ただ、脅しに、拙者が合図したら、撃ってくればいいのだ」

「お引き受けしましょう」

と、伍作がいった。

隼人は、彼等に、五十両の金を払った。後金の五十両は、事が終ってからである。

隼人は、ここで、もう一度、三浦半左衛門の一行を襲撃する積りだった。三梃《さんちょう》の猟銃が、少しは役に立ってくれるだろう。

夜明けは寒い。

隼人は、白い息を吐きながら、三人の猟師と、街道の脇の丘のかげで、三浦半左衛門の一行が来るのを待ち受けた。

少しずつ、夜が白んで来る。

隼人は、三浦半左衛門たちが、昨日、浜松に泊り、夜明けとともに出発してくるだろうと読んでいた。それは、大井川の川止めで遅れた分を、途中で取り戻そうとするに違いないと思ったからである。

「本当に来るのかね？」

と、隼人の横で、鉄砲の銃身を両手でこすりながら、伍作が聞いた。

「来る。駕籠のまわりを、供侍がかためているからすぐわかる」

「そいつらは、悪い奴等《やつら》かね？」

「ああ、自分のことしか考えん奴等だ。ある藩を潰そうとしている」

「本当かね？」

「本当だ」

「ご浪人さんは、たった一人で、その行列に斬り込むつもりなのかね？」

「ああ。その積りだよ。死ぬ覚悟は出来ている。頼みは、お主たちの鉄砲だけだ。相手が驚いてくれれば助かるんだがな」

「ようし」

と、伍作は、大きな声を出して、

「あんたが気に入った。そいつらに、弾丸《たま》を撃ち込んでやる。ただし、命は取らねえ。腕や足を、撃ってやるよ」

「そんな器用なことが出来るのかね？」

「小鳥に比べりゃあ、人間なんて、的の大きいもんだ。腕や足に命中させることぐらい造作もねえ」

伍作は、仲間の二人と顔を見合せてから、ニヤリと笑った。

「かたじけない」

と、隼人がいった時、三浦半左衛門の一行が、彼の視野の中に入って来た。

「あれだ」

と、隼人が叫んだ。

駕籠の周囲を、供侍が囲んでいる。が、あの駕籠は、この間と同じように空《から》だろうか。それとも、兵道家の秋山幻斉のことだ。空と見せかけて、今度は、三浦半左衛門を乗せているかも知れない。

隼人は、ふところから、五十両を取り出して、伍作の手に握らせた。

「半金は、事がすんでからと思ったが、拙者は、斬り死にするかも知れぬからな。先に渡しておく」

「すまねえな」

伍作は、眼をしばたたいた。彼にも、隼人の覚悟のほどは、よくわかったのだろう。

「ご浪人さん」

「何だ？」

「あんたはいい人だ。なるたけ、死なねえようにしなせえ」

「かたじけない」

隼人は、微笑した。死は覚悟しているが、半左衛門や、幻斉を斬らずに、こちらだけ死ぬのはごめんだと思ってもいた。それでは犬死だ。

「三人同時に撃たないでくれ」と、隼人は、伍作たちにいった。

「弾丸込めの時間があるから、三梃同時に撃っては、次の射撃まで間があいて、相手に安心感を与えてしまう。相手には、絶えず狙われているという不安感を与えておきたいのだ。だから、一人ずつ射撃して、三人目が撃ち終ったときには、最初の撃ち手が、弾丸込めを終っているようにしたいのだ」

「その点は、抜かりはねえよ」

と、伍作は、笑って、

「誰を狙えばいいのかね？」

「誰でもいい。要は、混乱を起して貰えばいいのだ」

隼人は、伍作の逞《たくま》しい肩を、軽く叩いた。

半左衛門の一行は、至近距離まで近づいた。

「やりますぜ」

と、伍作がいい、じっと、銃の狙いをつけた。火縄の匂いが、隼人の鼻をくすぐった。

幸い、こちらは風下だから、半左衛門たちに、火縄の匂いを嗅《か》ぎつけられる心配はないだろう。

「だだーん」

と、轟音《ごうおん》が、周囲の静寂を引き裂いた。

一行の先頭に立っていた侍が、右足の股《もも》のあたりを撃ち抜かれて、がくっと前に倒れた。

「見事ッ」

と、隼人が、叫んだ。

「猪に比べりゃあ、造作もねえこった」

と、伍作が、笑った。

こうなると、他の二人も、伍作に対して、負けん気を起したようだった。人間を撃つということに、逡巡《しゅんじゅん》していたのが嘘のように、冷静に狙って撃った。

十年から二十年も、猟師として、鳥や獣を追い続けているだけに、射撃の腕は確かだった。たちまちの中《うち》に、二人、三人と、足や腕を撃ち抜かれて、行列は大混乱に落ち込んだ。

（今だ）

と、隼人は思った。半左衛門や幻斉を倒すのは、今をおいてない。

隼人は、決死の覚悟で、丘を駈け降りた。

駈けながら、刀を抜き放った。

「曲者だッ」

と、叫びながら、斬りかかってくる供侍の一人を、掛声もかけずに、袈裟懸けに斬り倒した。

相手は、狼狽していた。股を撃ち抜かれた供侍が、よろけながら立ち向ってきたが、隼人にとって、物の数ではなかった。

たちまち、二人、三人と、斬り捨てた。

（駕籠は？）

と、見れば、反対側から、転げるように飛び出したのは、まぎれもなく、三浦半左衛門だった。

「三浦半左衛門、覚悟ッ」

と、隼人が叫んだ。

蒼《あお》ざめた顔で、半左衛門が振り向いた。

その時、二人の間に、ついと、黒川周平が立ちふさがった。

相変らず、隻腕《せきわん》を、ぶらっと下げたまま、

「卑怯《ひきよう》なことをするじゃねえか。荒木田隼人」

と、冷たい眼を向けた。

隼人も、すぐには斬れない相手と感じた。前にも、この片腕の男とは会っている。

「名前を、聞いておこう」

と、隼人はいった。

「黒川周平。元阿波藩士」

「今は、秋山道場の飼犬か？」

「幻斎など、くそくらえだ」

周平は、ペッと唾《つば》を吐いてから、「ゆくぞ」と、刀を抜き放った。

が、青眼に構えるでもなく、だらりと下げたまま、眼だけが、じっと、隼人を見すえている。

（奇妙な剣だな）

と、思った。初めて出会う剣法だった。こちらが踏み込んだ時、だらりと下がっている剣が、どう反応してくるのか、判断がつかなかった。

その間に、半左衛門は、足を引きずるようにして、逃げて行く。

隼人は、焦った。それを見すかしたように、周平は、口元に冷笑を浮べて、

「どうした隼人。おれが怖いか」

と、からかった。

「うむ」

と、隼人は、小さく唸《うな》った。戦いにくさという点では、秋山幻斉より、こちらの方が上かも知れない。隼人にとって幸いだったのは、丘の上の伍作たちが、約束を守って、撃ち続けてくれていることだった。他の供侍たちは、地面に伏せたまま、動けずにいる。

「だだーん」

「だだーん」

と、轟音が、鳴り続け、危険を無視して立ち上り、隼人に斬りかかって来た供侍の一人は、たちまち、足を撃ち抜かれて、悲鳴をあげて、地面に倒れてしまった。

周平の方も、焦りを感じていた。いつ、鉄砲に狙われるかも知れぬという不安が、冷酷なこの男に、いらだたしさを与えていたのだ。

隼人も、それを敏感に感じ取った。

(向うも焦っているのか)

そう思った時、隼人は、心にゆとりを感じた。

隼人は少しずつ、弧を描くように、身体を移動して行った。それにつれて、自然に周平

も動く。が、周平は、丘に背を向きかけて、はッとした。

いつの間にか、自分が鉄砲に対して、格好の標的になっていたからだ。

（撃たれる）

と、思った瞬間、彼は、いつもの冷静さを失ってしまった。

周平の方から、叫び声をあげて、斬りつけて行った。

だらりと下がっていた切っ先が、青眼に変った。その瞬間、奇妙な剣は、平凡な剣に変ってしまった。

隼人は、余裕を持って、飛び退った。平凡な剣なら、隼人の方に余裕がある。

周平の二撃目を、隼人は、逃げずに、彼の方からも、斬り込んで行った。こうなれば、心に余裕のある方が勝つ。

周平の剣が、わずかにそれて流れていくところへ、隼人の豪剣が、周平の肩を、真っ向から斬り下げていた。

「うおッ」

と、吠《ほ》えるような声をあげ、周平の身体《からだ》が、どっと倒れた。

血が、噴きあげて、隼人の横顔まで、赤く染めた。

倒れた周平が、呻くように、「藤乃ッ」と叫んだ。

（藤乃？）

と、隼人は、血ぶるいしながら、振り向いたが、その時には、もう、周平の身体は、動かなくなっていた。

隼人の眼が、半左衛門を追った。

街道を外れて、畠の中を転がるように逃げて行く半左衛門の姿が見えた。

隼人は、走った。

(この機会を逃がしたら、半左衛門を討ち果す折はない)

と、心に決めていた。

(それにしても、秋山幻斉は、どこにいるのか?)

走りながら、周囲を見廻したが、幻斉の総髪姿は、どこにも見えなかった。

半左衛門に追いついた。

「待てッ」

と、叫んだ隼人は、次の瞬間、はッとして立ちすくんだ。

振り向いた半左衛門の手に、短銃が握られていたからである。その短銃が、藤乃のものだったとは、もちろん、隼人は、知る由もない。

半左衛門は、ぜいぜい息をしていた。手にした短銃も、小刻みに震えている。

隼人の顔も青白かった。構えた刀は、血で赤く染まっている。

半左衛門が、引金をひいた。

がくんと、隼人の身体が揺れた。胸部に、弾丸が命中したのだ。

だが、隼人の身体は倒れなかった。逆に、一歩、相手に詰め寄った。

半左衛門が、あわてて二発目を撃った。が、弾丸は、それて、隼人の小びんの辺りを飛び去った。

「死ねッ」

と、隼人は、半左衛門を、袈裟懸けに斬り下げた。その瞬間、隼人も、気を失って、その場によろめいていった。

鳴門《なると》の渦《うず》

検察使酒井但馬守の一行は、浜松宿へ入った。

本陣で一休みしたあと、但馬守は、増楽村での事件を調べに行っていた秋山幻斉の報告を受けた。死闘が行われていた時、幻斉は、一人、但馬守に会いに、藤枝宿に出かけていたのである。

「三浦半左衛門が、亡くなりました」

と、幻斎は、ほとんど無表情に報告した。

「ふむ」

但馬守は、口元を小さくゆがませて、

「とうとう死んだか」

「阿波に帰れませんでしたな」

「それで、斬ったのは、やはり、荒木田隼人とかいう浪人者か？」

「そのようでございますな。ただ、死んでいた供侍の中に、足などに銃創を負っていたものが何人かございましたゆえ、隼人に、何者かが、鉄砲を持って味方したものと思われます」

「隼人はどうしたのだ？」

「わかりませぬ。役人どもが、探しておるようですが、ただ、いたずらに右往左往しているだけのことで、あれでは鼠《ねずみ》一匹、捕まりますまい」

「そちのところに、蛇のような眼つきの片腕の浪人がいたのう。何と申したかな？」

「元阿波藩士、黒川周平でござりましょう」

「あの男はどうした？」

「死にました」

「冷たいものだな。顔色一つ変えぬではないか？」

但馬守は、皮肉な眼で、幻斉を見た。が、幻斉は、平静な顔で、

「どうせ、生きていても仕方のない男でございましたからな」

「三浦半左衛門も、その一人か？」

「かも知れませぬが」と、幻斉は、いったん言葉を切ってから、

「ただし、阿波藩に与える影響は、かなり大きなものがございましょう」

「それよ」

と、但馬守は、急に難しい顔になって、

「半左衛門が死んで、どうなるかが問題だが」

「三浦半左衛門は、凡庸な男でしたが、阿波藩内では、隠然たる勢力を持っていたと思われます。その男が亡くなれば、当然、反対派が、力を得ましょう」

「反対派といえば、確か、勝浦主馬の後継者と目される田名部大学という男がいたな」

「現在、勘定奉行をしていて、死んだ三浦半左衛門にいわせると、ひどく平凡な人物とのことでございました」

「平凡な人物か」

「三浦半左衛門が亡くなった現在、この田名部大学が、城代家老に推《お》されることは、まず、間違いありますまい。そして、ともかく藩論を統一して、検察使である酒井様を迎えようと努めるでございましょうな」

「田名部大学か。会うのが楽しみだな」

と、老人は、小さく笑った。

幻斉は、老人の機嫌をとるように、

「凡庸な男のようでございますから、酒井様にかかれば、赤児《あかご》の手をひねるようなものでございましょう」

「本当に、そう思うか？」

と、但馬守は、意地の悪い眼つきをした。

幻斉は、珍しく狼狽した顔になって、

「は？」

「凡庸な人間にも、二通りある」

「は？」

「三浦半左衛門のように、自己の凡庸さを自覚せぬ男は、少しも怖くない。放っておいても自滅する」

「確かに、そのようでございますな」

「だが、自己の凡庸さを自覚している奴は別だ。少しばかり小才のきく奴より、ずっと手強《ごわ》い。そちのように、小才のきく男は、自分の才に溺《おぼ》れて、つい、尻尾《しっぽ》を出す。そうであろうが」

但馬守は、クックッと、小さく笑ってから、

「なぜ、自己の凡庸さを自覚した人間が怖いか、そちにわかるか?」

「わかりませぬ。凡人は、しょせんは凡人でございましょう」

「違う。そういう男が怖いのは、奇策を弄《ろう》さずに、正面から堂々と立ち向って来るからだ。そうなれば、嫌でも、こちらも、正面切って、立ち向わねばならなくなる。そうであろうが?」

「なるほど」

「田名部大学が、どちらかはわからぬがな」

と、但馬守は、慎重ないい方をしてから、

「ところで、宝の絵図に書かれてあった謎《なぞ》の文字は、判読できたかな?」

「残念ながら、まだ、判読できませんが、阿波に入り、剣山に登れば、自然に解けてくるものと思っております」

「そうだといいがな」

但馬守は、また、皮肉な眼つきをした。

(嫌な老人だ)

と、幻斉は、腹の中で舌打ちをしたが、もちろん、顔に出しはしない。自分の兵道を広め、名実ともに日本一の兵道家になるためには、酒井但馬守の助力が必要だと考えてい

た。皮肉屋で、嫌な老人だが、ここは、老人のために、ひと働きしておくことが必要と、割り切っている。

「幻斉」

「はい」

「そちは、ひと足先に、阿波へ入れ」

「かしこまりました。それで、何を致せばよろしいので？」

「田名部大学という男のことを調べて欲しい。どんな人物で、わしの邪魔になるような男かどうかをだ」

「わかりました」

と、幻斉は、立ち上がった。

その夜、浜松宿に辿《たど》り着いたお絹は、旅籠を探している中に、

「お絹さんじゃございませんか」

と、商人風の男に声をかけられた。男は、荒木田隼人に頼まれた梅屋正八だったのだが、用心深くなっているお絹は、すぐ、身構える表情になって、

「どなたでございますか？」

「荒木田隼人様から、あなた様のことを頼まれたものでございます」

「隼人様が？」

用心しながらも、その名前を耳にすると、お絹の胸は、自然と高鳴って来てしまう。

「隼人様は、今、どこにいらっしゃるのですか？」

「一昨日、この先の増楽村で斬合いがございましてな」

と、梅屋正八は、声をひそめていった。

「それは、ここに来る途中で、噂話《うわさばなし》に聞きました。人が何人も死んだとか。それに、隼人様が関係しているのですか？」

「そのようでございますね」

「隼人様は、まさか――」

「私も心配なので、増楽村へ行って参りました。丁度、お役人がたが死体を片付けているところでしたが、隼人様の死体は、どこを探しても、見つかりませんでした」

「では、隼人様は、どこに？」

「それがわからないのですよ。これは、あくまでも噂ですが、あの辺りの猟師が、隼人様に加勢したのじゃないかといわれています。ひょっとすると、その猟師たちが、隼人様を連れ去ったのかも知れませぬな」

「その猟師さんには、どこへ行ったら会えるのですか？」

「さあ。増楽村からも、姿を消しているようですからねえ」

「この道を、まっすぐ行けば、その村へ行けるのですね？」

「今から、いらっしゃるお積りですか?」

梅屋正八は、びっくりして、お絹を見た。

お絹は、必死な顔で、

「参ります」

「しかし、もう六つ半を過ぎていますよ。明日、お出かけなさい」

「いいえ。どうしても、隼人様に会って、話さなければならないことがあるのです。それも、一刻も早く」

お絹は、梅屋正八が引き止めるのを、振り切るようにして、歩き出した。正八は、仕方がないというように、小さく首を振ってから、隼人から託された切もち一つと五十両を手渡し、手にしていた提灯を貸してくれた。

お絹は、暗い街道を、提灯一つで歩いて行った。幸い、月明りがあったが、人通りは、全くない。それでも、隼人に会えるかも知れぬと思えば、怖くはなかった。

五つ半には、増楽村へ着いた。が、どの家で聞いてみても、貝のように口を閉じて、話してくれないのだ。

「この村の猟師さんに会わせて下さい」

と、お絹がいったとたんに、眼の前で、ぴしゃりと、戸を閉めてしまう家もあった。

お絹は、途方に暮れた。隼人がどうなったかを確かめられずに、浜松宿に帰る気にはなれない。といって、これほど村人の口が堅くては、取りつく島もなかった。

お絹は、新しい蠟燭《ろうそく》に火をつけてから、ふうふうと、丘の上にある神社に向って、階段をあがって行った。

風が冷たい。本堂の横に、風を避けてうずくまった。涙が、ひとりでに、わき出て来て止らなくなってしまった。いったい、いつになったら、隼人様に会えるのだろうか。

こごえた手を、提灯の上にかざして、暖を取ろうとした時、お絹の眼の前に、ぬッと、何かが突き出された。

黒く細長い鉄の棒みたいなものだった。

（鉄砲）

と、わかって、お絹が、顔色を変えた時、

「おれたちに、何の用だ？」

と、鉄砲を構えた男が、鋭い眼で、お絹を睨《にら》んでいる。探していた猟師だと思ったとたん、お絹は、鉄砲を突きつけられている怖さを忘れてしまった。

「隼人様は、どこにいるんです？」

と、お絹は、いきなり、銃口をつかんだ。

相手の方が、あわててしまって、

「危ねえじゃないか。おい、放せよ」

「隼人様は、どこに？　教えて下さい。お願いします」

「あんたは、あのご浪人と、どういう関係なんだ？」

「隼人様に聞いて頂けばわかります。お絹といいます」

「お絹さん？」

と、不精ひげの生えた猟師は、おうむ返しにいってから、

「本当に、お絹さんかね？」

「そうです。お絹です」

「じゃあ、一緒にお出でなせえ。お絹さんの名前を、うわ言にいっておいでになるんだ」

「うわ言にって、隼人様は、ご病気なんですか？」

「胸に弾丸《たま》を一発喰《く》らってな。弾丸は、おれが取り出したんだが、今日になって、急に熱を出して、うわ言ばかりいってなさるんだ」

「すぐ、隼人様のところへ、連れて行って下さい」

「こっちへ、お出でなせえ」

猟師は、先に立って、神社の裏手から山道を登って行った。山道といっても、熊笹《くまざさ》の生い茂ったけものみちである。

前方に炭焼小屋が見えた。その小屋の隅のござの上に、半裸の胸に、包帯を幾重にも巻きつけた隼人が、こんこんと、眠っていた。

お絹は、その傍に駈け寄った。

「隼人さま」

隼人の身体は、火のように熱かった。

「何か薬はないのですか？」

と、お絹は、三人の猟師を見た。彼女を連れて来た頭《かしら》分格の猟師は、仲間に、村から集めてきた食料を分けていたが、

「薬は、どうしても手に入れられねえんだ。おれたちは、役人に追われてるんで、医者へ行けねえからな」

「でも、隼人様は、こんなに熱があるじゃありませんか」

お絹は、唇を嚙《か》んで、叱りつけるように、猟師たちを見た。

「そういわれても、薬はねえんだ。水で冷やすより仕方がねえ」

「水は、どこにあるのですか？」

「小屋の裏に、雪解け水が流れてるから、それを使うより仕方がねえ」

水を汲《く》んでくる器もない。お絹は、手拭を持って小屋を出ると、身を切るような夜気の中で、裏の小川で、手拭を濡《ぬ》らした。雪解け水というように、骨まで、じーんとくる冷たさだった。

それでも、小屋に戻って、隼人の額にのせると、激しい高熱のために、たちまち、濡れ

た手拭は、温まってしまった。

お絹は、また、乾いた手拭を持って、小屋の裏へ行き、谷川の水で濡らして戻って来た。それを、何度繰り返したかわからない。朝が近くなっても、隼人は、ただ、かすかに、呻き声をあげるだけで、眼を開こうとしなかった。

三人の猟師たちも、疲れ切っているのだろう。思い思いの場所にうずくまるようにして、眠ってしまった。

お絹は、土間に燃えている火を絶やさないように、小枝をくべながら、一方では、手拭を持って、小屋と谷川の間を往復した。外に出るたびに、痛いような寒さが、彼女に襲いかかった。深い疲労が、それに重なってくる。

夜明けに近くなって、お絹は、谷川で濡らした手拭を、隼人の額にのせたあと、とうとう、地の底に引き込まれるように、眠ってしまった。

どのくらい眠ったのだろうか。身体を軽くゆすられて、お絹は、眼をさました。ぼんやりした状態だが、それでも、反射的に、手拭を替えなければと思って、手を伸ばした時、その手を、強い手が、しっかりと握りしめた。

隼人が、微笑している。お絹は、夢の続きを見ているような気がしたが、夢ではなかった。

「有難う」

と、隼人がいった。

「あなたが、看病してくれたのですね。お絹さん」

「――――」

お絹は、何かいいかけて、急に、胸が熱くなり、ポロポロと、涙があふれてしまった。

三人の猟師も起きて来て、

「助かったね。ご浪人さん」

と、隼人を祝福した。もともと頑健な、鍛えられた身体である。高熱が取れると、いつもの隼人の顔になっていた。

隼人は、ござの上に起き上がった。

「もう大丈夫だ」

「運のいい人だ。弾丸が、危うく急所を外れていたんで、九死に一生を得たんですぜ」

猟師の一人が、彼の身体から摘出した弾丸を、隼人に見せた。

隼人は、笑いながら、それを、掌の上で転がしていたが、視線を、お絹に移して、

「梅屋正八という商人《あきんど》に会いませんでしたか？」

「お会いしました。でも、どうしても、隼人様に、お知らせしなければならないことがあって」

お絹は、山小屋で見た二人の武士のことを話した。

隼人は、じっと、難しい顔で聞いていたが、

「その二人は、多分、伊賀か甲賀者でしょう。柳沢吉保までが、阿波藩に食指を動かしているとなると、容易ならぬ事態ということになるが――」

「隼人様は、これから、どうなさるお積りですか？」

「三浦半左衛門は、首尾よく討ち果すことが出来ました。これによって、阿波藩は、勝浦主馬様が望まれた方向に結束するでしょう。心配は、検察使の酒井但馬守や、あなたが会った柳沢吉保の手先が、阿波藩内で、いったい何をしようとしているのかということです。従って、拙者は、一刻も早く、阿波に入らなければなりません」

「わたくしも参ります。阿波は、わたくしの生れた所でございますから」

「拙者がいかんと申したら？」

「何と隼人様がいわれても、わたくしは、ついて参ります」

「一緒にお出でなさい」

と、隼人は、微笑した。隼人も、自分が、今まで以上に、お絹を愛し、また、必要としていることを感じていたからである。

これからすぐ、阿波に向って出発するという隼人に対して、三人の猟師は、当然、不安がった。が、止めても無駄だと知ると、口々に、

「気をつけて、お行きなさせえ」

と、いってくれた。

「拙者のことより、あなた方が、これから役人に追われて大変だと思うが」

隼人が、心配して聞くと、猟師たちは、笑い飛ばして、山へ入ってしまえば、町役人なんかには、絶対に捕まらねえ、と笑った。

隼人と、お絹は、彼らに見送られて、街道へおりて行った。

阿波へ着いて、そこに何が待ち受けているのか、隼人にも、お絹にもわかっていなかった。


三浦半左衛門が、浜松宿を出たところで、荒木田隼人なる浪人者に斬り殺されたという報告は、早馬によって、阿波に知らされた。

次席家老を、城代家老に推そうとしていた人々にとっては、大きな衝撃だった。

勘定奉行田名部大学を推す人々は、それによって、力を得た。どちらにつくか決めかねていた国家老も、自然に、田名部大学側につくことになった。

そうした藩内の激しい動きの中で、一番冷静だったのは、当の田名部大学だったかも知れない。

大学は、死んだ勝浦主馬が、自分の後継者として、推挙してくれていたことを知っていた。だが、老中酒井但馬守が、突然、検察使として乗り込んで来るという非常事態になった今、誰が城代家老に推されようと構わないという気持になっていた。誰がなろうと、ここは、一致して、検察使一行を迎え、阿波藩の安泰を計らねばならぬ。

そのくらいだから、藩主治昭からの下命があり、城代家老の職に就くことになった時も、大学は、平静だった。

平静といっても、もちろん、覚悟はできていた。

あと、三日で、検察使の一行が、阿波に着く。藩内に争乱の兆《きざ》しありと聞き、その真偽をただす、というのが、検察使の表向きの派遣理由だが、大学は、それを、まともに受け取ってはいない。

(何が目的なのか?)

まず、それを確かめなければならないし、藩内の結束も大事だった。

大学は、すぐ、城に参内し、主君治昭に会った。聡明《そうめい》ではあったが、まだ、十五歳の幼い君主だった。

「殿。検察使一行は、三日後に、到着致します」

と、大学は、治昭の前に伺候《しこう》して、言上した。

「知っているぞ」

と、治昭は、肯《うなず》いた。

「では、わが藩が、幕府の手によって、お取潰しになる可能性があることも、ご存知でございましょうな」

大学は、率直にいった。十五歳の治昭は、さすがに蒼《あお》い顔になって、

「ああ、知っておる。それ故に、城代家老としてのそちに頼むのだ」

「一命を賭《と》しまして、この阿波藩を、守るつもりでございます。ただ、それには、問題がございます」

「何のことだ。申して見よ」

「検察使ご一行のことは、当藩にやましいところがなければ、さほど恐れることはないと存知ます。それよりも、私が恐ろしいのは、藩内の不統一でございます。藩内に確執があり、あるいは、裏切者が出て、検察使酒井但馬守殿に、絶好の口実を与えぬとも限りませぬ。そうならば、当藩は、自壊作用を起してしまうに違いありませぬ」

「どうすればよいのだ？」

治昭は、乗り出すようにして、大学を見た。

「私は、まだ三十八歳の若輩者にございます。重役の方々はもとより、藩内には、あの若僧がと思っている者も多いかと存知ます。当然、威令も行き届くまいと、愚考します」

「どうすればよいと思うのだ？」

「あと三日で、検察使ご一行が到着します。反対する者を、一人一人説得していく時間の余裕が、ございませぬ。それで、お願いがございます」

「何でも申してみるがよい」

「恐れながら、殿がお持ちのお刀を、しばらくの間、お貸し頂きたいと存知ます」

「わしの？」

治昭は、眼をぱちぱちさせてから、

「構わぬが、太刀《たち》がよいのか、それとも、脇差《わきざし》がよいのか？」

「脇差で結構でございます」

「それで、どうするのだ？」

「明朝、総登城のお触れを出して頂きとうございます」

翌朝、突然、総登城の太鼓が鳴り渡り、藩士たちは何事かと、続々、城へ詰めかけて来た。

大広間には、重臣たちを始め、重《おも》だった藩士が、顔を揃えた。重臣たちは、多分、検察使一行のことで、総登城となったのだろうと考えてはいたが、詳しくは、わかっていなかった。彼等にとっても、寝耳に水の総登城だったのである。

主君治昭が着席すると、城代家老の田名部大学は、一礼してから、集った藩士たちに向って、

「今、わが藩は、検察使一行を迎え、未曾有《みぞう》の危機に直面している。これを乗り切るために、一致団結せねばならぬ。城代家老である私の命令は、即《すなわ》ち、殿の命令である。反抗

は許さぬ。その覚悟で、検察使一行を迎えて貰いたい」

若い藩士たちは、黙って肯いた。が、年輩の国家老や、奉行たちは、やはり、心の底に、この若僧が、という気があって、面白くない表情を作った。

「もし、私が反対したら、どうなさるお積りかな？」

と、重臣の一人が、笑いながら、大学を見た。主君治昭の遠縁ということで、一目おかれていた老人だった。

大学は、老人に向って、治昭から借りた脇差を突きつけると、

「この脇差は、殿より、当藩のためにならぬ者は、斬り捨てよと、お貸し下されたものである。反対する者は、この場で斬り捨てる。前に出られいッ」

と、叫んだ。

その峻烈《しゅんれつ》な語調に、重臣たちは、顔色を失った。


藤乃と源十郎は、大坂から千石船に乗った。

大坂を出た船は、淡路《あわじ》島の由良《ゆら》港に立ち寄ってから、鳴門《なると》の撫養《むや》港に着く。

船が海へ出ると、藤乃は、甲板へ出て、懐かし気に、近づいて来る四国の海岸線を眺めた。江戸へ向って出発した時には、二度と見ることはないかも知れぬと思った阿波の土地であった。

源十郎は、あまり浮かぬ顔をしていた。陸では、何一つ恐れるもののない源十郎だが、船の上というのは、いささか勝手が違う。

「何を心配しているのですか？」

と、藤乃は、首をかしげて、源十郎を見た。この男が、こんな顔をするのは、珍しいことなのだ。

「阿波は、他国者の詮議《せんぎ》の厳しいところと聞いていますんでね。藤乃さんは、手形を持っているし、その上、亡くなった城代家老の娘だ。しかし、あっしは、盗賊の一人でしてね」

「そんなことを心配していたのですか。そなたは、わたくしの若党ということにします。それなら、怪しまれることもありますまい。ただし、源十郎ではおかしいから、源助と呼びます」

「源助でござんすか」

と、源十郎は、苦笑してから、

「あっしが心配しているのは、その他に、隼人さんたちのこともありますのさ。三浦半左衛門を斬ったあと、いったい、どうなすったのか」

「無事なら、必ず、阿波へ来る筈です。それを待ちましょう」

「もう一つ、敵の動き」

「三浦半左衛門も、黒川周平も、隼人様が斬り捨てたではありませぬか。とすれば、残るのは、検察使一行だけになります」

「他にも、秋山幻斉がおりますよ。あの男は、もともと、酒井但馬守のために働いていた奴だから、三浦半左衛門が死んだことなど、歯牙《しが》にもかけていませんぜ。今頃は、酒井但馬守の命令で、阿波へ潜入しているかも知れませんよ」

源十郎の言葉に、藤乃は、あわてて周囲を見廻《みまわ》したが、甲板には、幻斉の姿は見当らなかった。

「もう一つ。柳沢吉保が使っている甲賀者がいる。いつも侍姿とは限らねえから、この船に乗っているかも知れませんぜ」

源十郎は、確信を持っていった。この船には乗っていなくても、彼等は、必ず、阿波に集る筈だ。敵味方とも、阿波を目ざしている。ここまでの道中での出来事は、いわば、前《ぜん》哨戦《しょうせん》に過ぎまい。本当の戦いは、阿波に着いてからだと、源十郎は、覚悟していた。

撫養の港に着き、船からおりると、物々しいいでたちの阿波藩士の姿が、やたらに目立った。もともと、阿波は、入国の厳しい藩だが、今日は、殊更《ことさら》にやかましかった。

大物検察使を迎えることで、阿波全体が、ピリピリしている感じである。港の関所では、たとえ、手形を持っていても、怪しいと見れば、たちまち、引っ張られて、手厳しい尋問を受けた。

藤乃と源十郎の番になった。

役人は、藤乃の知らない藩士だった。たとえ、知っていても、武家娘姿の藤乃が、勝浦主馬の娘だとは、気がつかなかったろう。

藤乃は、柳沢吉保から貰った手形を見せず、単刀直入に、

「わたくしは、元城代家老勝浦主馬の娘、藤乃です。今、城代家老におつきになった田名部大学様に会わせて下さい」

といった。

役人は、眼を見張った。すぐには、信じられない様子だったが、すぐ、早馬を飛ばせて確かめ、藤乃の言葉が確かだとわかると、態度も急に改まり、駕籠が用意され、城代家老、田名部大学の屋敷に連れて行かれた。

藤乃が、田名部大学に会うのは、二か月ぶりだった。

父、勝浦主馬の下で働いていた田名部大学しか知らなかった藤乃の眼には、今、自分の前にいる大学が、前よりも、ひと回り大きくなったような気がした。

「お久しぶりです」

と、大学は、若々しい表情で、藤乃を迎えた。

「城代家老におつきになり、おめでとうございます」

藤乃は、改めて、祝辞を述べた。大学は、

「有難うございます」

と、微笑してから、急に、厳しい顔になった。

「私のような非才な者が、この難局を、果して乗り切れるかどうか、不安を感じております」

「柳沢吉保も、阿波藩へ、ちょっかいを出そうとしているのを、ご存知ですかい？」

源十郎が、持前の不遠慮さで、口をはさんだ。

田名部大学は、視線を、源十郎に向けて、

「それは、事実なのか？」

「間違いありませんや。吉保自身は、動けねえもんだから、甲賀者《こうがもの》二人を、阿波に差し向けて来てますよ。二人だけだといっても、甲賀者の中じゃあ、棟梁《とうりよう》株と見えるから、手下の五、六人は、一緒に潜入して来ているかも知れませんぜ」

「甲賀者がな」

大学は、微笑した。

「大変なことですぜ」

「さよう。大変なことかも知れぬ」

「そんなに納まり返っていて、いいんですかねえ。阿波藩の命運にかかわることですぜ」

「確かに、その通りだ。だが、今、当面の相手は、酒井様の検察使一行ゆえ、そちらの応対に全力を尽くさねばならぬ。甲賀者の方はそちにでも頼むかな」

「そうはいっても、あの二人の甲賀者は、なかなかの手だれですぜ」

源十郎は、大学が、あまりにも楽天的すぎるような気がして、口をとがらせた。検察使の酒井但馬守も、手強い相手だが、柳沢吉保は、それに輪をかけて、手強い相手ではないだろうか。

田名部大学は、微笑した。決して、秀《すぐ》れた城代家老という感じではないのだが、なぜか向い合っていると、親しみを覚える人間に思えてくる。

「多分、その通りだと思う」

と、大学は、源十郎の言葉を肯定した。

「柳沢吉保殿のような方が、役に立たぬ男を使うとは思えぬからな」

「それなら、十分に用心なせえ。酒井但馬守も危険だが、柳沢吉保も、同じように危険ですぜ。あの甲賀者が、阿波に入り次第、逮捕した方がいい」

「忠告はありがたいが、わたしは、その甲賀者には、自由に入国させようと思っている」

「なぜですね？」

源十郎が、驚いて聞くので、大学は、落ち着いた声で、

「冷静に見るところ、今、幕閣で激しく勢力を争っているのは、酒井但馬守殿と、柳沢吉保殿の二人であろうが」

「その通りで」

「この二人が、お互いに牽制《けんせい》し合っていればわが藩に対する風当りも二分の一になる。酒井殿が、わが藩を取り潰し、併せて、剣山の埋蔵金を手に入れれば、幕閣での発言力は、嫌でも倍加する。柳沢殿に、それが面白かろう筈がない。甲賀者を派遣したのも、目的の大半は、酒井殿への牽制にあると、わたしは睨《にら》んでいる。そんな時、甲賀者を捕えてみい。酒井殿が大手を振って、わが藩の料理にかかる。そこで、むしろ、柳沢殿の手先を自由に泳がせておけば、酒井殿も、柳沢殿への思惑から、さほどひどい真似《まね》も、わが藩に取れまいと思うのだがな」

「若いのに驚いたお人だ」

と、源十郎は、ニヤニヤ笑って、

「毒をもって、毒を制するというやつで、ござんすね」

「そうしたいところだが、さて、うまくいくかどうか」

大学は、相変らず、柔和な微笑を口元に浮べていい、

「今日は、お二人とも、ゆっくり休息なさい」

と、藤乃に向っていった。そういい残して、大学は、部屋を出て行ったが、二人から視線をそらせた時、大学は、源十郎が、ぎょっとするほど、厳しい表情になっていた。

「あの人は、この気で、事件にぶつかる気ですぜ」

と、源十郎は、藤乃に向って、手で腹を切る真似をして見せた。

「あなたは、これからどうする積りですか？」

と、藤乃が、源十郎に聞いた。

源十郎は、それには、すぐ答えず、庭におりて、西に連なる山なみに眼をやった。晴れているせいで、山肌まできれいに見える。

「剣山というのは、どの山ですね？」

源十郎が聞くと、藤乃も、庭におりて来て、彼の横に立ち、

「ここからは見えませぬが、四国第二の高山で、それは美しい山です」

「なるほどね。藤乃さんは、剣山に登ったことが、おありになりますんで？」

「いえ、あの山は、信仰の対象になっていて、女人禁制ですから、わたくしは、登ったことはありませぬ」

「女人禁制の山ですか」

源十郎は、ちらりと、自分の横に立っている藤乃に視線をやった。いやでも、項《うなじ》の白さが眼に入ってくる。

（阿波に来て、藤乃は、おれから一層離れた存在になってしまったのだろうか？）

ふと、そんなことを考えたが、そんな思いを振り切るように、

「その山に、十万両とも二十万両ともいわれる埋蔵金が眠っているとはねえ」

「あなたは、それを信じているのですか？」

「信じていますよ。もちろん、酒井但馬守だって、柳沢吉保だって、埋蔵金があると信じているからこそ、この阿波藩に、ちょっかいを出そうとしているんですぜ」

そういい残して、源十郎は、庭を突っ切って、屋敷を出て行こうとする。

「どこへ行くのですか？」

と、藤乃が聞いた。

「剣山という宝の山を、この眼で、はっきり見て来ようと思いますのさ。それに隼人さんたちも、間もなく、ここへ着く筈ですのでね。それも、迎えに出ていたいと思うんでさあ」

それだけいって、源十郎は、屋敷の外へ飛び出した。

江戸に比べれば、南国だけに、はるかに暖かく、すでに梅の季節は終って、桜が、ちらほら咲き始めていた。人々の動きも、江戸に比べると、のんびりとしているように見える。

ふいに、馬蹄《ばてい》のひびきが聞こえた。道の端に寄ると、二騎、三騎と、早馬が、鳴門の港の方向へ、土埃《つちぼこり》をあげて走り去って行った。その中に、田名部大学の姿を認めて、源十郎は、「ほう」と、小さく声をあげた。

（城代家老自ら、乗り出したところをみると、酒井但馬守の一行が到着したのか）

源十郎は、迷った。鳴門へ行って、検察使一行が到着するのを見たい気もしたし、埋蔵金がかくされている剣山に登ってみたい気もした。

結局、埋蔵金の興味の方が勝ちを占め、源十郎は、とにかく、山の近くまで行くことにした。

撫養の港には、船着場に紅白の幕が張られ、検察使一行の到着を待っていた。

一行の接待の総指揮は、田名部大学がとることになった。

昨日、総登城を行い、主君治昭から拝借した脇差を示して、藩論の統一を図り、若侍の多くは、大学の凜然《りんぜん》たる気迫に圧倒されて忠誠を誓ったとはいえ、まだ、若い大学に対して、反感を持つ者も多い。重臣の中には、幕府からの使者に対する応対に詳しい者もいるのだが、お手並み拝見といわんばかりに、大学に協力しようという者はなかった。

(老人どもは、勢力争いにのみ狂奔して、信用が置けぬ。若侍たちは、時には、情熱のままに猪突《ちょとつ》する時もあるが、老人に比べれば、はるかに信用が置ける)

と、亡くなった勝浦主馬は、口ぐせのようにいっていたが、今、改めて、大学は、その言葉を思い出していた。

(この難局を無事、乗り越えることが出来たら、藩内の大掃除をしなければならないな)

と、大学は、決意をかためていた。多分、間もなく、新しい時代がやって来るだろう。その時に備えて、若い藩士を登用しておかなければならぬ。

今度の検察使一行を迎えるに当っても、警護には、重臣たちの反対を押し切って、若侍を多用した。

ただ、全体の警戒は、むしろ、普段の時よりも、弛《ゆる》くするように命じていた。柳沢吉保の配下の甲賀者は、すでに阿波に潜入しているかも知れぬと思っていたが、放置しておくことに決めている。

検察使一行を迎えるために、治昭の許可を得て、藩主御召船「至徳丸」を、大坂に派遣していた。

この船は、阿波藩が参勤交代の時に使用する千石船だった。阿波藩には、同じ大きさの船一隻、御台所船一隻など、約三十隻の船があり、阿波水軍の威容を誇っている。

至徳丸には、御船手方を務める森法五兵衛《もりほうごひょうえ》が乗り込んでいた。

やがて、夕焼けに朱《あか》く染まる海に、朱塗りの至徳丸が見えて来た。船尾には、検察使一行の乗船を示すように、葵《あおい》の紋所を描いた旗がひるがえっている。

至徳丸が船着場に横付けされると、供侍に守られるようにして、小柄な酒井但馬守が降りてきた。

田名部大学が、進み出て、但馬守を迎えた。

「城代家老、田名部大学でございます」

「ふむ」

と、老人は、品定めでもするように、大学の顔を、じろじろ見廻した。

「なかなかお若いの」

「恐れ入りましてございます」

「藩主治昭公は？」

「城中にて、お待ちでございます」

「では、ひとまず、ご挨拶申し上げずばなるまいて」

老人は、微笑し、用意された駕籠に乗り込んだ。

一行は、徳島の町に向って出発した。鳴門の町民が、複雑な表情でそれを見送った。町人や、百姓や、漁師たちには検察使の一行の到着が、自分たちにとって、いったい何を意味するのか、正確にわかっているわけではない。だが、何か、黒い雲が空に広がっていくような不安を感じていた。

そうした人々の背後で、深編笠の背の高い浪人と、若い娘が、寄り添うように立って、行列を見送っていた。

荒木田隼人と、お絹だった。

隼人は、意外に簡単に、阿波に入国できたことに、驚いていた。阿波藩は、昔から、入国を厳しく取り調べることで知られていたからである。一緒の船に乗っていた商人たちも、取調べがゆるくなったことに、驚いていた。

（新しく城代家老になった田名部大学という男は、何を考えているのだろうか？）

隼人が、一度会ってみたいと考えた時、お絹が、

「これから、どうなさいますか？　隼人様」

と、聞いた。隼人は、微笑して、

「疲れたでしょう。まず、宿をとりましょう」

二人は鳴門に宿をとった。隼人が生死の境を越えたあと、二人の間に、愛情が確かめ合われたのだが、旅籠では、わざわざ、二つの部屋をとった。正式に祝言をあげるまでは、同衾《どうきん》は出来ぬというのが隼人の考えだった。隼人の潔癖さもあった。が、それ以上に、自分には、まだ、阿波でしなければならない仕事が残っていたからでもある。

夕食の後、隼人は、再確認するように、そのことをお絹に話した。

「拙者は、亡くなった勝浦主馬様に約束しています。阿波藩の安泰に尽くすことです。藩政の一つの癌《がん》である三浦半左衛門は斬り捨てましたが、まだ、秋山幻斉が残っています。幻斉は、あなたの父上を斬った男でもある」

「はい」

「いつか、拙者が幻斉を斬ります」

「検察使のご一行もですか？」

「いや。この土地で、検察使の一行に斬り込んだら、阿波藩が、幕府に反抗したというこ

とになり、取り潰しにあってしまうでしょう。そんな真似は出来ないし、新たに城代家老になった田名部大学という人に委《まか》せて、様子を見ようと思っているのです。勝浦様が見込んだほどの人だから、この難局を、立派に切り抜けると信じています。そして、全てが終った時には、拙者は、武士を捨てる積りです。正義のためとはいえ、殺生をしすぎましたからね。武士を捨てて、鳴門屋重兵衛殿にでも使って貰おうと思っていますが、それでも、拙者と一緒について来てくれますか？」

「はい。隼人様がお望みなら」

徳島城内で、藩主治昭と会った酒井但馬守の一行は、その夜、阿波藩の菩提寺《ぼだいじ》である興源寺に宿泊した。

但馬守自身が、望んで、この寺に休むことにしたのである。阿波藩では、国家老の屋敷を用意したのだが、但馬守が、それを拒否して、興源寺にしたのは、阿波藩の監視がうるさかったからである。従って、興源寺の周囲を警護したいという田名部大学の申し出も、拒絶した。

深夜になって、先に阿波に入っていた秋山幻斉が但馬守の寝所としている庫裡《くり》に訪ねて来た。

「妙な所にお泊りでございますな」

と、幻斉は、笑ってから、

「重だった者たちは、全て、阿波に入っております。荒木田隼人、仏の源十郎、それに、藤乃、お絹の女二人も、すでに、阿波に来ております」

「柳沢吉保の使っておる甲賀者はどうじゃ？」

但馬守は、小柄な身体を脇息《きょうそく》にもたせかけ、細い眼で、幻斉を見た。

「ちらりと、一度だけ見かけました。が、今、どこにいるかは、残念ながらわかりませぬ」

「彼等が、ひと足先に、剣山の埋蔵金を手に入れるようなことはあるまいな？」

「その心配は、まずあるまいと存じます」

「なぜだ？　彼等が、絵図の謎をまだ解けずにいるという証拠でもあるのか？」

「ありませぬ。が、私が調べましたところ、剣山の登り口には、厳重な関所が設けられ、何人も近寄れぬように警備されております。詰めている藩士たちは、いずれも、腕におぼえのある者ばかりと見受けました。たとえ、甲賀者でも、あの関所を突破することは、かないますまい」

「しかし剣山は大きな山だ。間道ぐらいはあるだろうが？」

「あるにはありますが、断崖《だんがい》絶壁にて、命をかけねば、頂上には辿《たど》りつけますまい。それに、見たところ、間道には、鳴子など、さまざまに仕掛けがしてあるとも土地の者が噂しておりました」

「面白いな」

「は？」

「それほど警戒厳重だということは、埋蔵金の話が本当だということになるであろうが」

と、但馬守は、ニヤッと笑った。

「それで、剣山にはどうやってお入りになるお積りですか？」

「わしは、検察使だ。どうにでも理由はつけられる。剣山に阿波藩の隠し金山があるのではないかという疑いで、入山することも出来よう。ただ、いかにわしでも、何もないところへ難癖をつけて、踏み込むわけにはいかぬ。どうだ。幻斉。そうであろうがな」

「まことに、その通りでございますな」

以心伝心の形で、幻斉は、ニッコリと笑って、

「一両日中に、剣山に隠し金山を見たという証人を見つけ出すことに致しましょう。ただし、その証人も命がけでございましょうから一両や二両の金では、名乗り出ますまい」

「このくらいあれば、証人も満足かな」

老人は、五十両の包みを、ぽいと、幻斉の前に投げてよこした。幻斉は、その包みを、無造作にふところに放り込んでから、

「時に、田名部大学という城代家老は、どんな人物でございましたか？　私の調べでは凡

庸の一語。殿の邪魔になるとは思えませぬが」

「若い。とにかく若い男よ」

「と、申しますと？」

「若いから扱い易《やす》い。が、同時に、若いから手強いともいえる。保身第一の老人なら、一方的に脅しをかけて行けば、何とでもなる。だが、あの若さは、あまり追い詰めると、かえって爆発し、何を仕出かすかわからぬ危険もある」

「殿と差し違える恐れもございますか？」

「わからんが、ところどころに、そうした気迫が見えたわい」

　但馬守は、首をすくめた。

「藩主治昭様の印象は、いかがでございました？　世上では、十五歳になって、まだ幼児のごとしなどといわれておりますが」

「世上の噂ぐらい当てにならぬものはないわ」

「すると、立派な名君でございますか？」

「まだ、そうなるかどうかわからぬがな。十五歳にして、ぼうようとした大人の風格を備えている。子供とあなどると、手ひどい目にあうかも知れぬ。外から見ている時の阿波藩は、藩主は暗愚にして、藩政は乱れ、藩内に勇者なしの感があったが、来てみると、立派な人間がおる」

「だが、このわしの眼から見れば、いずれも、まだ若い若い」

と、但馬守は、笑った。十分に成算ありと確信している表情だった。

こちらは、幕府から遣わされた検察使である。相手の田名部大学が、いかに、決死の覚悟で応対しようと、阿波藩の命運は、但馬守が握っている。ということは、常に、但馬守が攻撃する立場であり、城代家老田名部大学も、藩主治昭も、その他の重臣たちも、全て、守勢に立たされているということである。

「ところで、幻斉。あの宝の絵図の謎は、解けたかな?」

但馬守に聞かれて、幻斉は、「いえ」と、首を横に振った。

「残念ながら、まだ、解けませぬ。が、剣山の頂上に登りますれば、自然に解明致すものと、楽観しております」

「そうであればいいがな」

と、老人は、脇息にもたれたまま、冷たい眼で、幻斉を見つめていたが、

「隠し金山のこと、しかと頼んだぞ」

「私に、お委せ下さい」

幻斉は、胸を叩き、ゆっくりと、退出した。

源十郎は、剣山の麓《ふもと》まで来て、「ほう」と眼を大きくした。

登山口に関所が設けられ、屈強な藩士数名が、警備に当っていたからである。遠くから眺めていると、山へ入って行くのは、木樵《きこ》りだけである。もちろん、その木樵りも、一人一人、取調べを受けている。

源十郎は、山の裾野《すその》を廻ってみた。が、ぐるりと、柵《さく》が設けられ、五、六町置きぐらいに、監視の櫓《やぐら》が、雑木林の中に見えかくれしている。

（たいした警戒だ）

と、源十郎は、石の上に腰を下ろして、溜息《ためいき》をついた。

（蟻《あり》の這《は》い出る隙もねえというやつだが、酒井但馬守にしろ、柳沢吉保の手先の甲賀者にしろ、どうやって、巨万の埋蔵金を運び出す積りなのか？）

源十郎は、煙管《きせる》を取り出し、延々と続く柵を眺めながら、一服つけた。

暖かい春の陽射《ひざ》しが、一杯に降り注いで、眠くなるような風景である。まだ耕作を始めない田の畦《あぜ》には、レンゲの花が咲き乱れ、のどかな牛の鳴き声も聞こえてくる。そののどかな空気を打ち破っているのは、眼の前の柵であり、時々、柵の向うを疾駆して行く騎馬の蹄《ひづめ》の音だった。

忍び込むだけなら出来る、と、源十郎は確信している。問題は、二つだ。例の宝の絵図の謎が解けなければ、広い山中で立ち往生するだけの話だろう。第二の問題は、絵図の謎が解け、十万両か二十万両の財宝を発見できたとして、それを運び出す手段だ。

検察使の酒井但馬守一行なら、強権を振り廻して、運び去ろうとするだろうか。だが、いかに、検察使としても、理由もなく、巨万の財宝を、阿波から運び出すことはかなわないだろう。とすれば、どんな理由をつけるだろうか。その時、あの秋山幻斉は、どう動くか。

柳沢吉保が派遣した甲賀者は、どう動くのか。源十郎が出会ったのは二人だけだが、阿波に潜入した甲賀者が二人だけとは限らない。

源十郎が、そう考えた時、ふいに、白いかたまりが、視野の中に入って来た。白いかたまりと見えたのは、山伏の集団だった。源十郎は、煙草《たばこ》を吸いながら、何気ない顔で、こちらに近づいて来る数人の山伏たちを眺めていた。

(五、六、七——八人か)

剣山が、山伏の修験の場所だと聞いたことはない。もちろん、四国は寺社の多いところだから、山伏がいてもおかしくはない。

だが、その中の一人の顔を見て、源十郎は、ニヤッと笑った。

ずんぐりと背が低く、どこか、平家ガニに似た顔つきに、見覚えがあったからである。最初に会った時は、深編笠で顔をかくし、次に会った時は、黒装束に身を包み、眼だけ光らせていた。だが、源十郎は、見間違えはしない。あの時の背の低い方の侍に間違いない。

その隣にいる背の高い、若い山伏は、あの時も一緒にいた侍だ。とすれば、この八人の山伏は、全部、甲賀者だということになる。杖《つえ》は、仕込杖だろう。

「お久しぶりでござんすね」

と、源十郎の方から、相手に向って声をかけた。

背の低い、例の男は、じろりと源十郎を見てから、仲間七人を先にやり、自分だけはつかつかと、源十郎の傍へ近づいて来た。

「確か、仏の源十郎とか申したな？」

と、冷静な口調で、源十郎に話しかけた。

「さようで。けちな盗《ぬす》っ人《と》でござんすよ」

「そうでもあるまい。江戸では、なかなかの顔だと聞いたことがある」

「そちらさんのお名前も、聞かせて頂けませんか。ここでは、敵になるか、味方になるかわかりませんがねえ」

「伊知地太郎。見知っておいて貰いたい」

「甲賀の方でござんすね」

「そうだとしたら、どうするのだ？」

「ここまで来たら、お互いざっくばらんにやろうじゃありませんか。あっしは、まあ、阿波藩のために働く破目になっていますが、あんたがたは、柳沢吉保のために働いている」

「――――」

「そんなきつい眼をしないでおくんなさいよ。そのくらいのことは、あっしにだってわかりまさあ。検察使の酒井但馬守の狙《ねら》いは、多分、剣山に埋蔵されているといわれる十万両以上といわれる埋蔵金だ。あんた方は、柳沢様の命令で、その妨害にやって来た。違いますかねえ？」

「はははは」

と、伊知地太郎は、楽しげに笑って、

「よく喋《しゃべ》る男だな。その方も、こんなところをうろうろしているところをみると、剣山の埋蔵金に興味があると見える」

「そりゃあ、何といったって、十万両、二十万両という大金ですからねえ。興味がないといやあ、嘘になりまさあ。問題は、誰のものかということでしょうなあ。あっしは、阿波藩のおかげをこうむった人間だから、埋蔵金が、阿波藩のものなら、手をつける気はありませんや。ただ、誰のものかわからないとなれば、遠慮なく頂戴いたしますぜ」

「たった一人でか？」

「ええ。たった一人でね」

「ふーん」

と、伊知地太郎は、鼻を鳴らしてから、

「いっておくが——」

「わかっておりまさあ。邪魔だてをすれば、容赦《ようしゃ》はしないと、おっしゃりたいんでござんしょう」

「その通りだ」

「こっちも、申し上げておきますが、容赦はいたしませんぜ」

城代家老田名部大学の元には、次々に、報告が入って来ていた。

他国者の入国を、わざと弛《ゆる》めたとはいえ、調査の方は、いつも以上に徹底させていた。

検察使酒井但馬守の動きはもちろん、ここ数日中に、阿波に潜入した者の動きも、的確に把握しておく必要があったからである。

大学は、そのために、若い藩士の他、郷士と呼ばれる者たちも利用した。

「秋山幻斉と申す江戸の兵道家が、昨夜、酒井但馬守様御一行の宿泊されている興源寺に入りました」

「甲賀者と思われる一団が、山伏姿にて、剣山の山麓《さんろく》を歩き廻《まわ》っておりました」

「剣山の登り口付近にて、仏の源十郎らしき男を、関所の役人が見うけた由」

そんな情報が、次々、大学の耳に入って来る。

血気の若侍の中には、「斬りますか?」と勢い込んでいう者もいた。

その度に、大学は、笑って、

「まさか、検察使は斬れまい？　そんなことをすれば、阿波藩は、即刻お取り潰しだぞ」

「いや。検察使ご一行ではなく、その他の蠅《はえ》どもでございます。どうやら、剣山にあると伝えられている埋蔵金を狙っておる様子。うるさくて、かないませぬ」

「検察使の一行にとっても、彼等はうるさい存在であろうよ。とすれば、いた方がいいではないか。問題は、秋山幻斉という兵道家の動きだ。酒井但馬守様が、その男に、いったい、何をやらせようとしているのか？」

「と、申しますと？」

「今、わが藩内は、曲りなりにも藩論が統一され、ご主君治昭様も、お若いが、ご聡明であられる。検察使ご一行としても、今のところわが藩に、難癖はつけられまい。とすれば、酒井様の目的も、剣山の埋蔵金にあるやも知れぬ」

「ご家老」

と、若侍たちは、じっと、大学を見た。

「剣山の埋蔵金というのは、本当に、あるのでございますか？」

「わしにもわからぬ。世に伝えられておる宝の絵図も、わしは、見たことがないのでな。それに、剣山の埋蔵金は、阿波藩のご先祖であられる蜂須賀公以前に、すでに、埋められていたといわれるものなのだ。従って、その記録は、藩にも残っておらん」

「もし、検察使ご一行の真の目的が、剣山の埋蔵金にあるとすれば、ご家老は、いかにして防ぐおつもりでございますか？」

「さて、そこだ。酒井但馬守様も、何の理由もなく、剣山に入ることはなさるまい。埋蔵金のことも、表向きの理由には、なされぬ筈だ。とすると、いったい、どんな理由を作ってくるか。そこだ、秋山幻斉の動きが何とも気になるのだが」

そこまでいって、大学が腕を拱《こまね》いた時、新しく若い藩士が、注進のために、駈けつけて来た。

「ご報告申し上げます。秋山幻斉が、百姓二人を連れて、興源寺に入りました」

「百姓二人？」

大学は、首をかしげた。

「どこの百姓だ？」

「高遠村の百姓宗右衛門《そうえもん》と、同じく、庄助《しょうすけ》の二人でございます」

「高遠村といえば、剣山の麓の村であったな？」

「さようでございます。一昨年、一揆《いっき》を起した村でございます」

「あの一揆は、解決した筈。その百姓二人を連れて行って、秋山幻斉は、何をする気なのか？」

「剣山の山頂に登る間道でも、聞き出す所存では、ございますまいか？」

「剣山に、間道があるということは聞いたことがない。それに、そのようなことを聞きだすのなら、わざわざ、興源寺まで連れて来て、酒井様に会わすこともあるまい」

いくら考えても、大学には、秋山幻斉や、酒井但馬守の真意がつかみかねた。

その意味がわかったのは、翌日になってからだった。

早朝、「藩政に不審のかどあるにつき、訊《き》きだしたきことあり」という使いを貰った大学は、あわてて、検察使一行の泊っている興源寺へ駈けつけた。

酒井但馬守に会い、

「いかなることでございますか？」

と、大学が聞くと、但馬守は、厳しい眼で見すえて、

「ちと、気になる噂を耳に致したのでな」

「と、申しますと？」

まだ何事か推し測りかねて、大学は、但馬守の顔を盗み見た。但馬守は、口元に、小さく笑いを浮べて、

「わしは信じたくないのだが、阿波藩が、近頃、鉄砲、弾薬の類《たぐい》を多数密造して、剣山深く隠したと訴えて参った者があってな。もし、それが事実なら一大事と思ってな」

(馬鹿な)

と、大学は思った。そんなことをすれば、忽《たちま》ち、阿波藩に謀叛《むほん》の徴《きざし》ありと疑われてしまうだろう。

「何者が、そのようなことを？」

と、大学が、きッとした顔で聞くと、但馬守は、庭に面した障子を開け、供侍の一人に向って、指を鳴らした。

連れて来られたのは、百姓二人だった。

（あッ）

と、大学は思った。これは罠だ。

「恐れることはない。申してみよ」

但馬守が促すと、高遠村の百姓二人は、一か月前の深夜、荷車に積まれた大量の鉄砲と火薬が、剣山の奥深く、運び込まれるのを見たと、こもごも証言した。明らかに、買収されたのだ。だが、それを否定したところで、どうしようもない。

「いかがかな。田名部殿」

巨木の影

田名部大学は、じっと但馬守を見つめた。

但馬守も、口元に薄笑いを浮べて、若い城代家老を見返した。

高遠村の百姓二人が、金で買収されたのか、それとも、脅迫されたのか、大学にはわからなかったし、それ自体は、問題ではなかった。彼にわかっているのは、検察使の言葉が絶対だということだった。

「わしも、阿波藩が、かかる大事を、ひそかに企てておるとは信じたくない」

と、但馬守は、猫なで声でいった。

「わが藩では、絶対に、公儀にお届け致しました以外の武器弾薬は、一切造っておりませぬ」

大学は、老人の顔を、まっすぐ見つめていった。

「そうでござろうとも」と、但馬守は、大きく肯いてから、「しかし」と、言葉を続けた。「百姓二人が、訴えて来た以上、検察使として、捨ておくわけにも参らぬ。お手前方としても、疑惑を疑惑のままに残しておいては、気が晴れまい。そこで、相談だが、われ等で、問題の剣山を調査してみたい。ご異存は、ござるまいな」

もちろん、あるとはいえぬ。あるといえば、但馬守は、それを疑惑のある証拠として、公儀に報告しよう。

「異存は、ございませぬ。剣山は山深うございますので、家中の者がご案内申し上げましょう」

「いや」と、但馬守は、手を振った。

「阿波藩の方々は、全て、山を降りて頂きたい。われわれだけで、心置きなく調べとうござるのでな」

「それは、なぜでございますか？」

「これは、あくまで、仮定のことでござるがな。万一、剣山に鉄砲、弾薬類がかくされていたとしてでござる。その場合、ご家中の方は、われらに、それを発見されまいとして、われらを、別の場所へ案内しようとなさるに違いない」

「そのようなことは、決して。鉄砲、弾薬などは、どこにも――」

「たとえでござるよ。それ故、お互いに、そんな疑惑を残さぬためにも、われわれだけで、剣山を調査したいのでござる。もちろん、疑いは、すぐ晴れると確信いたしておりますぞ」

「お好きなように、お調べ頂きたく」

と、大学は、頭を下げるより仕方がなかった。但馬守は、押しかぶせるように、

「事は重大ゆえ、明日より剣山を調べたいと存ずる。それ故、今日中に、山より、ご家中の方々を遠ざけて頂きたい」

「承知仕《つかまつ》りました」

大学は、何一つ逆らわず、興源寺から屋敷に戻ると、直ちに、剣山の関所を守る藩士た

ちに、早馬を出した。

一息ついているところへ、源十郎が、ふらりと帰って来て、

「藤乃さんから聞きましたが、剣山の警護をお解きになるそうでござんすね」

「検察使のご一行が、剣山を調べたいとおっしゃるのでな」

「なるほどねえ。酒井但馬守の狙いは、剣山の埋蔵金だ。ご家老さんだって、そのくらいのことは、ご存知でござんしょう？」

「知っていても、どうにもなるまい」

と、大学は、苦笑した。若い城代家老は、この愉快ですばしっこい盗賊が好きになっていた。

源十郎は、不遠慮に舌打ちして、

「よく、そんなに落ち着き払ってられますねえ。十万両とも二十万両ともいわれる莫大な埋蔵金を、あの爺さんに独り占めにされちまっていいんですかい？　あの狸爺いは、それを天下万民のために役立てようなんて気は、これっぽっちもありゃしねえ。自分の立身出世のために使うに決っていまさあ。あっしは、嫌だねえ。それとも、剣山の埋蔵金というのは、嘘っ八なんですかい？」

「そちは、どう思う？」

「作り話で、何にもねえんなら、剣山の入口を、あんなに厳重に警戒している筈がねえ。

となれば、あるにはあるが、阿波藩でも、まだ、見つけ出していねえということになりますねえ」

「なかなか鋭いな。実は、剣山の埋蔵金は、藩祖蜂須賀正勝《まさかつ》様が、ここへ来られる以前の話でな。藩にも正確な記録は残っておらんし、絵図もなかった」

「今度は、その絵図が出てきましたぜ」

「知っておる。だが、果して探し出せるものか。すでに、剣山の埋蔵金を探し出そうとして、山で死んだ者が何人もおる。警戒は、無駄な死者を出さぬためのものでもあるのだ」

「今度ばかりは、そんな悠長なことをいっていられませんぜ。酒井の狸爺いは、ぜがひでも見つけ出そうって気でいるし、柳沢吉保の手先も、当然、剣山に入り込みますからねえ」

「八人の山伏たちのことか？」

「もうご存知なんで」

「わしにも耳や眼はある」

「だが、どうにも出来ねえ？」

「巨万の富ではあっても、そのために、阿波二十五万石を犠牲には出来ぬからな。検察使の一行が、剣山の埋蔵金を探し出したとしても、それで江戸へお帰り下されば、わが藩は安泰で、お取潰しはまぬがれる。城代家老としては、手をこまねいて、見ているより仕方がない」

「だが、この源十郎は違いますぜ」と、源十郎は、颯爽《さつそう》といった。

「あっしは、阿波の人間じゃねえ。江戸の盗っ人だ。ご家老にも束縛されねえし、酒井の狸爺いにだって、柳沢吉保にだって、指図は受けねえ」

「そちが、見事に、剣山の埋蔵金を手に入れてみせると申すのか？」

「あっしが手に入れたら、どうなさいます？」

「十万両とすれば、千両箱にして百箱だぞ。それだけのものが、そち一人で、果して、阿波から持ち出せるかな？」

と、大学は、面白そうに笑って、

「もし、見つければ、盗っ人として、直ちに逮捕する。八人の山伏たちにしても同じことだ」

「検察使の一行は、どうなさるんで？」

「たとえ、検察使のご一行といえども、剣山の埋蔵金を運び出そうとしているのが判明すれば、返して頂く」

「だが、いちいち、取り調べるわけにはいかんというわけでござんすね」

「そうだ」

「そうなると、こっちが不利だが、そのくれえのことがあった方が面白いかも知れねえ。

酒井の狸爺いも、甲賀の奴等も、そして、ご家老様も出し抜いて、この源十郎が、剣山の埋蔵金を見つけ出し、見事、江戸まで運んでみせますぜ」

「江戸に運んで、どうする？」

「そうでござんすねえ。十万両か二十万両かわからねえが、ぱっと、江戸中にばら撒《ま》いてやりまさあ。こいつは、豪気《ごうぎ》ですぜ」

「面白いな。だが、阿波を出るには、海路を行くより仕方がない。まず無理だろうな」

「よし。賭《か》けようじゃござんせんか。あっしだって、酒井但馬守や、柳沢吉保に取られるよりは、ご家老の手に埋蔵金が入る方が、寝覚めがいいや」

ニヤッと笑ってから、源十郎は、城代家老田名部大学の屋敷を飛び出した。

剣山へ向う道を歩きながら、源十郎は、眼をきらきら光らせていた。老中酒井但馬守、柳沢吉保、それに阿波藩城代家老田名部大学。いずれも、相手にとって不足はない。彼等の鼻を明かして、巨万の埋蔵金を手に入れてやるのだと思うと、自然に、ぞくぞくしてくるのだ。

亡くなった勝浦主馬への恩は、三浦半左衛門が死に、藤乃を無事に阿波へ届けたことですませたと考えている。あとは、自由だ。巨万の富と、藤乃の二つを同時につかむことが出来たら、どんなに楽しいか。

陽が落ちて、剣山へ向う道は、急速に暗くなって行く。山岳地帯なので、家の灯らしきものも、なかなか眼に入らないが、夜に馴《な》れた源十郎は、平気で、すたすたと歩いて行く。

疲れを知らぬ歩き方である。月が出た。源十郎は、歩きながら、手下の顔を思い出していた。かわら版屋の伍助も、掏摸《すり》の三吉も、秋山幻斉たちに斬られてしまった。

(埋蔵金を手に入れたら、でっけえ墓を作ってやるぜ)

そんなことを、口の中で、ぶつぶつ呟《つぶや》いている。

崖《がけ》の斜面から、清水が、ちょろちょろ流れ落ちているのを見つけると、初めて立ち止って道の脇に腰を下ろし、用意してきた握り飯をほおばり、清冽《せいれつ》な清水を飲んだ。

夜が白々と明ける頃には、登山口に近い大剣権現に着いた。安徳《あんとく》天皇と素戔嗚尊《すさのおのみこと》を祀《まつ》るこの神社の境内は、いつもはひっそりと静まり返っているのだが、今日は、若い藩士たちが、集っていた。城代家老田名部大学の命令で、山の警備を放棄し、引き揚げるところなのだが、どの藩士の顔にも、怒りの表情がのぞいている。当然であろう。埋蔵金は別にしても、剣山は、霊山であり、それを検察使に明け渡す形になるのだから。

今日の夕刻には、検察使一行が、土地に詳しい百姓や猟師を案内人に立てて、ここに到着するだろう。

源十郎は、無人となった関所を通り抜けた。剣山は、石鎚《いしづち》山に次ぐ四国第二の高峰で、その高さは、六千六百六十尺(一九五五メートル)と伝えられている。山道も険しい。

だが、源十郎は、別に、息の乱れも見せず、登って行った。

ふと、山伏の一行が、登って来るのに出会った。いつかの甲賀者かと思い、自然に身構えたが、伊知地太郎の姿はなかった。剣山は、修行の場所としてもよく知られていて、山のあちこちに、山伏たちの宿坊が建てられている。

源十郎は、十数人の山伏の行列を、わざとやり過した。伊知地太郎の姿がなかったからといって、源十郎は、その一行を、ただの山伏たちと断定したわけではなかった。甲賀は、普通五十三家とも、二十一家ともいわれ永禄《えいろく》五年には、甲賀武士二百八十名が、家康の先鋒《せんぽう》として功名ありと記されている。

今でも、二百人から三百人の甲賀者はいるだろう。柳沢吉保の命を受けて、その大半が、剣山に潜入したということも、十分に考えられるのだ。

源十郎より先に進んだ山伏たちは、いつの間にか、姿を消していた。途中に、修験者のための神社や宿坊があったから、そこへ入ったのかも知れない。

源十郎は、剣山の山頂に辿り着いた。

山頂は、熊笹《くまざさ》の生い茂った台地になっている。

展望は素晴らしい。室戸《むろと》の岬から、紀伊《きい》半島までが視野の中に入ってくる。源十郎は、熊笹の上に腰を下ろし、ふところから、宝の絵図の写しを取り出した。煙管にきざみの葉をつめ、火をつけてから、じっと、絵図を眺めた。

木ノ横ヲ見レバ楽アリ
奥山ガ上ニ戴《イタダ》クトイエドモ
峠ノ山上ハ切リ取ルベシ

この文章の意味がわからないし、そこに描かれてある剣山の絵も、山頂から見たものではなさそうである。まず、これと同じ景色の場所を探し出さねばならない。

検察使の一行は、おだやかな初春の陽射しの中を、堂々と、剣山に向って出発した。一行の中に、足腰の弱い者が数名いるという理由で、阿波藩に、駕籠四梃《よんちよう》と、馬五頭を用意させた。もちろん、それは、口実に過ぎぬ。剣山の埋蔵金が発見された場合、駕籠と馬に積み分けて、鳴門まで運び、そこから、特別に調達した千石船で運ぶ積りである。一行の中には、秋山幻斉もいたし、案内役として、例の高遠村の百姓二人も入っていた。

葵のご紋を押し立てての道中だけに、街道で出会った百姓や町人たちは、あわてて、道端に逃げて平伏する。酒井但馬守は、駕籠の中で、宝の絵図を眺めながら、半ば、宝を手に入れた気になっていた。

城代家老の田名部大学は、若く有能だが、それとて、お家大事であれば、検察使に反抗するような馬鹿な真似はしまい。仏の源十郎とかいう盗賊や、荒木田隼人という痩《や》せ浪人、それに、柳沢吉保の手先の甲賀者が、何やら蠢動《しゅんどう》しているようだが、検察使に対して何が出来るものか。目に余れば、斬り捨てればよいだけのことだし、たとえ、彼等が、先に、十万両、二十万両の埋蔵金を手に入れたところで、阿波の外へ運び出すことは、まず不可能だ。

それに反し、こちらは、検察使のかくれ蓑《みの》を使って、鳴門の港まで運び出すことは容易であろう。それに、大坂を出発する時、回船問屋に手を廻し、五、六日の後、千石船を一隻、回送しておくように命じてある。

穴吹村にて、昼食。田名部大学が布令《ふれ》を出したとみえて、村民があげて、一行をもてなした。

そんな検察使の一行から、離れた木かげで、若い男女が、つつましく昼食をとっていた。男の眼は、むすびを口に運びながらも、絶えず、酒井但馬守一行の動きに注がれている。

二人は、荒木田隼人とお絹だった。

隼人は、わざと、無宿者の姿になり、脇差一本を腰に差した恰好。お絹の方も、その連れらしい姿になっている。

「幻斉の姿が見えぬが、多分、先がけをして、剣山に登っているのでしょう」

と、隼人がいった。

お絹は、黙って肯く。剣山で、三つ巴《どもえ》、四つ巴の激しい戦いがあるかも知れぬと、隼人にいわれていたが、不思議に恐怖は感じないのだ。江戸にいる時も、ここへ来る途中も、いくらも怖い目にあって来たせいもあるが、隼人と一緒だということが、怖さを感じさせないのだろう。それに、全てが終ったら、隼人は、武士を捨て、お絹と一緒になることを約束してくれている。

検察使の一行が、穴吹村を出発すると、隼人とお絹も、立ち上がった。

「この辺の土地に、見覚えがありますか？」

隼人は、歩きながら、お絹に話しかけた。

「ぼんやりとですけど、幼い時に、父に手を引かれて歩いたのを思い出しているんです」

「剣山に登った記憶は？」

「怖い山伏がいると聞いておりますが、登ったことはありません」

「あの山は、修験の場でもあるからね。お絹さんのお父上は、この辺の郷士だった筈だね」

「ええ。父の自慢は、蜂須賀様より先に、阿波の国に住んでいた郷士だということでしたわ。何でも、先祖は、長宗我部元親という殿様に仕えたということですわ」

「長宗我部元親といえば、今の蜂須賀家の前に、四国全域を支配していた大名だ。剣山の莫大な財宝も、その頃のものだといわれている。だから、お絹さんのお父上が、あの絵図を持っていたんだろう。絵図について、お父上は、何かいっていなかったかな？　剣山のどの辺りの絵だったかということでもいいんだが」

「それを、わたくしも、ずっと考え続けているんですけど、どうしても、思い出せないんです。隼人様には、申しわけないと思っているんですけれど」

本当に、すまなさそうに、お絹は、頭を垂れた。少しでも、隼人の役に立ちたいと思うのに、それが出来ないことが、自分でも、歯がゆくて、仕方がないのだ。

隼人は、微笑して、

「あなたが謝ることはない」

「ただ、ぼんやりとですけど、父の言葉を、たった一つだけ覚えているんです」

「どんなことですか？」

「わしが子供の頃、山が動いたことがある。それを忘れるなと」

「山が動いた。お父上は、そう申されたのですか？」

「はい。確かに、そう申しました。わたくしは、まだ幼かったものですから、何のことかわからず、そのまま聞き流してしまったのですけれど、今から考えると、あの時の父は、ひどく真剣な顔をしていたような気がするのです」

「どんな時に、お父上は、山が動いたと、いわれたのですか？」

「確かに、わたくしが、まだ十三か、四の時のことだったと思います。江戸に出て来て、貧乏をしていたものですから、父に対して、阿波の埋蔵金でも見つけたらって、冗談でいったんです」

「その時の答えが、山が動いたということだったんですね?」

「はい。あんまり妙な言葉だったので、今でも覚えているのですけれど、いったい、何の意味なんでしょうか?」

「さあ。その前に、まず、絵図にあった文字を解読しなければならないのだが」

「隼人様」

「何です?」

「埋蔵金が見つかったら、どうなさるおつもりですか?」

「もちろん、阿波の人々のために使います」

源十郎は、うっそうと生い茂った杉林の下を、熊笹を踏み鳴らしながら、歩き廻っていた。

道といえる代物《しろもの》ではなかった。頭上を蔽う樹々の梢《こずえ》のために、昼間なのにほの暗く、灌木《かんぼく》が行く手をさえぎる。江戸の町を、狼《おおかみ》のように走り廻った源十郎も、山では、やはり少し勝手が違う。

いつの間にか、けものみちの一つに迷い込んでしまった。東も、西も見当がつかぬ。こんな時に、いたずらに歩き廻ると、かえって、余計、道に迷うだけである。

源十郎は、熊笹の上に腰を下ろし、耳をすませた。笹の葉の上を、小さなクモが這い廻っている。夏だったら、蛇の出そうなところだが、今は、まだ初春のためか、有難いことに、蛇の姿はない。

ふと、かすかに、水音が聞こえた。

小さな滝があるらしい。のどが渇いていた源十郎は、とにかく、その滝へ出る気になって、水音のする方向へ向って歩き出した。

ばさッ、ばさッと、突然、けたたましい羽音を残して、山鳥が飛び立った。その度に、源十郎は、はッとして、周囲に気を配った。検察使の一行は、まだ到着していないとしても、秋山幻斉や、甲賀者たちは、すでに、山に入っているとみなければならなかったからである。

急に、眼の前をふさいでいた雑木林が切れて、小さな滝にぶつかった。

激しい音を立てて落下する水は、急流となって、麓に向って流れて行く。やがて、それは、どこかで吉野《よしの》川に達するのだろう。

滝壺《たきつぼ》の周囲は、三十坪ほどの台地になっている。

源十郎は、手ですくって、滝壺の水を飲んだ。のどが渇いていたので、美味《うま》い。手の甲で、口を拭《ふ》きながら立ち上がった時、ふと、殺気を感じて、はッとなった。

いつの間にか、ぐるりと、周囲を山伏たちに、取り囲まれていた。

こんな時、あわてれば、それだけ、相手を刺激するだけである。源十郎は、わざと、ゆっくりと、まわりを見廻した。相手の人数は八名、その中の二人は、すでに、仕込杖を抜き放っている。

ずんぐりと小太りな山伏には、見覚えがあった。伊知地太郎という甲賀者で、この連中の中では、頭分《かしらぶん》の男だ。もちろん、他の七人も甲賀者だろう。

「山をおりろと、警告しておいた筈だ」

と、伊知地太郎が、冷たい声でいった。

「兄者《あにじゃ》、早く殺してしまえ」

と、吠《ほ》えるように、横の若い山伏が叫んだ。凶暴な眼の色だった。

(黒川周平という片腕の浪人に似ていやがる)

と、源十郎は、思った。

ここが、江戸の町なら、逃げることも出来るだろうが、土地不案内の山の中だ。それに、相手は、甲賀者が八人である。一人や二人は、倒すことが出来ても、こちらも殺《や》られるだろう。そうなったら、巨万の埋蔵金はどうなるのか。

「おい。おれと取引きをしねえか」

と、源十郎は、伊知地太郎に向って話しかけた。

「取引きだと？」

「そうよ。お前さんたちの大将は、柳沢吉保だろう。老中酒井但馬守が敵だという点じゃあ、同じ思いだということさ。こんな所でいがみ合って、殺し合いでもしたら、喜ぶのは、酒井の狸爺いだけだ。違うかい？」

「そりゃあ、そうだが、お前さんも邪魔者の一人だということに変りはない」

「早く殺しちまえ」

と、また、背の高い、若い山伏が、けしかけるように、伊知地太郎にいった。

源十郎は、じろりと、そいつを睨んで、

「おめえさん方も、こんな所を、うろついているところを見ると、あの絵図にある謎の言葉が解けねえとみたがどうだ？」

「お前さんは、解けたのか？」

と、伊知地太郎が聞いた。

「解けたよ」

「それなら、なぜ、こんなところにいる？」

「道に迷っている間に考えたのさ。どうでえ。おれが、あの謎の文字を解いてやる」

「その見返りは？」

「そうよな。まず、おれの命」

「それだけか？」

「山伏の衣服と、背中の籠を一つ貰いたいもんだねえ」

「くそッ。早く殺しちまえッ」

と、伊知地次郎が、吠えた。兄の太郎は、

「黙れ」

と、弟を制してから、源十郎に向って、

「お前さんの言葉が本当なら、その取引きに応じてもよい」

「よし。決った。約束のものを貰いたいねえ」

伊知地太郎は、部下の一人の装束を脱がせ、背中の籠も、地面におろさせてから、

「さあ、あの言葉の謎を解いて見せろ。納得すれば、命も助けてやるし、この装束もお前さんにやる」

「よし。いいか。よく聞けよ。まず、最初の言葉の『木ノ横ヲ見レバ楽アリ』だ。木の横に楽という字を書いて見ねえな。櫟《いちい》だ。櫟の木のことよ」

「奥山ガ上ニ戴クトイエドモ——とは、何のことだ？　奥山というのは、この剣山のことか？」

「これは、隠し言葉さ、お前さんだって、いろはは知ってるだろう？『おくやまけふこえて』の前に来るのは、何という字だい？」

「『の』だ」

「その通りさ。つまり、『櫟の――』と読むのさ」

「その次は？」

「ここまで来れば、もうわかったろうが？」

「わからぬから聞いているのだ」

「甲賀衆も、頭の弱い人が揃っていらっしゃるんだねえ」

と、源十郎は、憎まれ口を叩いてから、

「三行目も、隠し文字だよ。峠という言葉自体には、何の意味もねえのさ。峠という字をよく見るんだ。山上ハ切リ取ルベシとある。峠という字から、山と上という字を取ったら、あとに何が残る？　え？　下という字だろうが。つまり、これを続ければ、『櫟の木の下』となるのさ」

説明し終って、源十郎が見回した時には、八人の甲賀者たちの姿は、忽然《こつぜん》と眼の前から消え失《う》せていた。

あとに残っているのは、山伏の装束と、背負う籠だけである。あまりの見事さに、源十郎は、腹を立てるよりも、感嘆しながら、山伏姿になった。背負籠の中には、有難いことに、食糧が入っていた。

（さて、これからが、勝負だな）

と、源十郎は、思った。

彼等にしてやった謎解きは、でたらめではない。

〈櫟の下〉

これが、巨万の埋蔵金の隠し場所であることは、間違いない。

櫟は、日本全国の山にある常緑樹である。高い木で、六丈(約十八メートル)を越す木も珍しくはない。三月から四月にかけて、葉の脇に、小さな楕円《だえん》形の花が咲く。細工物などによく使う木で、所によっては、アララギと、呼ぶこともある。

源十郎は、剣山に入ってから、櫟の木を何本か見た。

だが、その櫟の木の下に、埋蔵金が埋っているとは思えなかったし、念のために、掘ってみたが、手応《てごた》えはなかった。

〈櫟の下〉

と、ある以上は、その櫟の木は、必ずや、ひときわ秀でた、天を突くような高い木で、誰の眼にも目立つ櫟でなければならぬ筈だと、源十郎は、信じていた。そうでなければ、あの謎の文字が、何の意味も持たない。

陽が落ちて来た。滝壺の近くの木の根に腰を下ろしていると、闇の中から、松明《たいまつ》の光が近づいて来た。

源十郎が、身体をかくして様子を見ていると、秋山幻斉が、若侍二人に松明を持たせて歩いて来るのが見えた。

「あの絵図と同じ場所を探すのだッ」

と、幻斎は、若侍を叱咤《しった》している。

(どいつも、こいつも、カリカリしてやがる)

と、源十郎は、可笑《おか》しくなった。が、同時に、急がなければならぬとも思った。秋山幻斎が、こんな所に来たということは、酒井但馬守の一行も、剣山に到着したことも意味しているからである。

(もう一度、山頂に登って、計画の練り直しだ)

と考え、源十郎は、深い樹林の間を登り始めたが、山頂近くまで来て、前方の暗闇の中に、二人の人影を認めた。

その話し声の片方に、聞き覚えがあって、

「隼人さんじゃ、ございませんか?」

と、背後から声をかけた。

梢の間から射《さ》し込んでくる月明りの中で、無宿者姿の隼人が、振り返った。

「やっぱり、隼人さんでござんしたね」

と、源十郎は、微笑したが、連れの男が、誰かわからない。

色白で、ぞッとするほど美しい若衆だった。

（まさか、隼人さんに、稚児趣味があるわけじゃねえだろうが）

と、思いながら、

「どなたさんでございますか？」

と、源十郎が聞くと、若衆は、月明りの中で、ニッコリ笑って、

「わたくしです。源十郎さん」

「なんだ。お絹さんじゃありませんかい」

「この剣山は、女人禁制なのでな。こんな恰好をして貰ったのだ」

と、横から、隼人が説明した。

「よく似合いますぜ」

源十郎は、ふと、藤乃の顔を思い出した。彼女が、若衆姿になったら、きっと、もっとよく似合うだろう。

「酒井但馬守の一行二十五名も、到着した」

と、隼人がいった。源十郎は、すぐ、現実に戻って、

「それで、どこにおりますんで？」

「山の麓に野営をし、この近くの百姓たちを狩り集めている。夜が明けたら、一斉に、山に登ってくる積りらしい」

「そうでございますか。秋山幻斉には、この下の滝壺の所で会いましたぜ」

「幻斉にか。それで一人だったか？」

隼人は、キラリと眼を光らせた。

「お斬りになるんで？」

「お絹殿の父上を殺した男だからな」

「そうでござんしたねえ」

源十郎は、ちらりと、若衆姿のお絹に眼をやってから、

「見事に、仇《かたき》をお討ちなせえ。ただ、お気をつけなすって」

「ありがとう。源十郎さん」

「お互い、別れて行動した方が、よいようでござんすねえ。無宿者に山伏じゃあ、目立ち過ぎる」

と源十郎は、笑って、二人から離れたが、

「ところで、隼人さん。例の絵図の謎の文字のことでござんすが――」

「櫟の下。違うかな？」

隼人が、ニッコリ笑って答えた。

(さすがだ。隼人さん)

と、源十郎は、満足して、くるりと背を向けて、歩き出した。

夜が明けた。

早朝、剣山は、うすく、もやに包まれていたが、それも、次第に晴れてきた。

剣山の麓、大剣権現の境内に仮陣屋を設けていた酒井但馬守は、近くの村から、百姓、猟師など、地理に詳しい者二十数名を日当二分で狩り集め、日の出と同時に、家臣たちと一緒に山へ登らせた。

秋山幻斉は、すでに、昨夜のうちから山へ入っている。

酒井但馬守は、陣屋から動かなかった。総勢五十名が、埋蔵金を求めて、剣山を探し廻るのだ。必ず、見つかるという自信があったし、すでに、山に入っている甲賀者や、源十郎たちは、問題にしていなかった。たとえ、彼等が先に発見したとしても、彼等には、肝心の運搬の手段がないのだ。

それが、こちらにはある。駕籠に馬だ。それに十万とも二十万ともいわれる黄金を積み込んで進んでも、検察使一行を、誰も、とどめられはしまい。

五十名を越える酒井但馬守の部下と、百姓たちは、めいめい、宝の絵図の写しと、竹笛を持たされていた。彼等は、数間の間隔をあけて、麓から山頂に向って登って行った。もし、絵図に描かれたものと同じ景色にぶつかったら、竹笛を吹くように命令されていたのだ。

もし、剣山が小さな山だったら、この方法は有効だったろう。だが、五十数名で一度に全域を調査するには、山は大き過ぎた。彼等は、忽《たちま》ち、剣山の深い森林の中に呑《の》み込まれてしまった。

彼等は、虎《とら》の威を借る狐《きつね》のように、修験の場である宿坊でも、勝手に開けて入り込み、中にいる山伏を追い出して、床を引きはがし、床下に、何か隠されていないか調べたりもした。そのため、ところどころで、修験中の山伏と、小競合《こぜりあ》いが起きたが、酒井但馬守の家臣たちは、彼等を強引に追い出した。

隼人とお絹も、深い山の中を歩いていた。山伏の源十郎は、どこへ消えたかわからなかったし、柳沢吉保が派遣した甲賀者たちにも出会わなかった。

ただ、時おり、猪《いのしし》狩《が》りでもするような、酒井但馬守の家臣や、傭《やと》われた百姓、猟師たちの話し声や、足音が聞こえて来て、二人は、その度に、木陰や、雑木林の中に身をかくした。

絵図に描かれているような景色には、なかなか出会わなかった。時には、よく似た場所に出るのだが、目印になる筈の、櫟の巨木が見つからないのだ。

（源十郎は見つけたのだろうか？）

歩きながら、隼人は、考えた。

亡くなった勝浦主馬の遺志に報いるために、隼人は、鳴門屋重兵衛、仏の源十郎と三人で、阿波藩のために働いた。隼人としては、まだ、秋山幻斉を斬り、剣山の埋蔵金を発見して、阿波藩に渡す仕事が残っていると思うのだが、源十郎が、果して、同じ考え方でいるかどうか、隼人にはわからなかった。源十郎のことだから、埋蔵金は、江戸へ運ぶ気でいるかも知れぬ。

(もし、そうなったら、源十郎も斬《き》らなければならないな)

嫌なことだが、阿波藩のために、そうしなければならぬかも知れない。

「山を歩いていて、何か思い出しませんか?」

隼人は、若衆姿のお絹に聞いた。

深い樹林の中は、枯葉が積り、陽《ひ》もあまり射さず、じっとりと空気も湿っている。それでも、時々、梢の隙間から、さあッと、春の陽が射し込んでくる。

「わかりません。子供の頃は、女人禁制の山に登ったことがありませんでしたので」

お絹の答えは、当然だった。

「そうでしたか」

と、肯《うなず》きながら、隼人は、自分が焦っているのを覚えた。三浦半左衛門は斬った。彼が、急使として、阿波に走らせようとした北島達三郎は、松岡の宿で食い止めた。その働きでとは断定しないが、勝浦主馬が望んでいたように、若い田名部大学が、城代家老の地位に就いた。ここまでは、主馬の期待に報いることができたといってよいだろう。

だが、剣山にあると伝えられる巨万の富が、酒井但馬守か、柳沢吉保の手中に入ってしまったら、画竜点睛《がりようてんせい》を欠くことになってしまうだろう。

荒木田隼人の父は、元、阿波藩士だった。名前も、荒木田ではなく、島田《しまだ》姓を名乗っていた。島田藤左衛門《とうざえもん》、三十石の軽輩で、城代家老勝浦主馬に仕えていたのだが、妻の松代《まつよ》は、藩内でも評判の美人であった。それに、思いを寄せた国家老の息子が、松代にまとわりついた。それを、藤左衛門は、斬ってしまったのである。

本来なら、切腹か、打首になるべきところだったが、その時、すでに、松代の体内には、隼人が宿っていたのである。哀れに思った主馬は、夫婦が、吉野川に身を投じたことにして、江戸に逃がし、その後も、主馬が江戸に来た時、援助の手を差し伸べてくれていた。

その両親は、隼人が元服する以前に、相次いで死んだ。島田姓を、荒木田姓に改めたのも、主馬のすすめによったものであり、後家人株を買う金子《きんす》も、主馬が用立ててくれた。

そうした過去のことを、隼人が知らされたのは、父が死ぬ時である。父の遺言は、勝浦主馬様の御恩に報いよという一言だけだった。

ふいに、近くで、鋭く竹笛が鳴った。

それが、酒井但馬守の家臣たちの合図だと知らない隼人は、一瞬、自分たちが彼等に発見されたのかと、お絹と顔を見合せて、身体を堅くした。が、自分たちが、襲われる気配はなかった。

そこは、熊笹《くまざさ》が茂り、大小の石がごろごろしている台地だった。

秋山幻斉は、次々に集って来る酒井但馬守の家臣や、百姓たちに向って、

「絵図にある場所は、ここに間違いない」

と、断定した。

「よく見るがよい。左側の断崖《だんがい》、生い茂る熊笹、それに、ここから望む山頂の景色は、この宝の絵図の図柄と同じであろうが」

「確かに、よく似ておりますな」

と、酒井但馬守の家臣で、百二十石取りの馬廻り役、福井要介《ふくいようすけ》が、肯いた。

「ただ、この絵図には、石が描いてござらんが」

「石は、多分、崖が長い風化で砕けて、落ちて来たものよ」

事もなげに、幻斉がいった。

「成程」

と、福井要介が肯いたのは、彼が、地質にくわしくなかったからである。

「それで、伝えられる巨万の富は、どの辺に埋められていると、思われますか？」

「絵図にある謎の文字を解くと、『櫟の木の下』となる」

「櫟の木の下といいますと」

福井要介は、周囲を見廻していたが、その眼が、ある一点で止った。

彼等のいる台地は、右に向ってゆるい傾斜になっているのだが、その右端に、櫟の巨木が一本、突っ立っていた。

その櫟の木は、なぜか、途中で折れてしまっていたが、根元の辺りは、大人が三人がかりでようやく囲い込めるぐらいの太さがあり、折れていなければ、高さは、優に八丈（二四メートル）はあろうと思われる大樹だった。

その樹の根元には、特に、巨大な石が多く転がっている。

「あの櫟の下でござるな？」

福井要介は、勢い込んでいった。

幻斉は、ニッと、会心の笑みを浮べて、

「他には、考えられぬ。もし、あの樹の下を掘って、埋蔵金が出ぬ場合は、腹を切ってお見せ申しましょう」

「あの櫟の木の下を掘るのだッ」

と、福井要介は、スキやクワを持って集って来た二十数名の百姓たちに命令した。

だが、百姓たちは、一様に尻込みして、

「あの櫟の木は、この剣山のご神木だあ。もし、傷つけでもしたら、ご神罰が下るだよ」

と、いい出した。

秋山幻斉は、眉を寄せて、じっと、騒ぐ百姓たちを見つめていたが、ふいに、ぎらりと大刀を引き抜いて、百姓たちを睨みつけた。

「いいか。逃げ出す者は、わしが斬る。死にたい奴は、前に出ろ。よく聞くがよい。この神木を切り倒せと命令しているのではないのだ。木の下を掘れといっておるのだぞ。それでもなお、逃げるというのか？」

幻斉の双眸《そうぼう》から怪しげな光が、ほとばしるような気がして、百姓たちは、諦《あきら》めて、櫟の大木の下に集り始めた。

掘るといっても、まず、石をどけなければならない。小さな石は簡単だが、二十貫以上ある大石は、どけるだけでも、大変な仕事であった。

二十数名の百姓たちが、その作業を進めている間、幻斉は、酒井但馬守の家臣たちに、油断なく、周囲を警戒させた。鉄砲を持った侍も五人混じっていた。

幻斉は、この剣山に、自分たちの他に、荒木田隼人や、仏の源十郎、それに、柳沢吉保の手先の甲賀者が入っているのを知っている。自分たちがこうして作業を始めれば、彼等が集って来るのは必定である。絶えず、用心をしていなければ、いつ襲撃を受けるかも知れない。

幻斉は、眼には見えないが、この台地の周囲のどこかで、彼等が、自分たちを監視しているのを感じていた。

（間違いない）

という確信があった。

幻斉の確信は、当っていた。

隼人とお絹は、深い樹林の中に息をひそめて、幻斉たちの作業を見つめていた。

山伏姿の伊知地太郎たち八人の甲賀者は、竹笛が鳴った瞬間、風のように、樹林の間を走り抜け、この台地の近くへ来ていた。

「絵図にあった場所だ」

と、兄の太郎は、小声で呟いた。

「すぐ襲って、皆殺しにしてやろうじゃないか」

と、わめいたのは、血の気の多い弟の次郎の方だった。

「鉄砲の餌食《えじき》になりたいのか」

と、太郎は、笑ってから、

「しばらく見ていようじゃないか。果して、巨万の埋蔵金が出て来るかどうかだ」

「もし、出て来たら？」

「その瞬間、奴等は、きっと、埋蔵金の所に集る。油断が出来る。その時に、襲撃して、皆殺しにし、金を運び出すのだ。その場合は、一人も生かしておいてはならぬ。目撃者がなければ、彼等を殺したのは、阿波の侍たちと信じられるからな」

伊知地太郎は、弟を含めて七人の部下たちに向って、強い調子で命令した。十万両、二十万両の大金を手土産《てみやげ》に江戸に戻れば、柳沢吉保によって、小大名ぐらいに取り立てられることも夢ではないと、伊知地太郎は、考えていた。彼は、今度の仕事に、甲賀の隆盛を賭《か》けているのである。

もう一人の仏の源十郎は、切り立った岩の天辺《てっぺん》で、あぐらをかいて、はるか下の方で行われている作業を見下ろしていた。

白は目立つので、山伏の衣服は、横に脱ぎ捨ててある。

（果して、埋蔵金が出てくるか？）

と、いかにも源十郎らしく、腰から煙管《きせる》を取り出し、悠々と、きざみ煙草《たばこ》を詰め、火をつけた。

櫟の大木の周囲にあった石ころをどかし終った時には、陽が落ちて、台地は、暗くなりはじめた。

幻斉は、仕事を休ませなかった。周囲に敵が多い時、休むわけにはいかないからである。

台地の周囲の六か所に篝火《かがりび》がたかれ、真昼のような明るさの中で、櫟の木の下が、二十数人の百姓たちによって、掘りはじめられた。

まず、櫟の木の周囲に三か所である。

五人ずつが組になり、疲れると、交代させた。

埋蔵金を掘り当てることに、自信満々な幻斉は、若侍の一人を、大剣権現にいる酒井但馬守の下に、報告に走らせた。

酒井但馬守は、「間もなく、埋蔵金を掘り当てるものと確信しております」という幻斉の報告を受けると、やはり、じっと待っていることが出来ず、自ら、幻斉たちのいる台地へ登って行った。

幻斉と、福井要介は、但馬守に床几《しょうぎ》をすすめ、幻斉が、作業の進行状況を説明した。

「ご覧の如く、この場所は、例の絵図にそっくりの地形でございます。その上、謎の言葉が、櫟の木の下と判読できる以上、埋蔵金は、ここにあると確信しております」

「うむ」

と、老人は、満足そうに肯いた。

「問題は、どのくらいの深さに埋められておるかだな」

「五、六尺の深さではありますまい。もし、そのくらいの浅い場所に埋められておれば、現在までの間に、何かの拍子に、発見されてしまったことも、十分に考えられるからです。まず、十尺以上と考えた方がよかろうと思います」

「すると、時間がかかるのう」

但馬守は、老人特有の気ぜわしさで、床几に腰を下ろしたまま、貧乏ゆすりをした。

「しかし、夜明けまでには、巨万の富は、但馬守様の御前に積み上げられましょう」

「そうであって欲しいがな」

「もう一つの問題は、われらの敵でございます」

「わかっておるわ。彼等は、今、どうしていると思うな？　幻斉」

「しかと、眼には見えませぬが、周囲の暗闇には、われらの敵が、じっと息をひそめて、様子を窺《うかが》っておるものと思われます。彼等は、われわれが果して、埋蔵金を掘り当てるかどうか、見つめている筈です」

「途中で、襲って来ることは考えられぬか？」

と、但馬守は、周囲の闇を見廻した。

幻斉は、微笑して、

「掘っている最中に、襲撃して来ることは、まず考えられませぬな。もし、襲って来るとすれば、われらが、埋蔵金を掘り当てた瞬間か、ここから、鳴門の港まで運ぶ途中でございましょう」

「その対策は？」

「敵の人数はわかっております。柳沢吉保の配下の甲賀者が八名。仏の源十郎と申す盗賊一名、荒木田隼人という素浪人、この十名でございます。他に、お絹、藤乃という二人の女がおりますが、これは、無視して構いますまい。とすれば、全員が力を合せて襲撃して参りましても十名。それに対して、こちらは二十五名の上、鉄砲が五梃《ちょう》ございます。まず負けることは、ございますまい」

「なるほどな。だが、敵も、みすみす、指をくわえてもおるまい。特に、柳沢吉保の配下の甲賀者たちはな」

「さよう。だが、正面からぶつかって来て、死ぬほどの馬鹿者たちとも思えませぬ。われらの人数もわかっておりましょうし、当方に鉄砲があることも、見えておりましょうからな」

「とすると、ここから、鳴門の港まで運ぶ途中が危険か」

酒井但馬守は、すでに、巨万の埋蔵金が手に入った顔でいった。

「そのように私も考えますが、鳴門の港までは、あの田名部大学という城代家老に、警護させたらいかがでございますかな」

「ふむ」

「その代り、阿波藩の安泰は、お約束なさいませ。さすれば、あの城代家老は、必死になって、鳴門までの道中を、警護致すに違いありませぬ」

「口約束は、いくらしても、証拠は残らぬわな」

「は？」

「わしの甥《おい》がな、今、一万五千石の小藩の領主になっておる。寒さが嫌いな男なのに、北国の小藩じゃ。もし、この阿波二十五万石を、その甥に与えてやることが出来たらと思うことがあってな。もちろん、冗談じゃ」

あははは、と、但馬守は笑い飛ばしたが、幻斉は、この老人は、巨万の埋蔵金と、阿波二十五万石を、同時に手中に入れようと考えているのではないかと思った。

検察使の一言で、阿波二十五万石は、取潰《とりつぶ》しになるかも知れぬ。その領地は、幕府の直轄地となるのだが、但馬守の幕閣での運動次第では、彼の甥が、阿波二十五万石の新しい領主とならぬとも限らない。

(やはり、狸爺《たぬきじじ》いだ)

と、幻斉は、腹の中で思いながら、同時に、老人の夢が実現したら、自分は、名実共に天下一の兵道家になれるばかりでなく、新しい阿波藩の城代家老の地位を狙《ねら》うことも可能だと、夢をふくらませた。

三か所の穴は、すでに、十尺の深さになった。

「まだ、何も出て来ませぬ」

と、百姓たちの監督に当っている若侍が、怒鳴った。幻斉が叫び返した。

「そんなことがあるものか。出なければ、他の場所を掘ってみるのだッ」

櫟の木の周囲には、三つの穴が、深く暗い口をあけていた。

幻斉は、百姓たちに、更に、その近くに、また、三つの穴を同時に掘ることを命じた。

「そんなことをしたら、ご神木が、根元を取り払われて、倒れてしまいますがな」

と、百姓たちは、怖れおののいた。三か所の穴を掘ったことで、心なしか、櫟の巨木が、傾いたように見えていた。

「構わぬ。掘れッ。逆らう者は、斬るぞッ」

と、幻斉は、叱咤《しった》した。

この巨木の根元に、十万両とも二十万両ともいわれる埋蔵金があることは間違いないのだ。それを掘り当てねば、天下第一の兵道家という看板をかかげることも夢と消えてしまう。

幻斉は、クワを持つ手を止めた百姓を、物もいわずに、一刀の下に斬り捨てた。篝火《かがりび》の中で、血が吹き飛ぶと、他の百姓たちは、怖れおののいて、また、一心に、掘り始めた。

次第に、中天の月が傾いていき、それにつれて、夜が、明けはじめてくる。

だが、埋蔵金は、いっこうに出てくる気配がなかった。

幻斉の自信が、少しずつ、ぐらつきはじめ、眼が血走って来た。

(ここ以外に、あの絵図にある場所はあり得ない筈なのだ)

だが、なぜ、見つからないのだ？

阿波藩が、すでに、掘り出してしまったのだろうか？

（いや、そんな筈はない）

と、幻斉は、首を振った。酒井但馬守の一行に先行して阿波に入った幻斉は、ある場所に出入りして、土地の噂を聞いて回った。もし、阿波藩が、掘り出していれば、どこかで噂になっている筈である。それが、一つも聞かれなかったということは、まだ、掘り出されていないことを意味しているのだ。

幻斉は、新しく掘られている三か所の穴の周囲を歩き回り、

「まだかッ」

「まだ出んかッ」

と、怒鳴った。

だが、埋蔵金はおろか、土器の類さえ出てこないのだ。出て来るのは、一文にもならぬ土砂と、石ころだけだった。

穴だけが、深さを増していく。

「どうやら、秋山殿は、場所を間違えられたようでございますな」

と、但馬守の傍に控えていた福井要介が、冷たくいった。

三代にわたって、酒井家に仕えている福井要介は、もともと、得体の知れぬ兵道家の秋山幻斉を、心から信頼してはいなかった。信頼しているような顔をしていたのは、主君の但馬守が、幻斉を重要視しているように見えていたからに過ぎなかった。

「そちのいう通りらしいな」

と、但馬守も、眉を寄せ、不快さを露骨に見せた。

その時だった。

根元を深く削り取られた櫟の巨木が、急に、ゆっくりと傾き始めたのである。

「逃げろッ」

と、百姓の一人が、悲鳴をあげた。

家臣たちも、百姓たちも、くもの子を散らすように逃げ出した。

酒井但馬守も、福井要介に守られるように、台地の端へ走った。

櫟の巨木は、梢を打ち鳴らし、風を巻き起しながら、次第に速度を速めて倒れて来た。

すさまじい地ひびきが、周囲にこだました。巻きあがる土埃《つちほこり》に、一瞬、眼の前が見えなくなった。

酒井但馬守の家臣たちは、いち早く逃げたが、三つの穴にいた百姓たちのうち、這いあがったとたんに、巨木の一撃を受けて、二人が、血へどを吐いて、その場に倒れた。

他の百姓たちは、眼の前に見た恐ろしさを、神罰と受け取って、山麓《さんろく》に向って、一斉に逃げ出した。どの顔も、恐怖に引きつっている。もう、家臣たちにも、幻斉にも、止めようがなかった。

残されたのは、大きく深い六つの穴だけだった。何も見つからなかった穴である。

（こんな筈はないのだ——）

幻斉は、呆然と、佇《たたず》んでいたが、そのうちに、ぺたりと、その場に座り込んでしまった。

「愚か者めッ」

と、酒井但馬守は、そんな幻斉を睨みつけてから、傍の福井要介に、

「埋蔵金は、他の場所だ。他を探せッ」

と、命じた。

二十五名の家臣たちは、台地を離れて、歩き出した。

幻斉一人が、台地に残された。

樹林の中で、じっと、様子を見ていた伊知地太郎たち八人も、音もなく、別の場所へ移動して行った。

だが、隼人は、動かなかった。

「お絹さん」

と、横にいるお絹を振り向いて、

「今こそ、秋山幻斉を討ち取る時です」

「はい」

「あなたは、ここにいらっしゃい。ここで、待つのです」

「隼人様は？」

「拙者は、あの崖《がけ》の上に登る」

隼人は、眼をあげて、反対側の断崖を見上げた。

隼人は、幻斉の恐ろしさを知っている。剣の腕は互角と思う。だが、幻斉は、その他に、怪しげな術を使う。蒲原宿で、三浦半左衛門を襲撃した時、幻斉の眼に見つめられて、両腕の力が失われて行くのを感じたことがある。彼を斬るには、あの幻術を使わせてはならないのだ。

隼人は、遠廻りして、崖の上に登った。

断崖の上には、誰もいまいと思ったのに、登り切った時、

「隼人さん」

と、いきなり、源十郎に声をかけられた。

源十郎は、相変らず、崖っぷちにあぐらをかき、下を見下ろしている。

隼人は、ひと息ついてから、

「ここで、ずっと見ていたのか？」

「ええ。文字通り、高処《たかみ》の見物というやつでさあ。ああなると、秋山幻斉も、哀れなものでござんすねえ。隼人さんは、これからどうなさるんで？」

「幻斉を斬る。お絹さんの父上の仇でもあるからな。阿波藩のためにも、斬らねばならぬ

のだ」

「どうやって、お斬りになるんで？」

「そこにある巨石を、崖から落す」

「なるほどねえ」

源十郎も立ち上がって、手伝ってくれた。二人は、十五、六貫はあろうと思われる巨石を崖っぷちまで押して来た。それで、幻斉を押し潰そうというのではない。また、そんな生やさしい幻斉でもない。ただ、幻斉を驚愕《きょうがく》させ、あの幻術を使ういとまを与えないための手段だった。

崖の上は、すでに、夜が明けていた。眼下の谷底も、少しずつ、明るくなりはじめている。

隼人は、満身の力を籠《こ》めて、巨石を、突き落した。

轟音《ごうおん》をあげて、巨石は、断崖を落下して行く。それにつれて、大小の小石が、雨のように落下した。

隼人も、脇差を抜き放つと、崖を駆けおりた。いや、滑りおりたといったほうがいいかも知れない。

穴の近くに、まだ気落ちしたまま座り込んでいた幻斉は、激しい地ひびきを耳にして、はっと、振り向いた。

自分に向って、猛烈な勢いで落下してくる巨石。雨のように降り注ぐ小石。その背後の隼人は、幻斉には見えなかった。

「あッ」

と、幻斉は、あわてて、身を避けた。土埃に、眼を伏せる。

そこへ、隼人が、脇差を振りかぶって斬り込んだ。

隼人は、この機を逃せば、幻斉は斬れぬと、覚悟を決めていた。片腕ぐらい失ってもと、覚悟していた。

幻斉は、隼人を見た。

が、その時、隼人の剣は、真っ向から、幻斉を切り下げていた。

土埃の中で、幻斉の身体《からだ》が、どッと倒れた。

「お絹どのッ」

と、血刀を下げたまま、隼人は、樹林に向って、怒鳴った。

それに応じてお絹が出て来た。が、その顔は真っ青だった。

袈裟懸けに斬られながら、まだ、幻斉の身体は、ぴくぴく動き、大きく開いた口から、獣のような呻《うめ》き声を発していたからである。

「止《とど》めを」

と、隼人がいった。

若衆姿のお絹は、刀を抜いた。が、郷士の娘ではあっても、まだ、人を斬ったことのないお絹は、ただ、おろおろするばかりだった。

隼人が、彼女の手に、自分の手を添え、片手で、幻斉の身体を引き起して、背後から突き刺した。

とたんに、お絹は、へなへなと、その場に座り込んでしまった。

「お見事」

と、隼人は、いい、お絹の手をつかんで引き起した。

幻斉は、もう、ぴくりとも動かない。

「すみましたよ。お絹さん」

隼人は、微笑し、まだ、小刻みにふるえているお絹の身体を抱くようにして、樹林の中へ姿を消した。

崖の上で、一部始終をながめていた源十郎は、ゆっくりと、台地へおりて来た。

台地には、幻斉の死体、それに、櫟の巨木の下敷になった二人の百姓の死体が、横たわっている。

それに、百姓たちが、逃げる時に捨てていったクワや、スキが、散乱している。

源十郎は、なぜか、その場から立ち去ろうとはせず、倒れた巨木に腰を下ろし、煙管をくわえた。

クワやスキは、百姓にとって、武士の刀のようなものだ。そのうちに、取戻しに来るだろうと、源十郎は睨んだのだが、案の定、しばらくすると、五、六人ずつかたまって、百姓たちが、戻って来た。

「おい。おめえさんたち」

と、源十郎は、煙管を、ポンと叩いてから、百姓たちに声をかけた。

ぎょっとした顔で、源十郎を見る百姓たちに向って、

「嫌な侍たちは、もう、どっかへ行っちまったよ。そこで、今度は、おれが頼むんだが、もう一度、穴を掘って貰えねえか。手当は、あいつらの倍出そうじゃねえか」

「だがよ。いくら掘っても、宝なんぞ、出て来なかったぞ」

と、年かさの百姓がいった。

「ああ、わかってるさ。あの崖の上から、見物させて貰ったからな」

源十郎は、ふところから、五十両の包みを取り出して、百姓たちの前に置いた。

「これで、掘って貰いてえ」

「どこをだね？」

「この辺りさ」

「でも、ここには、宝はねえよ」

「いいかい。おめえさんたち」と、源十郎は、倒れた巨木を指さした。

「この木の根が、やけに短《みじけ》えのを、変に思わねえか？」

四国三郎《しこくさぶろう》

「これだけの大きな樹になりゃあ、根が四方八方に張ってるもんだ。だが、こいつは、やけに根が短え。だから、倒れちまったのさ」

源十郎は、指の先で、大木の根にさわった。

彼のいう通りだった。このくらいの大木になれば、根は、四方八方に二、三十尺は伸びていて、土の中に、がっちりと食い込んでいるものである。それなのに、どの根も、五、六尺で、ぶっ切れたようになっている。根は太いことは太いのだが、短い。

「問題は、どうして、こんなふうに根が短えかってことだ。一つ考えられることは、この櫟の木が、最初は別の所に生えていて、それを、何の理由で、ここへ植え替えたかってことさ。その時、掘り起すのに楽なように根を短く切っちまった。どうでえ？　お前さんたち、この大木を、ここへ移し替えた覚えはねえのか？」

源十郎は、百姓たちの顔を見廻した。

すぐには、返事がなかった。が、源十郎が、根気よく返事を待っていると、一番年輩の百姓が、「そういえば」と、遠慮がちに口を開いた。

「死んだおふくろに聞いたんだが、昔、この近くに大地震があって、剣山全体が、二、三間も動いたようだったってことだ」

「その地震のことなら、わいも知っとるだ」

と、他の百姓も、口々にいい出した。

源十郎は、やっぱりなという顔で、

「その大地震というのは、いってえ、いつ頃のことなんだ？」

「死んだおふくろが子供の頃ちゅうから、まあ、五、六十年近く前だ」

「それでわかった。人間の背丈ぐれえもある大石がごろごろしているのは、その時に転がって来たもんだろう。この木は、その頃から神木といわれてたんだろう？」

「そりゃあ、昔から、この山じゃあ一番大きい木だったからな。途中から折れちまったのも、その時の地震のせいだってことだ」

「ということは、その地震で、この大木が倒れたってことだ。ただ揺れただけで、途中から折れるなんてことは考えられねえからな」

源十郎は、手をこすり合せ、生つばを呑《の》み込んだ。

「問題は、この櫟の木が、地震の前に、どこに植えてあったかということだ。ここじゃあねえな。ここなら、地中に昔の腐った根の痕跡《こんせき》がある筈だし、倒れた所へ、また植え直すような縁起の悪いことはしねえだろう。とすりゃあ、別の場所だ。といっても、こんな重い物を、えっちらおっちら、長道中、運んだとは思えねえ。つまり、この近くに違えねえってことだ。悪いが調べてみてくれ」

源十郎の言葉で、百姓たちは、台地を調べ始めた。

半時ほどもたってから、

「ここへ来ておくんなさいッ」

と、百姓が、台地の端から、大声で、源十郎を呼んだ。

源十郎は、すっ飛んで行った。他の百姓たちも集って来る。

地割れのした箇所《かしょ》だった。

地割れの幅は、一尺くらい。長さもさしてないが、深さはかなりある。源十郎が、腹這《はらば》いになって、穴をのぞいて見ると、むき出しになっている地表に、枯れた根の痕跡が、無数に見つかった。

地震の時、大きく地割れして檪の大木が倒れ、そのあと、地割れは、また小さく、元に戻ったのだろう。

「確かに、ここだ」

と、源十郎は、自信を持っていった。

「ここなら、絵図の景色と同じだ。おい、お百姓方、この辺りを、もう一度、掘ってくれねえか」

「そいつは、大金を貰ったんだから、掘らんこともねえが、また何も出なかったらどうするね？」

「その時には、きれいさっぱりと諦《あきら》めるさ。江戸っ子は、諦めが肝心だからな」

「よっしゃ。じゃあ、もう一度、掘ろう」

「有難うよ。ただ、また、あの侍たちが戻ってくるといけねえから、あまり音を立てねえで頼むぜ」

「わしらだって、あいつらに戻って来られちゃかなわん」

百姓たちは、ゆっくりと、地割れの部分に沿って、掘り始めた。

「地膚《じはだ》がもろくなってるかも知れねえから、気をつけてくれよ」

と、源十郎が注意した。

少しずつ、穴が深くなって行く。正確にいえば、一尺ばかりの地割れの部分を、少しずつ、大きく広げていったのだ。

人が二、三人、楽にもぐれるぐらいの広さになると、両側の壁に、クワで溝を掘り、それを階段にして、下へおりて行った。

溝は深い。おりて行った三人の百姓の姿が小さくなってやっと、

「下に着いたぞ」

という声が、はね返って来た。

「今度は、横穴を掘ってみてくれ。両側にだッ」

と、上から、源十郎が、怒鳴った。

百姓たちは、慎重に、横穴を掘って行った。源十郎は、無理はさせなかった。穴が崩れて、また百姓の中に死傷者が出たら、今度は、どんなになだめすかしたところで、もう、穴を掘ってくれる望みはなくなるからである。

昼になると、全員を上にあげて、自分も一緒に、食事をとった。

一刻ほど休んで、また、穴掘りに取りかかった。

陽が、いくらか西に傾き始めた頃、突然、地の底から、叫び声があがった。

「見つかったぞッ」

源十郎は、横穴へもぐって行った。

三間以上も、横に掘ってある。暗いので、蠟燭《ろうそく》をつけた。

その、またたく光の中に、頑丈な木箱の山が見えた。昔の千両箱の山だ。

「くそッ。ありやがった」

と、源十郎は、吠《ほ》えるようにいい、その一つの錆《さ》びた錠を、ふところから取り出した匕首《あいくち》の柄《つか》で、こじ開けた。

鈍い光を放って、金塊が、ぎっしりと詰っていた。

「金だッ」

と、源十郎が、叫んだ。急に、力が抜けたような気がした。百姓たちは、呆然として眺めている。

源十郎は、すぐ、気を取り直した。発見しただけでは、何にもならないのだ。これを、江戸まで運ばなければならない。しかも、山には、酒井但馬守一行、甲賀者たちがいるし、徳島の町に戻れば、阿波藩が、眼を光らせている。

「とにかく、綱で、一箱ずつ、上にあげてくれ」

と、源十郎は、百姓たちにいった。

夕刻までかかって、全部の箱が、地上に運びあげられた。

その数、百三十箱。二十万両近い金塊である。

「おめえさんたちも、欲しけりゃあ、一箱ずつ担いで行ってもいいぜ」

と、源十郎がいうと、百姓たちは、一斉に、首を横に振った。

「わしらは、要《い》らん」

「欲のねえ奴だな。なぜ、要らねえ？」

「こんな箱を担いで麓へおりてみなせえ。たちまち、さっきの侍たちに見つかって、金塊は取られた上、首まで斬られてしまうだ」

「確かにあいつらなら、それくれえのことは、しかねねえな。それなら、金塊を一つずつ持って帰ったらどうだ。拳《こぶし》ぐらいのやつだって、一年ぐらいは暮らせるかも知れねえぞ」

「本当に貰っていいのかね？」

「いいともさ。だが、その代りといっちゃなんだが——」

「麓まで担いでくれってのならごめんだぜ。侍たちに見つかったら——」

「首を斬られちまうってんだろう。わかってるよ。これを、隠してくれりゃあいいんだ」

「隠すって、どこへ隠すんだね？　また、あの横穴へ戻すのかね？」

「いいや。あそこは崩れやすいから駄目だ」

「じゃあ、森の中へでも？」

「これだけのものをかい？　すぐ見つかっちまう。木の枝をかぶせといてもな。検察使の一行は欺せても、甲賀者の方は、すぐ感づく。となりゃあ、隠すところは、一つしかねえ。さっきおめえさんたちが掘った六つの大きな穴さ。あの穴へ、等分にわけて埋め、上から少し土をかぶせておくんだ。穴が少し浅くなったって、向うさんは、掘っても無かったところだという先入観がある。疑いは持たねえ筈だ」

「頭のいい人だ。あんたのような人を、何ていったかな？　こう」

「孔明《こうめい》も裸足《はだし》だろう。すぐやってくれ。それから、こっちの穴は、元通りに埋めておいてくれよ」

また、夕闇の中で、作業が始まった。

掘り出された百三十箱の金塊は、六つの穴に、等分に埋められ、土がかぶせられた。もともと、大きな深い穴だったから、よほど気をつけて見なければ、それとわからない。

地割れの方も、元のように埋めてから、百姓たちは源十郎の与えた金子二両ずつと、金塊一つを、それぞれふところに入れ、クワやスキを担いで、山をおりて行った。

ひとりになった源十郎は、「さて」と、首をひねった。

まだ、どうやって、この莫大《ばくだい》な金塊を、運び出すか、その方法は考えつかない。麓へおりて、人を雇って来ても、さっきの百姓たちと同じで、担いでおりてくれるとは思えないし、あんな金塊の箱を担いで、ぞろぞろおりて行ったら、たちまち、見つかってしまうだろう。

（まず、一眠りしてから考えるとするか）

源十郎は、疲れた身体を引きずるようにして、樹林の中へ入って行くと、木の根元に腰を下ろし、大胆不敵に、いびきをかきはじめた。

陽が高くなってから、源十郎は眼をさまし、大きく伸びをした。

煙管を取り出して、一服する。そのあと、台地を見下ろす断崖の上に登って行った。

上から眺めても、ぽっかりと六つの穴が掘られているだけで、穴の底に、合計、百三十箱の金塊の箱が埋めてあるとは見えない。

（まあ、安心だな）

と、満足し、源十郎は、崖をおりた。

次に、源十郎がしたことは、台地のまわりの森の中を歩き廻ることだった。

台地から北の樹林を、しばらく歩くと、突然、崖に出た。

眼がくらむような絶壁である。はるか下に、銀色に細く伸びているのは、川だ。あの川を、どんどん下って行けば、やがて、吉野川に出る。その先は、鳴門の港だ。

（だが、この断崖絶壁は、綱を使ったって、とうていおりられやしねえな）

まして、金塊の箱を、一つずつ肩に担いでおりるなどということは、まず不可能だ。

崖の高さは、五十尺以上はあろう。金塊の箱を投げ落したら、地面に叩きつけられて、四散してしまう。

第一、この崖下に、どうやって行けばいいのかもわからなかった。上から見下ろすと、孤立場所で、どこからも行けないように見える。

（とにかく、山をおりてみよう）

と、源十郎は、考えた。

酒井但馬守は、大剣権現の仮本陣に戻っていた。

秋山幻斉が殺されたという報告も、そこで聞いた。

「あのような男が死のうがどうしようが、もう、どうでもいいわ」と、但馬守は、福井要介に向って、冷たくいった。

「問題は、埋蔵金だ。まだ見つからんのか？」

「残念ながら、まだ見つかりません」

「早くせい。他の者の様子はどうじゃ？　柳沢吉保の手先の甲賀者たちや、仏の源十郎とか申す盗賊は？」

「甲賀者たち八名も、血まなこになって、探しておりますようで、まだ見つからぬものと見えます。荒木田隼人めも同様。ただ、仏の源十郎一人、山をおりましてございます」

「手ぶらでか？」

「はい」

「では、諦めたのであろう。早くせい。甲賀者たちが邪魔を致さば、叩き斬って構わんぞ」

「承知仕《つかまつ》りました」

福井要介は、また、山へ入って行った。

その頃、源十郎は、山麓の村の畠の畦道《あぜみち》を、一見、呑気《のんき》そうに、ぶらぶら歩いていた。

ふと、立ち止ったのは、剣山から、荒木田隼人と、若衆姿のお絹の二人がおりて来るのが眼に入ったからである。

源十郎の方から近づいて行って、

「お二人さんも、埋蔵金を、お諦めなすったんですかい？」

と、隼人に声をかけた。

「諦めた。これだけ探してないのだから、もはや、誰かが掘ってしまったのだろうと思ってな」

「そいつは、賢明でござんすね。これから、どうなさるんで？」

「ひとまず、お絹殿と、徳島へ戻って、酒井但馬守たちや、柳沢吉保の手先の甲賀者の動きを見守るつもりだ。そして、何事もなければ、お絹殿と、大坂か江戸へ行く」

「また、町道場でもお開きになりますんで？」

「いや、武士は捨てて、鳴門屋重兵衛殿に、商いの道を学ぶつもりでいる」

「そいつはいい」

「お主《ぬし》はどうするのだ？」

「あっしですかい」

と、源十郎は、よく晴れた早春の空を見上げて、

「いい日和《ひより》じゃございませんか。畠に菜の花が咲いているし、蝶《ちょう》が飛んでいる。耳をすませば、ひばりの声も聞こえますぜ。あっしは、しばらくの間、ここで、呑気に、いい空気を吸っていますさあ。隼人さんのように、いい人もおりませんのでね」

お絹が、源十郎の言葉に赧《あか》くなった。

二人が去ってしまうと、源十郎は、また、畦道を歩き出した。

時々、出会う百姓に聞いても、あの断崖の下へ出る道はないということだった。

(夜陰に乗じて、一箱ずつ、担いで運ぶか)

とも考えてみたが、そんなことをしたら、一夜に、三往復したところで、四十日以上かかってしまうし、その間には見つかってしまうだろう。

運び出すには、一気にやってしまわなければならない。それも、見つからずにだ。

祖谷《いや》村の近くまで歩いてみて、源十郎は、妙な噂を耳にした。

この村に住む、宅兵衛《たくべえ》という猟師の噂だった。

近頃、頭がおかしくなって、鳥のように飛ぶのだといっているというのである。

(鳥のようにだって。そんなきてれつなことが出来るとは思えねえが)

と、源十郎は思った。が、もし、飛べたらと思って、宅兵衛に会ってみることにした。

宅兵衛の小屋は、祖谷山の奥にあった。

会ってみると、小柄で、眼のぎらぎら光る男だった。ひょっとすると、変人かも知れないなと思いながら、

「おめえさんは、鳥みてえに、空を飛ぶことが出来るそうだねえ?」

と、源十郎は、話しかけた。

宅兵衛は、じろりと、源十郎を睨んで、

「おめえは、目明しか？」

「違うが、なぜだい？」

「お上《かみ》の人間は、誰も信用できねえ。おれが、鳥みてえに飛ぶといっただけで、世間を騒がすといって、おれを捕えようとしやがったからな」

「おれは、そんなもんじゃねえ。江戸の人間さ。おめえさんの噂を聞いて、本当かどうか確かめに来たんだ」

「本当に、江戸の人かい？」

「ああ、そうだ」

「じゃあ、話してもいいだろう。この辺には、鷲《わし》がよく飛んでるんだ」

「鷲というと、あのでっけえ鳥かい」

「そうだ。その鷲が、飛ぶのを見たことがあるかね？」

宅兵衛は、ひと膝のり出してきた。

「一度ぐらいは見たかな」

「あの鷲みてえに飛ぶのよ」

「手に羽根をつけて、ばたばたやるのかい？」

「いくらばたばたやったって、人間の身体は重いから、飛び上がるもんじゃねえ」

「じゃあ、どうするんだ？」

「崖の上から飛び立った鷲が、広げた羽根を、少しも動かさずに、ゆうゆうと飛んでるのを見たろうが。あれだよ。大きな羽根を両腕につけて、崖の上から飛ぶ。風が羽根にはらんで、ゆっくり舞いおりてくる」

「うまくいくのか？」

「この間は、五尺の高さから飛んだ。昨日は十二尺の高さから飛んだ」

「じゃあ、五十尺から飛んでくれ」

「五十尺だって？」

「怖いのかい？」

「別に怖くはねえが、そんな高さから飛んだら、ますます、世間を騒がす不届き者ということで引っ張られて、牢屋《ろうや》へ入れられちまう」

「おれと一緒に江戸へ出ねえか」

「江戸？」

「そうだ。江戸だよ。ここに比べたら、ずっと自由だぜ。馬鹿なことをしたって、誰も怒りゃしねえ」

「江戸かあ」

宅兵衛の顔が、明るく輝いた。

「わしはよ。江戸か、長崎へ出たかったんだ。おれの他にも、鳥みてえに飛ぶことを考えてる奴がいるかも知れねえと思ってな」

「江戸には、何万って人間が住んでいるんだ。おめえさんみてえのも、五、六人はいると思うぜ」

「よし。決めた」

と、宅兵衛は、うなずいた。

「わしは、江戸に行く。だが、阿波の外へ出るのは大変だあ」

「そこは、おれがうまくやってやる。その代り、おれのいうことを聞いてくれなきゃ困る。礼金はいくらでも弾むぜ」

「五十尺か。うまくいくかどうかわからねえが、やってみよう」

宅兵衛は、小屋の奥から、鷲の羽根をつなぎ合せて作った二枚の大きな翼を持ち出して来た。

「馬鹿でかいものだな」

と、源十郎が感心すると、宅兵衛は、ニッコリ笑って、

「人間の身体は重いからな。このくらいの大きさがねえと、空中に浮ばねえだ」

源十郎は、五十尺以上の長い綱と、鉈《なた》二梃を用意させ、それと巨大な翼を担いで、出発した。

夜に入って、剣山に着いた。

山腹に、ところどころ、提灯の明りが見えかくれするのは、ご苦労にも、まだ、夜を徹して、埋蔵金を捜しているのだろう。

源十郎は、宅兵衛を連れて、間道沿いに山に入り、例の崖の上に出た。そこに、相手を待たせておいてから、穴にかくした金塊の箱を一つずつ、運びはじめた。有難いことに、そこから台地までは近かった。

それでも、百三十箱、全部を運び終った時には、夜が、白々と明けていた。

「ここから、下に見える川っぷちまで、飛びおりられるか？」

と、源十郎が聞いた。

宅兵衛は、中指につばをつけて、空中につき出した。

「何をしているんだ？」

「風を見てるのさ。下から、相当強い風が、吹きあげてきてるな」

「じゃあ、出来ねえのか？」

「反対だ。下から吹いてくるから、身体が、ぐんと浮びあがるから飛びやすい。問題はうまく、河原におりられるかどうかだな」

「しっかりやってくれよ。それから、この綱の端を持って飛んで貰いてえんだ。もし、川の傍におりたら、近くの岩に、しっかり結びつけてくれ」

「わかったよ」

宅兵衛は、綱の一端を腰に縛りつけ、両手に大きな羽毛の翼をつけ、しばらく風の向きをみたり、自分の呼吸を整えたりしていたが、

「うおッ」

と、掛声もろとも、翼を広げて、崖から身体を投げ出した。

源十郎は、半信半疑で、ひょっとすると、真っ逆さまに墜落かも知れねえなと思っていたのだが、驚いたことには、宅兵衛の身体は、ふわっと、空中に浮いたのである。

「飛びやがった」

思わず、源十郎は、ニヤッと笑った。

宅兵衛は、手を全くばたばたさせず、身体を右に左に傾けるだけで、ゆっくりと、円を描くようにしながら、河原へおりて行く。

「たいした野郎だ」

と、思った瞬間、宅兵衛の身体は、河原へおりる代りに、谷川の急流に落ちてしまった。源十郎は、思わず「あッ」と叫んだが、宅兵衛は、水練も得手とみえて、両手に羽根をつけたまま、川岸に辿り着き、這い上がった。

羽根を外し、綱の先を、大きな岩にくくりつけた。崖の上にいる源十郎から見ると、綱は、斜めに走る形になっていた。

源十郎は、金塊の箱を、一つずつ、斜めに張った綱に結びつけ、下の河原まで滑らせて行った。

百三十箱だから時間がかかる。やっと終ると、今度は、源十郎自身の番だった。

鉈二梃を腰に差し、綱にぶら下がった。下から吹きあげてくる風に、身体があおられる。身軽な源十郎も、滑りおりながら、時々、恐怖を感じた。

それでも、無事に河原におり着くと、二人で、綱を強く引っ張った。

何度か引っ張っている中に、崖の上の木に縛りつけておいた綱が切れて、どさッと、下に落ちて来た。

これで、酒井但馬守一行や、甲賀者たちからの襲撃には安全になったわけだが、源十郎たちの方も、河原に孤立してしまった。

「これから、どうするんだね？」

と、宅兵衛が、山と積まれた、金塊の箱と、源十郎の顔を見比べた。

「川を下るんだ」

と、源十郎がいった。

「どうやってだね？」

「決ってる。筏《いかだ》を作り、それに、これをのせて、川を下る。だから、鉈《なた》を二梃、持って来たんだ。綱もある。文句をいわずに、いかだになるような木を切ってくるんだ」

源十郎は、腰から引き抜いて鉈の一つを、宅兵衛に押しつけた。

大剣権現の仮本陣に、福井要介が、蒼い顔で、駈けつけて来た。

「仏の源十郎奴《め》、埋蔵金を掘り当てた模様にございます」

「まことか」

但馬守の顔も、青くなった。

「山麓にいた百姓が、手に金塊を持っておりましたので、痛めつけてみましたところ、源十郎が、掘り当てたことを白状いたしました」

福井要介は、拳大の金塊を、但馬守の前に置いた。但馬守は、それを手につかみ、金であることを確かめてから、

「それで見つかった量は？」

「正確にはわからぬと申しております。多量だったとは申しておりますが」

「その金塊は、今、どこにあるのだ？」

「わかりませぬ」

「この馬鹿者がッ」

と、但馬守は、怒鳴った。

要介は、畳に額をこすりつけるようにして、

「申しわけありませぬ。剣山全体を、くまなく捜しましたが、金塊も、源十郎も見つかりませぬ」

「柳沢の配下の甲賀者たちの手に入ったのではないのか？」

「いえ。彼らも、眼の色を変えて、金塊と、源十郎の行方《ゆくえ》を探しておるようでございます」

「この辺りの地図を持って来い」

但馬守は、地図を板の上に押し広げた。

「源十郎は、この辺りの百姓たちを雇い入れたのか？」

「金塊を掘るのには、われわれ同様、百姓どもを雇ったようでございますが、掘り当てた後は、全部、帰らせたそうでございます」

「荷車や、馬はどうじゃ？」

「調べましたところ、源十郎は、荷車一台、馬一匹、調達しておりません」

「源十郎に、阿波藩が加勢しているという気配はどうじゃ？」

「その気配も、うかがえませぬ」

「ふーん」

と、但馬守は、地図を前に、腕をこまぬいた。老人の眼が光る。

「街道には、馬を走らせてみたのだろうな？」

「は。徳島へ行く道は、全て調べてみましたが、源十郎が、金塊を運んだ形跡はありませぬ」

「当然だろう。荷車も、馬もなく、たった一人で、大量の金塊が運べる筈がない」

「とすると、金塊は、まだ剣山の中に？」

「馬鹿者が。源十郎という男が、それほど馬鹿と思うのか？　山の中は、われらだけでなく、八人の甲賀者も、必死になって探し廻っている。折角、探し当てた金塊を、いつまでも、山にかくしておくものか」

「しかし、そうだとすると、金塊はどこに？」

「この地図をよく見い」

但馬守は、手に持った扇子で、地図を叩いた。

「源十郎が、陸路を運ばぬとすれば、方法は一つ、水路じゃ。剣山から流れ出た川は、祖谷の辺りをぐるりと廻って、吉野川に合流し、鳴門の港まで通じている」

「とすると、源十郎は、水路で金塊を？」

「他に考えられるか。舟を調達したか、いかだを作って、川を下る気に違いない」

「どう致しますか？」

「途中で押えるのだ」

但馬守は、じっと、地図を睨んだ。

「今年は、水量が多いらしいが、吉野川は途中まで川幅が狭い。相手が一人であれば押えるのは、さして難事ではあるまい。念のため、部下たちを二手に分け、片方は、すぐ、祖谷へ行け。万一、すでに、そこを通り抜けていた時の用心に、もう一隊は、池田《いけだ》付近へ急行するのだ」

「はい」

福井要介は、一礼して、仮本陣を飛び出して行った。

二十五名の家臣たちは、二手に分かれ、祖谷と、池田に向って、駈け出した。

同じ頃、源十郎と金塊を探しあぐねて、剣山をおりて来た山伏姿の八人の甲賀者たちも、検察使一行の動きを、素早く察知した。

「川か」

と、小柄な伊知地太郎は、呟いた。

「源十郎の奴め、舟で川を下るつもりだ。兄者」

と、弟の伊知地次郎が、大声をあげた。

「但馬守たちは、供侍を二手に分けた。片方は多分、祖谷あたりで、舟を押えて、金塊を横取りするつもりであろう」

「どうするのだ？　兄者」

「むろん。われらも、祖谷へ行く。幸い、向うは、二つの班に分けて、勢力が分散している。十二、三名なら、われら八名で、十分に対抗できよう。ぜがひでも、金塊を奪い取り、柳沢様に献上せねばならぬ。この一事に、われら甲賀衆の栄光がかかっていると考えて貰いたい」

伊知地太郎は、強い眼で、弟の次郎を含めた七人の仲間を見つめた。

「ならば、これから祖谷へ行き、先に出向いている酒井但馬守の家臣どもを、皆殺しにするのか？」

と、乱暴者の次郎は、早くも、闘志を燃やして、兄の顔を見返した。

太郎は、笑って、

「われらと、酒井但馬守が相争っている間に、源十郎が、舟で、金塊を運んでしまったらどうするのだ。まず、われらは、祖谷へ行き、酒井の手の者が張り込んでいる場所よりも手前で、源十郎を押える。そして、陸路、阿波から、讃岐《さぬき》へ抜ける。高松藩には、柳沢様から文書が届いている筈ゆえ、安心して運べると思う。要は、酒井但馬守たちを出し抜くのだ。もちろん、万一の時は、戦いも辞さぬがな」

源十郎と宅兵衛は、ようやく、作りあげた筏《いかだ》を、川に浮べることが出来た。

江戸育ちで、そうかといって、木場の仕事をしたことのない源十郎には、筏の作り方のわかろう筈がない。だから、主として作りあげたのは、宅兵衛だった。祖谷に育っただけに、宅兵衛の腕は確かである。源十郎が、丸太と丸太を綱で結びつけようとするのを止めて、宅兵衛は自生しているしらくちかずらの枝で結びつけた。その方が水に強いのだという。

出来あがった筏に、金塊の箱をのせ、綱で厳重にくくりつけた。

「さあ、いくぞ」

と、宅兵衛が、長い竹竿《たけざお》をつかんで、声をかけた。

源十郎は、積みあげた金塊の箱の上に腰を下ろした。

「こんなに沢山の金塊を、江戸へ持って行って、どうするんだね？」

と、宅兵衛が、筏の後ろの方で、竹竿をあやつりながら、源十郎に聞いた。

「江戸で困ってる連中に、ばらまいてやるのさ」

「江戸でも、みんな暮らしに困ってるのかね？」

「どこだって、ぜいたくな暮らしをしてるのは、雲の上のひとにぎりの奴等だよ。そんな奴等に、この金塊をやってたまるかってのが、おれの心意気というやつよ」

「しかし、こんな大きなものを、江戸まで持って行けるのかね？　いろんな人間が、この金塊を狙っているんじゃろうが。この川を下って吉野川に入り、鳴門へ出るまでだって、二日はかかるで」

「わかってる」

「本当にわかってるのかね。さっき、山伏姿の男が、崖の上から、こっちを見ていたのに気がついたかね」

「猟師だけに、さすがに眼が早いな。おれも知っていたさ」

「ありゃあ、ただの山伏じゃないな」

「どうして、そう思う？」

「今頃の山伏は、修行中の筈だ。あんな場所で、わしらを眺めてるなんて、おかしな話だ」

「あいつらは、山伏じゃねえさ。甲賀の忍者で、この金塊を狙ってる。もう一組、酒井但馬守という狸爺いが、二十五名も家来をつれて、やって来てるよ。それに、阿波藩だって、これを国外に持ち出させまいとするに決っている」

「どうする？　きっと、途中に待ち伏せているに決っとるぞ」

「この川筋で、待ち伏せするとすれば、どの辺りが適当だと思うね？」

「そうだなあ」

と、宅兵衛は、竿をあやつりながら、

「川幅が広くなったら、舟で襲うより仕方がねえし、かといって、川幅の狭いところは、急流で、舟なんか出せん」

「ふむ」

「祖谷の近くで、川筋が大きく曲りくねってるところなら、襲うには絶好だな。そうだ。かずら橋のあるところなんかいい。かずら橋の上から鉄砲や矢を射かけ、下で、筏を押える。どうだ？」

「他に、橋のかかっているところは？」

「この辺りでは、あそこだけだ」

「よし、その手前で、岸に寄せてくれ」

「岸に寄せて、どうする？」

「相手を出し抜いてやるのさ」

源十郎はニヤッと笑って見せた。

両側は、断崖絶壁が続く。川の流れも速い。断崖の上には、恐らく、道も通じていないだろう。とすれば、この辺りでの襲撃はない筈だ。

「岸へ着けるぞ」

と、ふいに、宅兵衛がいった。

「ここから先、例のかずら橋まで、丁度いい場所がないからな」

宅兵衛のうまい竿さばきで、二人を乗せた筏は、岸に近づき、へさきを小石で出来ている狭い河原に乗りあげた。

その辺りだけは、片側が低い丘陵になっていて、五、六軒だけだが、農家の屋根が見えた。

「さて、どうするね?」

「この上の百姓家へ行ったら、さんだらぼっちはあるかい?」

「さんだらぼっちとは、何だね?」

「この辺じゃあ、そうはいわねえのか。米俵のことだよ。この木箱の金塊を入れかえるんだから、出来るだけ沢山の俵がいる。それから、荷車と馬だ」

「これだけのせるとすると、馬は二頭、荷車も二台は必要だな」

「ここに五十両ある。これで、それだけのものが買えるかい?」

「お釣りがくるよ」

「じゃあ、丘の上に、荷車二台と馬二頭を用意して、米俵の方を、この河原へ運んで来てくれ」

「それに、人間もだろ? わしら二人だけじゃ、大変だからな」

「頼むが、口の堅い、欲のない人間じゃねえと困るぞ」

「大丈夫だ。この辺の百姓は、わいが、よう知っとる。人のいい奴等ばかりだよ」

宅兵衛は、五十両の金子を受け取ると、ニッと笑って、丘の上に登って行った。

しばらくして、数人の百姓が、何十枚という米俵を担いで、河原へおりて来た。

それから、河原で、金塊の詰換え作業が始まった。百姓たちには、金塊ではなく、黄銅鉱だといったが、信じたかどうか定かではない。

詰め換えた米俵は、丘の向うに用意された荷車まで運ばれた。空《から》になった木箱には、河原の小石を詰め、錠も掛け直した。

用意は出来た。

「おれは、おめえさんを信じてるぜ」

と、源十郎は、宅兵衛の肩をつかんで、じっと、相手の眼を見つめた。

「信じて貰うのは、ありがてえが、どうしたらいいんだね？」

「この村で、荷車と馬の番をしてくれればいい。おれが戻って来るまでだ」

「あんたは、どこへ行くんだね？」

「筏で、川を下って行くのさ」

「敵が待っとるんじゃないのか？」

「ああ。そうだ。この辺の川は、どのくらい深いのかね？」

「測ったことはないが、かなり深い筈だ」

「この筏をばらばらにするには、どうしたらいい？」

「鉈で、つないである蔓《つる》のどこでもいいから切ればいい。そうすりゃあ、筏は、ばらばらになる」

「それだけ聞いときゃあ、何とかなるだろう。丸一日待って、おれが戻って来なかったら、荷車二台に積んだ金塊は、そっくり、おめえさんにやるよ。好きなように、処分するがいい」

「わしは、江戸へ行くのだけが望みで、こんなに沢山の金塊を貰っても、どうしようもないがね」

「それなら、荷車の金塊は、近くの竹藪《たけやぶ》にでもかくして、徳島城下の旅籠にいる荒木田隼人というご浪人を探してくれ。お絹さんという、若いきれいな娘さんと一緒にいる筈だから、すぐわかる」

「探して、どうするのかね？」

「金塊を渡せば、隼人さんが、使い道を考える」

「荒木田隼人というご浪人だね？」

「そうだ。だが、それは、あくまで、おれが丸一日戻って来なかった時のことだぜ」

源十郎は、竿を突き出し、筏を、川の中央へ出した。筏は、急流にのって、下流に向って走り出す。

かずら橋まで行かないうちに、源十郎は、前方に、一本の太い綱が、川の上に張られているのを認めた。

崖から崖の間に張られているのだ。川面《かわも》の上、六、七尺ぐらいの高さだろうか。真ん中が低く、弓なりに垂れ下がっているのだが、源十郎が、眼をむいたのは、その綱に、黒《くろ》装束《しょうぞく》の男が三人、ぴったりと、取りついていたからである。

まるで、雀《すずめ》がとまるように、三人の黒装束が、空中に張られた綱につかまっているのだ。

(甲賀者たちだ)

他の五人は、多分、両岸のどこかに潜んでいるのだろう。

流れは速く、源十郎を乗せた筏は、止めようがない。

かずら橋付近での襲撃を予想していた源十郎にとっては、一歩早い襲撃だったが、覚悟は出来ていたし、やることは一緒だった。

筏が、綱の下へ来た時、三人の黒装束が、一斉に、飛び下りて来た。

川面は、蒼黒《あおぐろ》く、ぐーんと深そうだ。

筏がかしいだ。

筏に飛び移って来た三人の黒装束は、一斉に、ぎらりと、刀を引き抜いた。その中の、ずんぐりと背の低い男には、見覚えがあった。伊知地太郎という甲賀者だ。

「おとなしく、この筏を、われらに渡せ」

と、そいつがいった。

その間も、四人を乗せた筏は、流れに乗って、下流に向って進んでいる。

源十郎は、腰に差していた鉈を引き抜いた。

「むざむざ、お前さんたちにやられるものかい」

と、源十郎が、笑った時、突然、周囲の大気を引き裂いて、矢が飛んできた。

源十郎の左肩に突き刺さった。

「くそッ」

と、源十郎が、怒号した。距離が遠かったとみえて、傷は浅い。源十郎は、自分で矢を引き抜くと、手に持った鉈で、筏を組み立てている蔓を断ち切った。

「あッ」

と、今度、叫んだのは、伊知地太郎の方だった。

源十郎の行動が、彼等の意表をついていたからだ。

宅兵衛がいったように、固く結ばれていた材木は、急に、ばらばらになり、積み上げてあった木箱は、崩れて、川面に、次々に沈んで行った。

源十郎は、近くにいた甲賀者に向って、鉈を投げつけると、自分も、蒼い川面に向って身体を躍らせた。

筏は、急速に、こわれていく。小石を一杯詰めた木箱は、どんどん川に落ち、沈んでいく。

伊知地次郎が、足元から滑り落ちそうになった木箱二つを、両手に抱え込んだ。

「抵抗するかッ」

筏は、かずら橋の真下まで来ていた。

かずら橋の上に待ち構えていた福井要介たちは、一斉に、五梃の鉄砲の火ぶたを切った。

伊知地次郎は、背中に、二発の弾丸を受けて絶命し、川に落ちて沈んだ。それと同時に、次郎が抱えていた木箱も、川に沈んでいった。

もう一人の甲賀者も、朱に染まって川に沈んだ。

伊知地太郎は、川に向って、身を躍らせた。

「あの筏を止めろッ」

と、かずら橋の上から、福井要介が絶叫した。用意した綱が、次々に投げられた。その先に、手鉤《てかぎ》がついている。

だが、筏は、すでに、ばらばらのただの材木になり、木箱は沈んでしまっていた。

「金塊が、川底に沈んでしまったと？」

報告を受けた酒井但馬守は、福井要介を睨みつけて、

「なぜ、そんなことに？」

「われらが待ち伏せたかずら橋より川上で、柳沢殿配下の甲賀者たちが、金塊を積んだ筏を襲い、源十郎を仕留めましたが、その拍子に筏が崩れ、金塊の入った木箱も、全部、川底に沈んでしまったのでございます。われらも、鉄砲で、甲賀者二名を射ち殺しました

が、川底に沈んで行く箱の方は、どうしようもなく」

福井要介は、まだ寒いのに汗を、額にしたたらせながら報告した。

「それで、何もしなかったのか？」

「もちろん、家中の者の中で、水練の達者な者三名を選び、川底にもぐらせました」

「それで、金塊の箱は、一つでも見つかったのか？」

「残念ながら、一つも見つかりませぬ」

「なぜだ？ 金塊を入れた箱が、川底に沈むのを見たといった筈だぞ」

「は。次々に沈んで行くのを、はっきりと、この眼で見ました。私が見ただけでも、二、三十箱は沈みました。われらが待ち伏せたかずら橋まで来る間にも、金塊の箱は、次々に沈んでいた筈ですから、百箱はあったと思います。ただ——」

「ただ、何だ？」

「あの辺りは、有名な、岩を嚙《か》むような急流です。それに、川底は深く、底は渦を巻いているそうです。もぐらせた三人のうち二人は、急流に呑《の》まれて死に、一人は、今の状態では、とうてい、引き揚げられぬと申しております」

「どうにもならんのか？ 金塊の沈んだ場所がわかっているのに」

酒井但馬守は、立ち上がり、いらいらと、座敷の中を歩き廻った。

「何とかならんのか？」

「あの川を干からびさせる方法でもあれば別ですが」

「網はどうだ？　投げ網で、川底をさらえんのか？」

「あれほど、流れが速くては、投げ網は出来ませんし、あの辺りに、投げ網の持主はおりません」

「じゃあ、どうしたらいいのだ？」

「上流で川を堰止《せきと》め、流れを変えれば、あの部分は、川底が露呈いたします。そうすれば、金塊は、簡単に手に入ります」

「川を堰止めるか？　そんなことが出来るのか？」

「大工事になりますが、あの近くの百姓を総動員すれば、可能でしょう。金塊入りの箱が沈んだ範囲は、約三町の間と思われます。従って、その間だけ、別の掘割りを作り、川の流れを、そこへ通すようにすれば、問題の約三町の間は、干あがります」

「時間がかかるな」

「昼夜兼行でやって、半月はかかりましょう」

「やるより仕方がないが、阿波藩への説明だ。その工事を、あの若い城代家老に、何と説明したものか」

「川底に、武器が大量に沈んでいるという密告があったと主張したらどうでしょうか？」

「そんな言葉を、あの城代家老が信じると思うのか？」

「それは、いっこうに構わぬではありませんか。こちらは検察使ゆえ、違うとは思っても、否とは申せますまい」

「そうであったな」

酒井但馬守は、やっと、口元に微笑を浮べ、すぐ、徳島城下に、使者を立てさせた。もちろん、川ざらえの費用は、全て、阿波藩に持たせるつもりである。阿波藩の生殺与奪の鍵は、検察使である自分たちが持っているのだという自信が再び、老人によみがえって来たのだ。

福井要介が、但馬守の書状を持って、早馬で、徳島城下に入ったのは、その日の夜であった。

書状の文面は、丁重だった。だが、読み了《お》えた時、城代家老田名部大学の顔に浮んでいたのは、苦笑だった。文面は丁重でも、有無をいわせぬ酒井但馬守の顔が、自然に眼に浮んでくるからである。

亡くなった勝浦主馬だったら、どうするだろうかと、ふと考えた。

皮肉一杯の返書を書くだろうか。それともあの辺の百姓たちに、それとなく作業を怠ることを命じるだろうか。そして、多分、江戸屋敷から、酒井但馬守追落しの手を働かせるだろう。

だが、自分には、そうした技巧は出来ぬと、自覚していた。誠実だけが、自分の取り柄であることも、よく知っている。

大学は、福井要介に向って、

「書状のおもむきは、すべて承知つかまつったと、酒井様にお伝え下さい」

と、微笑して見せた。

「丁度、農閑期ゆえ、百姓たちも、自由にお使い下すって結構でござる。その費用も、当藩でお持ち致す」

「それは、結構。但馬守様も、お喜びなされましょう」

「その他、何かご不自由なことがございましたら、何ごとでもお申しつけ頂きたい」

「いや。その他には、何もござらぬ」

福井要介は、首を横に振り、早馬を飛ばして、祖谷村に戻って行った。

大学は、すぐ各奉行を、自分の邸《やしき》に集めた。彼は、事情を説明したあと、

「たとえ、このために、千両、二千両の出費があっても、阿波藩の存亡には代えられぬ。我慢が第一じゃ。ただ、私が恐れるのは、若侍たちの軽挙妄動だ。検察使一行にでも斬り込まれたら、全てが終りになる。それ故、みだりに動こうとする若侍は容赦なく斬り捨てい」

翌日から、すぐさま、工事が始められた。

付近の村から、かり出された百姓たちの人数は、老若男女合せて、六百人を越えた。

かずら橋の上流約二町のところで、祖谷川を堰止め、別に水路を作り、川の水は、それを通して、三町先で、再び、祖谷川へ戻そうという工事である。

まず、全長約三町の新しい水路を掘削する工事から開始された。何しろ、崖が多く、土地の嶮《けわ》しい場所である。難渋を極める工事だった。

遅々として進まぬ工事に業を煮やして、指揮に当る福井要介が、初日から百姓一人を川に突き落し、危うく、溺死《できし》させかけた。

祖谷は山奥といっても、狭い藩内の出来事である。自然に、工事のことは、徳島の町にも伝わって来た。何のための工事かわからぬだけに、余計噂が広まるのも早かった。

徳島の町中の旅籠《はたご》に泊っている荒木田隼人を、宅兵衛が訪ねて来たのは、そんな噂が流れる中だった。

「あんたが、本当に、荒木田隼人さんかね？」

と、宅兵衛は、持ち前の不遠慮さで、じろじろと、隼人を眺め廻した。

「確かに、拙者が隼人だが」

「じゃあ、源十郎さんを知っているかね？」

「仏の源十郎か。あの男には、何度も、命を助けられたことがある。源十郎どのは、今、どこにおられるのだ？」

「それが、わからねえ」

「わからん。それは、どういうことだ？　まさか、死んだのではあるまい？」

「それもわからねえ。ところで、わしは、源十郎さんに頼まれたんだ。今日までに帰って来なかったら、徳島の町に行って、そこの旅籠に泊っている荒木田隼人という人に、伝えて貰いたいことがあるって、頼まれていたんだ」

「何をだね？」

「とてつもねえ金塊だ」

「金塊？」と、隼人の顔が緊張した。

「すると、源十郎どのは、剣山で、金塊を発見したのか？」

「わしは、そこんところはよく知らないが、とにかく、大変な金塊だ。それを、源十郎さんは、あんたに知らせてくれといったんだよ。その使い道は、あんたのいいようにしてくれといっていたな」

「場所は？」

「わししか知らん」

「じゃあ、すぐ行こう」

と、隼人は立ち上がった。城代家老田名部大学に知らせてからと、一度は考えたが、この宅兵衛という猟師の言葉を、そのまま鵜《う》呑《の》みには出来なかったので、黙って行くことにした。

お絹にだけ、行く先を告げて、隼人は、宅兵衛と、祖谷へ急いだ。かずら橋の近くへ来ると、噂の流れている工事が、大々的に行われているのが眼に入った。クワやツルハシで、長い堀を掘る者、もっこで、その土砂を運ぶ者、ちょっと数えただけでも百人以上はいただろう。監督をしているのは、明らかに、阿波藩の藩士ではなく、酒井但馬守の家臣だった。

「金塊は、祖谷川の川底にあるのではないのか？」

と、隼人が聞くと、宅兵衛は、

「いや、おれが、雑木林の中に、ちゃんと隠してある。なんで、川浚《かわざら》いしてるのか、わしには、わかんねえな」

と、首をかしげてみせた。

かずら橋を渡り、対岸の村に入ると、宅兵衛は、どんどん、雑木林の中へ入って行った。

深い雑木林であった。

奥へ入ると、そこは、もう、陽も射さず、昼間というのに、どんよりと薄暗い。

「あれッ」

と、宅兵衛が急に、すっとん狂な声をあげた。

「失《な》くなっちまってる！」

「何が、どうしたんだ？」

「ここに、荷車二台に積んだ金塊をかくしておいたんだ。それに、馬二頭。それが消えちまってるんだ」

「本当に、ここに、あったのか？」

「本当だ。これをよく見てくれ」

と、宅兵衛は、地面についた深いわだちの跡を、指で示した。そのわだちの跡は、途中を、枯葉で蔽《おお》いかくしてあった。

「ここへ、やっと運んで来て、この木に、二頭の馬は、つないであったんだ。それが、いつの間にか消えちまったんだ」

「まさか、拙者をおびき出すための罠じゃあるまいな？」

「そんな、わしは、そんなことの出来る男じゃねえ」

宅兵衛は、顔色を変えて、周囲を走り廻ったのだが、馬も荷車も、どこにも見当らない。

「おかしいな」

宅兵衛は、腕を組んでしまった。空を飛ぶことには頭の働く宅兵衛も、地上のことには、頭が働かないらしい。

「とにかく、拙者は帰るぞ」

と、隼人はいった。この近くで、酒井但馬守の一行が、付近の百姓を動員して、工事をしている。顔でも合せて、自分が腹を立ててしまうことが、心配だったからである。相手は、検察使なのだ。何かすれば、阿波藩に迷惑がかかる。

隼人が、きびすを返しかけたとき、突然、背後から、

「隼人さん」

と、聞き覚えのある声が、飛んで来た。

振り向く。

薄暗い雑木林の奥に、いつの間にか、仏の源十郎が、突っ立っていた。源十郎の左胸の近くに、白い包帯がのぞいていた。

「あんた、生きていたのかね？」

と、宅兵衛は、ニコニコ笑いながら、源十郎を見た。

「ああ、何とかな」

と、肯いてから、隼人に向って、

「あっしが死んだら、金塊の処分は、隼人さん、あんたに委《まか》せる積りだったが、あいにくと、生き延びちまったんでね。あんたに委せるわけにはいかねえんだ」

「剣山の埋蔵金は、お主が見つけたのか？」

「ああ。大した金塊だ。鋳造すりゃあ、二十万両くらいになるかも知れねえ」

「では、今、酒井但馬守が、祖谷川の川浚いをしているのは？」

「さあ、あの狸爺いは、川浚いが好きなんじゃござんせんか」

と、源十郎は、彼らしく、不敵に笑った。

「それで、今、金塊は何処《どこ》に？」

と、隼人が聞くと、源十郎は、首を横に振って、

「そいつは、残念だが、申しあげられませんや」

「なぜだ？　その金塊は、阿波藩のものだ」

「だが、見つけ出したのは、あっしですぜ」

「源十郎どの。あなたも、亡くなった勝浦主馬様のご恩を受けた身ではないか。そのために、拙者や、鳴門屋重兵衛殿と三人、力を合せて、今まで、戦って来たのではないのか。阿波藩のためにだ。そのことをよく考えて欲しい」

「お説のとおり、あっしは、亡くなった勝浦主馬様から、ご恩を受けましたよ。だから、御恩返しに、命がけで働いた。だが、あっしは、あんたと違って、根っからの江戸っ子でしてね。だから、勝浦様のために働いたんで、阿波藩のために働いたって気はないんでさあ。それに、勝浦様へのご恩は、お返しした積りでおりますんで、この金塊は、あっしが頂いて、江戸へ持ち帰りますぜ」

「しかし、それは、阿波藩のために、必要なものだ。藩の財政がうるおうし、民衆の生活

も、それだけ楽になる」

「困ってるのは、この藩だけじゃありませんぜ。江戸の人たちだって、みんな困ってる。あっしは、根っからの江戸っ子なんだから、この金塊を、江戸っ子のために使ってやりたいのは、人情じゃありませんか？」

「どうやら、ここへ来て、お主《ぬし》と、考えが違って来てしまったようだな」

「隼人さん。あんたは、あくまで、元阿波藩士の倅《せがれ》なんだ。それに、武士の気持が、身に浸《し》み込んじまってるのさ。そこが、あっしと考えの違うところだなあ」

薄暗さの中で、源十郎は、肩をすくめた。

隼人は、今度の事件が終り次第、武士を捨てる気でいる。しかし、今は、源十郎のいう通り、阿波藩のために尽くそうとしている。

「どうしても、金塊を渡してくれないというのか？」

隼人は、源十郎との間に出来てしまった空洞を感じながら、じっと、相手を見た。

「嫌ですねえ」

と、源十郎はいった。

「阿波藩に渡す気はないのか？」

「ありませんねえ。隼人さんには悪いが」

「金塊はどこに？」

「それもいえませんや」

「となると拙者は、残念ながら、お主と戦わなければならなくなる。問題の金塊を、阿波藩に返すためにな」

「あっしも残念だが、仕方がありませんねえ。あっしだって、隼人さんとは争いたくねえや。だが、あの金塊は、江戸の人たちのために使うと心に決めたんですよ」

「阿波から外へ持ち出すのは、大変だぞ。拙者が、それを防ぐからな」

「難しいのは、わかってまさあ。だが、ここまではうまく行ったんだ。これからだって、うまく行くかも知れませんぜ」

源十郎は、ニヤッと笑ってから、自分の横にいる宅兵衛に向って、

「お前さんは、鳴門の港へ行っていろ。おれは、後から追いついて、必ず、江戸へ連れて行ってやる」

と、小声でいった。

「あんたは、一人で大丈夫かね？」

「出来りゃあ、お前さんの助けを借りてえところだが、こうなっちまったら、おれ、一人で運ぶより仕方がねえ。隼人さん」と、ふいと、隼人の方を振り向いて、

「あっしは、これから、掘り出した金塊を運んで行く。その方法も、どこへ運ぶかも、あんたにはいえねえ。隼人さんも、見事にそれを止めてごらんなせえ。そうしたら、あの金

塊は、きれいさっぱり、隼人さんに進呈いたしますぜ」

ふいに源十郎の姿が消えた。

はっとして、隼人は、源十郎の立っていた場所に走り寄り、周囲を見廻した。が、どこにも、源十郎の姿は見当らなかった。

隼人は、呆然としている宅兵衛を見た。

「お主は、本当に、源十郎どのが、金塊をどこにかくしたか知らないのか？」

無駄とわかりながらも聞くと、宅兵衛は、太っくびを横に振って、

「わしが知ってるもんかね。ただ、わしにわかっているのは、あの源十郎って人が、わしを江戸に連れてってくれると約束したことだけだ。だから、わしは、これから、鳴門の港へ行くつもりだ」

宅兵衛は、すたすたと、雑木林を出て行った。隼人も、仕方なく、雑木林を出た。藩のために金塊は、取り返さねばならぬ。

人気《ひとけ》のなくなった雑木林の中で、高い梢《こずえ》から、ひょいと、源十郎が飛びおりた。

「今度は、隼人さんが相手か」

源十郎は、渋い顔で呟いた。

陽春の候

隼人は、源十郎という男が好きだった。

日本一の盗賊を自称し、変幻自在に動き廻る男だが、どこか憎めないのだ。それに、江戸から、この阿波まで、よく自分を助けてくれもした。

だが、今、源十郎は、数万両以上と思われる剣山の金塊を手に入れ、それを、江戸に持ち去ろうとしている。

隼人個人としては、源十郎の一世一代の仕事を見逃してやりたいが、元阿波藩士の血が、それを許さないのだ。

（隼人さんは、やっぱりお侍さんだ）

といった源十郎の言葉が、耳にこびりついて離れなかった。

武士を捨て、お絹と商人になるという覚悟は変らぬ。が、今は、阿波藩のために、金塊を取り戻したい気持にかられている。

阿波藩は、二十五万石。藍《あい》四十万石といわれて、石高以上に、裕福な藩といわれている。だからこそ、酒井但馬守が、食指を動かしたりもするのだが、藍や塩には恵まれても、全体に平野部は少なく、一般の農産物は豊かではない。それに、台風の被害の多いところだけに、飢饉《ききん》に襲われることも多い。百姓たちが、山を越えて、土佐《とさ》藩に逃亡したこともある。

それだけに、数万両以上にも値《あたい》するといわれる金塊は、阿波藩にとって、ぜひとも必要な財産なのだ。

城代家老の田名部大学に知らせるかどうか、隼人は迷った。それは、阿波藩の力を借りることである。阿波のためにすることなのだから、それでよいのかも知れない。

ただ、現在、検察使一行は、金塊を詰めた木箱が、祖谷川の川底深く沈んだものと確信し、大規模な川浚い工事を進めている。柳沢吉保の命を受けた甲賀者たちも、同じことを信じ、かずら橋付近に、釘《くぎ》づけになっている筈である。

今、もし、阿波藩士たちが、あわただしい動きを示せば、彼等は、当然、疑問を持ち、別の場所を調査しはじめるかも知れぬ。そうなったら、源十郎の他に、酒井但馬守たちや、甲賀者まで相手にしなければならなくなる。

それに、隼人は、源十郎とは、一対一で戦ってみたかったのだ。

隼人は阿波池田の宿場に落ち着き、地図を広げて思案した。

ここに、阿波藩の関所がある。もし、源十郎が、陸路で金塊を運ぶとしても、ここを通らねばなるまい。もちろん、間道を通る方法もあるが、そうなると、多大の時間を必要とする。

　また、近くを吉野川が流れているので、筏《いかだ》で運ぼうとすれば、すぐ発見できる。

（問題は、源十郎が、他藩へ抜け出る場合だな）

と、隼人は考えた。

　阿波藩は、北に高松藩、西は松山藩、そして南は土佐藩に接している。

　この辺りから、もっとも近いのは、北の高松藩である。山を越えれば、すぐ高松藩だ。

　高松藩は、元来、四国全域を監察するために、幕府が、徳川頼房《とくがわよりふさ》の長子松平頼重《まつだいらよりしげ》を初代の藩主として派遣したところである。それだけに、高松藩の幕閣での地位も高く、会津《あいづ》や彦根《ひこね》の大藩と同格とされている。それだけに、源十郎が、高松藩内に逃げたら、手の出しようがなくなってしまう。

（だが、源十郎は、一緒にいた宅兵衛という男に、鳴門の港で待てといった）

　あの言葉を、そのまま、まともに受け取れば、源十郎は、阿波藩内から出ずに、鳴門へ行く積りなのだ。もちろん、金塊と一緒にである。

　隼人は、川のよく見える旅籠《はたご》に泊り、窓から、一日中、川面を眺めた。筏で運ぶのを監視するためである。

　一方、七人の土地の若者を雇い、三人に川筋を、四人には鳴門へ通じる道を、全て監視させた。

　だが、源十郎の姿も、金塊も、いっこうに隼人の前に現れない。

祖谷川では、いぜんとして、昼夜をわかたぬ工事が進められていた。人力を補うために、火薬も使用され、その爆発音が、一日中周囲の村々に、ひびき渡った。

（或《ある》いは――）

と、ふと、隼人は、疑心暗鬼にとらわれた。金塊は、本当に、祖谷川の川底に沈んでいるのではあるまいか。酒井但馬守たちに奪い取られるのが癪《しゃく》だから、わざと隼人に知らせ、彼等と噛《か》み合せるつもりではないのか。

（いや、それなら、金塊は、川底だというだろう）

隼人は、わからなくなった。

味方同士の時は、頼もしい男と思えたのだが、こうして敵に廻すと、厄介な男だし、何を考えているかわからぬところがある。

「今、祖谷川でやっている川浚いは、いつ頃終るかわかるかね？」

と、隼人は、若者の一人に聞いてみた。若者たちは、いずれも、阿波池田近くの郷士の倅である。

「昼夜兼行でやってるから、まあ、十二、三日ってとこかな」

と、一人が答えた。

多分、源十郎は、それまでの間に、金塊を、鳴門の港まで運んでしまう積りでいるに違いない。

（とすれば、川を、筏で運ぶ方が早いわけだが）

と、隼人は睨んだのだが、いっこうに、それらしいものを積んだ筏も、源十郎の姿も現れない。

二日目の朝、街道の見張りに当てていた若者の一人が、隼人のいる旅籠に飛び込んで来た。

「妙な荷馬車が二台、近くの道を、お城下の方へ向っている」

「どんな荷馬車だ？」

「米俵を山のように積んでる。頑丈そうな馬が引っ張ってるんだが、今どき、米俵を運ぶなんておかしいと思わないかね？」

「拙者がいった源十郎が一緒か？」

「さあ。馬を引いてるのは、百姓らしい男たちだ。だが、何を聞いても、知らんというだけで、返事をしない」

「しかし、阿波池田の関所は、通って来たのだろう？　そこで怪しくなかったとすると？」

「いや街道へ、急に現れて来たから、関所を通ってきたかどうかわかりません」

と、その若者は、眼をキラリと光らせた。

ためらっている場合ではなかった。他の若者たちには、川面の監視を続けているように命じておき、隼人は、その若者の案内で、旅籠を飛び出した。

風が無く、暖かい日だった。徳島の城下へ通じる街道には、陽炎《かげろう》が立ち昇っている。

若者のいった通り、山のように米俵を積みあげた荷馬車が二台、馬に引かれて、のろのろと、前方を進んで行く。

隼人は駆け抜けて、その前に立ちふさがった。

馬の手綱を引いていた百姓が、びっくりした顔で、隼人を見た。

「これから何処へ行く？」

隼人は、荷台の米俵を見ながら聞いた。

「どこへって、鳴門の港まで運んで行く」

「中身は米か？」

「そんなことは、わしは知らねえ。頼まれ仕事だからね。わしと庄八《しょうはち》と」と、百姓は、もう一頭の馬の手綱を取っている仲間を指さした。

「二人で、頼まれて、運ぶところだよ」

「その頼んだのはどんな人物だ？」

「三十二、三歳の男の人で、江戸の人だっていっていた」

「今、どこにいる？」

「後から、のんびりついてくるっていうとったが」

その言葉どおり、ゆらゆらと立ち昇る陽炎の向うから、黒い人影が、ゆっくりと現れた。呑気《のんき》に、鼻唄《はなうた》を歌いながら近づいて来て、ニッコリと笑った。

「なんだ。隼人さんじゃありませんか」

と、いったのは、まぎれもなく、源十郎である。ふところ手のまま、

「何をしていらっしゃるんで？」

「この米俵の中身を調べさせて貰いたい」

「そいつは困りますよ。隼人さん。あっしがせっかく仕入れて、江戸で売ろうって品物なんだから」

「今の時期に、米を運ぶのはおかしい。第一当藩から、無断で米の持出しは厳禁されている」

「米なんかじゃありませんや」

相変らず、源十郎は、楽しげに笑っている。

「じゃあ、何だ？」

「祖谷で採《と》れる里芋《さといも》の田楽《でんがく》を食べて、そのうまさが忘れられなくなりましてね。近くの百姓屋で大量に買い集めて、江戸で売ってみようと思ってますんでさあ。こいつは、商売になりまっせ。それから、代金は、きちんと払っておきましたぜ」

「里芋？」

「そうですよ。それでも中身をあらためますか？　隼人さん」

「調べたい」

と、隼人はいった。源十郎が、里芋を江戸に運ぶなどということは、絶対に考えられないからだ。

「調べて、本当の里芋だったら、どうなさいますね？」

「拙者が謝罪する」

「隼人さんに謝って頂いても仕方がないが、こんな街道の真ん中で押し問答していても仕方がありませんや。いいでしょう。不審ならお調べなせえ」

源十郎は、街道脇の石の上に腰を下ろして、のんびりと煙管をくわえた。

隼人は、一緒に来た若者と二人で、米俵を一俵ずつ荷馬車からおろし、わらのふたを外して中身を調べてみた。

どの俵から出てくるのも、すべて、里芋である。念のために、少し太い里芋は、小刀で切ってみたが、金塊は入っていなかった。

「お疑いは、晴れましたかい？」

源十郎が、石に腰を下ろしたまま、隼人に笑いかけた。

「金塊は、どこだ？」

「さあ、どこでござんしょうねえ」

源十郎は、ひょいと腰をあげ、大きくあくびをしてから、荷馬車のうしろに、ちょこんと腰を下ろした。

「じゃあ、隼人さん。お先に失礼しますぜ」

二台の荷馬車が動き出し、春の陽光の中を隼人の視界から遠ざかって行った。

(陽動作戦だったのだ)

だが、本物の金塊は、いったいどこにあるのだろうか。

「お前は、あの荷馬車をつけて行って、途中で、源十郎が動き出したら、すぐ報告して欲しい」

と、若者二人に源十郎たちを追跡させておいてから、阿波池田の旅籠に戻り、川面を監視していた若者たちに聞いてみたが、金塊はおろか、何かを積んだ筏も、舟も、通過しなかったという返事だった。

もちろん、夜間、筏なり舟なりが、金塊を積んで通過してしまったことも考え、若者の一人を、何町か離れた場所へ行かせ、阿波池田で夜間通過しても、そこで、夜明けになって発見できるように努めた。

だが、いっこうに、金塊は見つからなかった。

里芋を積んだ二台の荷車と源十郎は、隼人の焦燥をよそに、悠々と鳴門へ向っている。

五日、源十郎を尾行させた若者二人の中の一人が、阿波池田の隼人のところに駆け戻って来た。

「隼人さんのいわれたあの源十郎という男は、二台の荷馬車と一緒に、鳴門の町に入りました」

「それで？」

「港近くの旅籠に入り、大坂行の千石船を待っている様子です。回船問屋にも顔を出し、米俵に詰めた里芋を、船で運んでくれるように交渉しております」

「あの米俵以外に、源十郎が、鳴門に運んだものはなかったかね？」

「ありません」

「それで、源十郎は回船問屋に廻る他は、何をしているのだ？」

「それが、夜は宅兵衛と二人であの近くの芸者をあげて、遊んでいます。私と同道した仲間が、その後も、源十郎の動静を探っておりますが、あの様子では、何も出て来ないように思われます」

「わからん」

と、隼人は、腕を組んでしまった。

紫電一閃《いっせん》、剣で解決がつけられるのなら、簡単なのだが、源十郎と、頭脳の戦いだけに苦しい。

源十郎が里芋二台分を運び去ったあとも、徳島城下、鳴門の港へ通じる道は、すべて監視してきた積りだった。金塊はおろか、米俵一俵、通過していなかったし、水上も同様だった。吉野川は、山で切り落した木材を筏に組んで、徳島城下まで運ぶことが多いから、筏は、何組か通過したが、金塊らしきものを積んだ筏は見なかった。

（金塊は、すでに、源十郎によって、鳴門の港へ運ばれてしまったのだろうか？　それとも、源十郎は、金塊は祖谷の山中にかくし、われわれが、諦めるまで待つ持久戦に出たのだろうか？）

隼人は、あとのことを、若者たちに託して、徳島城下に帰り、直ちに、城代家老田名部大学に私邸で会った。

大学は、奥座敷で、黙って隼人の話を聞いていたが、聞き終ると、楽しそうに、声に出して笑った。

「すると、検察使のご一行は、無駄に川浚いをやっているというわけか」

「その通りです」

「あの老人は、さぞ怒るだろうな」

田名部大学は、酒井但馬守の、狸に似た顔を思い出した。あの老人が、埋蔵金を手に入れそこなった時、怒って、果して、どう出て来るか。それが問題だが。

「それで問題の金塊ですが」

と、隼人がいった。

「今、どこにあるのか、全くわかりませぬ。源十郎を捕えて責めてみても、本当のことをいうような男ではありませぬし――」

「剣山の埋蔵金は、十万両とも、二十万両ともいわれておる」

「はい」

「わたしはね。この地位に就くまで、政治というのは、清廉潔白でなければならぬと考えていた。自分の凡庸さをよく知っていたし、阿波藩内だけの政事なら、自らを清く保っていくことが第一と、今でも考えている。だがな。幕府対当藩という眼で見ると、相手は、清廉潔白を良しとしてはくれぬわな。酒井様が、わざわざ、自ら検察使として来られたのも、埋蔵金が目当てであろうし、また、ご自分の身内に、阿波二十五万石をという心がおありのためであろうし、柳沢吉保様が、配下の甲賀者を、当藩に潜入させたのも、埋蔵金のため。つまり、幕閣が金で動く以上、こちらだけが、清廉潔白を保っているわけにもいかぬ。となればだ――」

と、田名部大学は、小さく笑って、

「源十郎が、埋蔵金を掘り当てたのが事実なら、ぜひ、当藩のものにしたいものだな」

「源十郎を逮捕しますか?」

「理由があるまい。それに、源十郎は、いかに責めても、白状するような男ではないと申したではないか」

「では、源十郎が動くまで待ちますか？」

「鳴門から、大坂行の千石船が出るのは、確か、五日後だ。源十郎は、その船に、金塊をのせる気でいるに違いない、とすれば、船が港に入ってからが勝負かな」

「と、拙者も思いますが、源十郎が、金塊を運んだ形跡のないのが不審です。もし、われらの眼を鳴門に引きつけておいて、高松の方へ運び去ったとすれば、待てば待つほどわれらにとって不利となります」

「高松藩か。もし、高松藩に運び出されたのだとしたら、手が出せぬな」

田名部大学は、迷った。隼人のいうように、金塊が、すでに高松藩に運び出されてしまっているのなら、源十郎自身を監視していても、何にもならぬ。ならぬどころか、いたずらに、時を空費することにしかならぬかも知れない。

こんな時こそ、将たるものの決断が、すべてを決するといっていいだろう。一刻の決断の遅れが、取返しのつかぬことになりかねない。

「わたしが、源十郎に会おう」

と、大学はいった。

若いだけに、決断したあとの行動は素早い。たった一人、忍びの姿で、隼人を連れただけで屋敷を出ると、鳴門の町に出かけた。

源十郎は、旅籠にはいなくて、鳴門の港で、呑気に釣糸を垂れていた。

眠くなるような春の一日だった。そんな中で、田名部大学は、隼人とともに、源十郎に会った。

気軽く、大学自身も、源十郎の隣に腰を下ろし、澄んだ海を眺めた。

「城代家老さんじきじきのお出ましということは、例の金塊のことでござんしょうねえ」

源十郎は、ニヤッと笑った。相手が誰だろうと、物おじというものをしない男である。

「相手がご家老でも、ゆずれませんぜ」

「今、阿波藩が難しい立場にあるのは、お主も、知っていよう。この難局を乗り切るためには、人の力だけでは、どうにもならぬことがある」

田名部大学は、ゆっくりした口調であった。春の陽光を受けて、きらきらと光る海面に、小魚の影が走る。

「つまり、あっしが手に入れた金塊が欲しいとおっしゃるんで?」

「そうだ。あれは、もともと、阿波藩のものだ」

「しかし、あっしが手に入れなきゃあ、今頃は、酒井但馬守が手に入れていますぜ」

「確かに、そうかも知れぬがな。お主とて莫大な金塊を、独り占めする気ではあるまい?」

「江戸の貧乏人に分けてやりてえんで」

「この阿波にも、生活に苦しんでおる者は多い。阿波藩が、万一、取潰しにでもなれば、彼等は、路頭に迷わねばならぬ。助けてくれぬか」

「あいにくと、あっしは、江戸っ子でしてね」

「しかし、勝浦主馬様のご恩を受けたのであろうが」

「そのご恩は、もう十分にお返しした筈でござんすがねえ」

源十郎は、ぴしゃりといった。

取り付く島がないという感じに、田名部大学は、これ以上話して、かえって源十郎の気分を害してもと考えたのか、隼人を促して、立ち去って行った。

源十郎は、煙管《きせる》を取り出し、きざみ煙草《たばこ》を詰めながら、

（城代家老じきじきのお出ましということは、阿波藩が、それだけ、あの金塊を必要としているということらしいが）

と、考えたが、だからといって、阿波藩に同情するというわけではないのが、源十郎らしいところである。

亡き勝浦主馬と、荒木田隼人の二人を除けば、源十郎は、武士というやつが嫌いなのだ。田名部大学でも、好きにはなれぬ。阿波藩の大事といっても、所詮《しょせん》は、武士たちだけの大事ではないか。阿波藩が潰れたところで、上に戴く殿様が変るだけで、町人や百姓たちの生活が変るわけではない。

陽が落ちて、少し寒くなって来た。

そろそろ、竿をしまおうかと考えた。釣果《ちょうか》は全くないが、源十郎は、別に、何かを釣るために、竿を出しているわけではない。千石船が、鳴門の港から出るまでの暇潰しである。

ふと背後に、人の立った気配を感じた。が、別に、殺意は漂って来ない。その代りのように、心地よい匂いが鼻をついた。

「源十郎どの」

と、背後で、なつかしい声がした。

源十郎が、この世の中で、一番好きで、同時に、一番怖い声だ。

源十郎は、振り向いた。

一緒に道中をしていた時よりも、一層、美しく、武家娘らしくなった藤乃が、立っていた。近くに、美麗な女駕籠が止っている。

「久しぶりでござんすね。藤乃さん」

「ここで、何をしているのです？」

「大坂行の船が出るのを待ちながら、閑《ひま》を持て余して、釣りを楽しんでるんです」

「あれは、何処です？」

相変らず、きつい声で、藤乃が聞いた。

「あれ？」

「金塊のことです。金塊は、どこにあるのです？」

「そいつは、隼人さんにいわれて、ここに来なさったんですかい？　それとも、城代家老の田名部大学さんに頼まれて、来なさったんですかい？」

煙草入れを腰に差し、釣竿を片手に、源十郎は、面と向って、藤乃を見た。

（おれは、このお嬢さんに惚《ほ》れてる）

と、改めて思った。

「田名部様と、隼人様が話しているのを小耳にはさんだのです。阿波藩のために、その金塊を返して下さい」

「嫌ですね」

「なぜです？」

「あっしは、もともと、武士《さむらい》が嫌いでしてね」

「どうしても、返して下さらないのですか？」

藤乃は、じっと、源十郎を見つめた。ほの白いその顔に涙が、浮んでいるように見えた。

「もし、あの金塊が手に入らなければ、阿波藩は、危うくなるかも知れませぬ。父が、守ろうとしたこの藩が、潰れるかも知れぬのです。そうなったら——」

「そうなったら、どうします？」

と、源十郎は、薄暗くなった岸壁で、眉を寄せた。

「本当に、死ぬんですかい？」

「弱ったな」

「私も死にます」

「え？」

「私も死にます」

「はい。自害致します」

「そんな詰らねえことを考えるんじゃありませんよ。お嬢さんが」

「ならば、金塊のある場所を、私に教えて頂けますか？」

「そいつは、駄目でさあ。あっしは、江戸へ運んで、江戸中の人間にばらまくと、心に決めたんだ。そいつを破るわけにはいかねえ」

「私が、これだけお願いしても、駄目なのですか？」

涙でかすんだ眼で、じっと見つめられて、源十郎の心が動揺した。それは、藤乃に対する愛情でもあった。

「たった一つ、方法がないこともありませんがねえ。お嬢さんが、あっしと一緒になってくれたら、お教えしてもよござんすよ」

「何ですって」

「聞こえなかったんですかい？」

「いいえ。聞こえました」

「それなら、なぜ、あっしに、同じことを二度も、言わせようとなさるんです？」

「私は、元城代家老勝浦主馬の娘です」

「わかってまさあ。そして、あっしは、今は足を洗ったが、元は、盗賊だ」

「それがわかっていて、夫婦《みょうと》になってくれというのですか？」

「駄目だと思うから、口にしたんでさあ。あっしが立派な武士で、お嬢さんと釣合いがとれてりゃあ、こんなことは口にしませんや。黙って、お嬢さんを抱く。断られるとわかっているから、ちょっと、口に出したまでのことでさあ」

源十郎は、夕闇の中で、顔を赧《あか》くした。それを、藤乃に知られるのが嫌で、「じゃあ、失礼しますぜ」と、わざと乱暴にいい、旅籠に向って歩き出した。

「待って下さい。源十郎どの」

と、藤乃がいった。

「何ですね。お嬢さん？」

「私が、あなたと夫婦になれば、金塊は、阿波藩に返してくれるのですね？」

必死な声で、藤乃がいった。

源十郎は、手を振って、

「よしなせえ。藤乃さん。まるで、いけにえにでもなるような気で、あっしと一緒になってくれたって、あっしは、ちっとも嬉《うれ》しくねえ。そんなお情けは、願い下げにして貰いたいんでさあ」

「では、私は、どうしたらいいのですか？　田名部さまにお頼みして、あなたを士分に取り立てて頂けたら満足なのですか？」

「武士というやつは、昔から嫌いでしてねえ」

「じゃあ、どうすれば？」

「それは、あなた自身が、じっくりと考えてみることだ」

源十郎は、冷たくいって、藤乃に背を向けた。

それから二日が過ぎた。

隼人も、田名部大学も姿を見せなかったし、藤乃も顔を見せなかった。

源十郎は、毎日、釣りに出かけた。宅兵衛が一緒の時もあるし、一人の時もある。別に釣りを楽しんでいるわけではない。その間に、打つべき手は打っていたし、金塊が、鳴門に着いたことも確かめてあった。

源十郎が、泊っている旅籠から、釣場にしている岸壁へ行く途中に、番屋がある。

三日目の夕方、釣りの帰りに、その前を通ると、障子が開いて、番屋のおやじに、手荒く、放り出された若い女がいた。

「お情けによるお目こぼしだ。二度と、こんなことをするんじゃねえぞッ」

白髪まじりの番小屋のおやじは、大きな声でいってから、ぴしゃりと、障子を閉めてしまった。

道路に投げ出された若い女は、乱れた裾《すそ》を気にしながら立ち上がったが、源十郎は、何気なくその顔を見て、呆然としてしまった。

藤乃だったからである。

どうみても、その顔は、藤乃なのだ。だが、町娘姿だし、番屋で痛めつけられたらしく、眉を寄せて、腕をさすっている。

「藤乃さん」

と、声をかけると、やはり、あの、大きな眼を、源十郎に向けた。

「何をしてるんです？　こんなところで？」

「私、盗みを働きました」

「何ですって？」

「呉服屋で反物を一反、盗んだんです。それで、二日間、番屋で、お調べを受けて、今、やっと、お情けで解き放たれたところです」

「なぜ、あなたが、そんなことをなすったんで？」

「わかりませぬか？」

「私は、もう罪人です。面目なくて、阿波にもおられませぬ。どうぞ、源十郎どの、一緒に江戸へ連れて行って下さい」

「まさか——」

「——」

「先日、源十郎どのは、こう申されたではありませぬか。身分が違う。元城代家老の娘が、いけにえになるような気で夫婦になるといわれてもごめんだと。今、私は、反物を盗んだ罪人です。源十郎どの。あなたに助けて頂かなければ、どうにもならない哀れな女です。私を、貰って下さい」

「あきれたお人だ」

と、源十郎は、肩をすくめて、

「そんなに、阿波藩のために、自分を犠牲にしたいんですかい？」

「はい。でも」

「でも、何です？」

「源十郎どの。私は、あなたが嫌いではありませぬ。どうぞ、江戸へ連れて行って下さい」

「大きなお屋敷で、幾人もの女中にかしずかれてなんてわけにはいきませんぜ」

「覚悟はしています」

「ひょっとすると、あっしは、また、町方《まちかた》に追われることになるかも知れねえ」

「構いませぬ。私だって、もう、罪人なのですから」

「あんたには、負けましたよ」

と、源十郎は、笑った。

「では、金塊は藩に返して下さるのですね？」

「阿波藩にじゃなく、あんたに渡す」

「どこにあるのですか？」

「この港の近くに、吉野川を下って来た筏の集積所がある。そこに、もう、筏で運ばれて来ていますよ。調べてごらんなせえ」

「でも、隼人様たちが、ずっと、吉野川を下ってくる筏を監視していたのに」

「木の箱に入れて、筏の下にくくりつけて流して来たんでさあ。だから、上からいくら見たって、わかりゃしねえ」


祖谷川の川浚いが終ったのが、三月十六日であった。

干あがった川底には、古い木箱が、点々と転がっている。

福井要介以下の酒井但馬守の家臣たちは、一斉に、その木箱に殺到した。

だが、次の瞬間、彼等の口から出たのは、悲鳴と、ののしり声だった。

どの木箱からも、出て来たのは、小石ばかりだったからである。

「くそッ」

と、指揮に当る福井要介が、怒鳴った。見事に欺《だま》されたのだ。

「どういたしますか？」

福井要介は、酒井但馬守を見た。老人は、頰《ほお》の辺りを、小刻みに震わせて、じっと、怒りに耐えているようだったが、

「金塊は、今頃、源十郎とかいう盗賊が、阿波藩の外に持ち出しているかも知れぬではないか」

と、怒鳴った。

福井要介は、平身低頭して、

「すべて、私の不明。申しわけございませぬ」

「たかが、一人の盗賊ごときに謀られて、何というざまだ」

「――――」

「この酒井但馬守が、小石の詰った木箱を掘り出すために、百姓どもを動員し、昼夜をわかたず工事をしたでは、後の世までの物笑いじゃ」

「では、どうなさるおつもりですか？」

「江戸から持参した鉄砲が五梃あったな？」

「その五梃を、すぐ、水に浸《つ》けて、錆《さ》びさせい」

「はい」

「は？」

「あの城代家老に、錆びついた鉄砲五梃を土産に持参してやろうではないか。どんな顔をするか見ものではないか」

「なるほど。阿波藩では、幕閣に届けずに武器を製造、その一部が、祖谷川の川底から発見されたとなれば、これは、面白うございますな」

「まあ、五梃ぐらいでは、いろいろと言いわけは出来ようが、そのくらいのことでもせねば、腹の虫がおさまらぬわ」

酒井但馬守は、初めて、口元に小さな笑いを浮べた。

さっそく、五梃の鉄砲が水に浸けられ、泥をこすりつけられた。

錆びるまでにはいかなかったが、二日も、そのままにしておくと、何とか、汚れた鉄砲になった。

酒井但馬守は、それを荒縄でくくって、徳島城下に戻った。

老人は、その五梃の鉄砲と、腹心の福井要介ただ一人を連れて、城代家老田名部大学に会った。

「祖谷川の川浚いの結果、面白いものが見つかったので、ご披露したい」

但馬守は、荒縄でくくった五梃の鉄砲を、どさっと、大学の前に置いた。

「これは、何でござろうかな？」

老人は、わざと、意地悪く聞いた。

田名部大学は、生真面目《きまじめ》に、

「鉄砲でございますな」

「阿波藩では、鉄砲を、川底にしまうのでござるか？」

「いや、もちろん、城の武器庫にしまってございます」

「すると、この五梃は、どういうことになるのでござるかな？　幕府に正式に届けた以外の鉄砲ということになりますな。われら検察使一行が来たので、あわてて、祖谷川の川底に捨てたということも、十分に考えられる。いや。それ以外には考えられぬ。となると、江戸へ立ち帰って、そのように報告せねばなりませぬな」

老人の言葉を黙って聞いていた大学は、鉄砲の一つを、手に持って眺めていたが、ふと、楽しげに笑って、

「この銃床に、家紋が入っておりますな。この下り藤《さがふじ》の家紋は、確か、酒井家の家紋と覚えておりますが」

（あッ）

と、老人の顔色が変った。立腹したあまり、五梃の鉄砲に彫り込んだ家紋を、削り取る

のを忘れてしまっていたのだ。

「――――」

うーんと、唸《うな》って、どういったらいいかわからぬと困っている但馬守に向って、田名部大学は、むしろ助け舟を出すように、

「祖谷川の浚いは大仕事ゆえ、工事に夢中になったご家来が、思わず、鉄砲を川に落されてしまわれたのでございましょう」

「まあ、そうかも知れぬ――」

「それにしても、さすがは、酒井様の鉄砲でございますな。当藩のものなど、これに比べれば、玩具《がんぐ》に等しゅうございます。いかがでございますか。この五梃の鉄砲、江戸へお持ち帰りになるのも大変でございましょう。このように水に濡《ぬ》れては、使いものにもなりますまい。私に、売って頂けませぬか？」

「売る？」

「はい」

田名部大学は、庭に面した障子を押し開いた。

そこに、真新しい木箱が五つ、積み重ねてあった。若侍が二人、その横に控えている。

「あの五つの木箱には、金塊が、詰っております」

田名部大学は、若侍二人に、一つの箱を、近くまで運ばせた。ふたを開くと、金塊が詰

っている。

「金子《きんす》に鋳造すれば、全部で一万両にはなる筈でございます。鉄砲五梃の値段といたしましては、適当と考えますが、いかがなものでございましょうか？」

「ふふ」

と、老人は笑った。自己の敗北を認めた笑い方だった。


江戸の柳沢吉保の別邸で、鳴門屋重兵衛が久しぶりに、吉保に会っていた。すでに、庭の桜も散って、春は、真っ盛りである。

「あの、何と申したかな。阿波の浮世絵師は？」

「東洲斎写楽でございますか」

「右腕を斬られたと聞いたが、どうしておるな？」

「左腕で描く勉強をしております。以前のような、大らかなものは描けぬかも知れませんが、何とか、浮世絵師として、生きていけるものと思います」

「それは、よかったのう」

吉保は、微笑した。今日の吉保は、気味が悪いほど機嫌がよかった。

「ところで、お主の店に、近頃、武士あがりの番頭見習いがいるという噂を聞いたがな？」

「さようでございますか。何しろ、店が大きゅうございますので、昔お武家さまだった方が、何人も、おりますので」

「その番頭の顔が、荒木田隼人という浪人によく似ているとも聞いたぞ」

「さようでございますか。私には、どうもよくわかりませぬが」

「まあいいわ」

と、吉保は、また小さく笑って、

「これからは、戦もあるまいから、武士より、商人の世界になる。浪人でいるより、鳴門屋の番頭の方が、よいかも知れぬな」

「――――」

「もう一人、仏の源十郎という面白い盗賊がいたのう。あの者の消息は知らぬか？」

吉保は、庭下駄を突っかけて、庭におりた。重兵衛も、その後に従うように、広大な庭におり立った。

「私にはわかりませぬが」

「わしは知っておるぞ」

「は？」

「大坂で、若い夫婦者が、里芋の田楽を売り始めて、なかなか繁盛していると聞いた。不思議なことに、その店主が、仏の源十郎によく似ていて、下世話にいう掃溜《はきだめ》に鶴のような美しい娘が一緒にいるそうな」

「さようでございますか。もし、それが、仏の源十郎と申す男なら、堅気の商売人になったことは、よいことでございますな」

「どうだ、鳴門屋。一度、大坂へ、里芋の田楽とやらを食べに行ってみぬか。一緒の女があの藤乃によく似た女と聞くからのう」

「その時には、喜んで、お供させて頂きます」

重兵衛は、頭を下げてから、

「それにしましても、よい気候になりましたな」

「また舟遊びでもするか」

「はい。ところで、今日は、お殿様の御機嫌がおよろしゅう見受け致しますが、何か楽しいことが、ございましたか？」

「わかるか？」

「はい」

「自ら検察使を買って出て、阿波藩へ行かれた酒井殿が、田名部大学という若い城代家老に、翻弄《ほんろう》されて帰って来たと聞いたぞ。そのくせ、おかしなことに、酒井殿は、阿波藩のことを、口をきわめて、賞賛しておる。よほど、田名部大学と申す城代家老に尻尾《しっぽ》をつかまれたと見える」

「すると、阿波藩は、安泰でございますな?」

「検察使の報告が、あれでは、阿波藩取潰しも出来まいて」

「それを聞いて、ほっと致しました」

「ところでな。鳴門屋。田名部大学という阿波藩の城代家老だが」

「はい」

「まだ、三十代の若さだそうだのう」

「確か、三十八歳のお方と、お聞きしましたが、それが、何か?」

「若いくせに、心憎いことをやる男よ」

「は?」

「昨日、はるばる阿波より木箱十箱が送られて来た。中身は金塊だ」

「ほう」

「それに添えられた田名部大学の書面が憎い」

「どんなことが書いてございました?」

「阿波で死んだ二人の甲賀者が、わしの配下かも知れぬと思うゆえ、お悔み申し上げますとあって、その香典代りに、二万両相当の金塊を、お贈り申しあげますとあったわ。わしの痛いところを、ちくりと刺しておいて、酒井殿への二倍の金塊を贈って、わしの自尊心をくすぐりおる。小憎らしい男よ」

ふふふと、吉保は笑ってから、

「わしが調べたところでは、剣山から掘り出された金塊は、全部で、二十万両分にものぼるそうな。わしに二万両分、酒井殿に一万両分贈っても、まだ十七万両分の金塊が、阿波藩の手元に残る勘定じゃ。といって、わしも、酒井殿も、痛いところをつかまれていては、全部を、差し出せともいえぬ」

「阿波藩にとりましては、万々歳《ばんばんざい》でございますな」

「田名部大学という若い城代家老だがな」

「はい」

「噂では、凡庸と聞いているが、或いは、勝浦主馬以上の大物かも知れぬな」

「一度、お会いしてみたい方でございますな」

「どうじゃ。いつか、大坂で里芋の田楽を食べ、そのあと、阿波に渡って、田名部大学に会ってみるというのは？」

「面白うございますな」

「田名部大学は、茶をたしなむかな？」

「わかりませぬが、亡くなられた勝浦様は、茶道に造詣《ぞうけい》の深いお方でございましたから、田名部さまもきっと――」

「それはいい、阿波では三人で茶を楽しもう」

吉保は、あくまで上機嫌だった。

解説——理屈抜きの面白さ！　集《つど》え物語を愛する者よ！

文芸評論家　細谷正充《ほそやまさみつ》

西村京太郎といえば、トラベル・ミステリーの巨匠である。十津川《とつがわ》警部と亀井《かめい》刑事のコンビの活躍する作品群は、多くのファンを獲得し、今も順調にシリーズの新刊が出版されている。ところが、そんな作者に、ただひとつだけ時代長篇があった。しかも、極めつけの時代伝奇小説。それが『無明剣、走る』だ。

本書は『阿州太平記《あしゅうたいへいき》　花と剣』のタイトルで「徳島新聞」に、昭和五十年十二月八日から翌五十一年四月二十日にかけて連載された、作者初の、そして現在のところ唯一の時代長篇である。昭和五十七年八月に、角川書店から単行本が刊行された際に、現在のタイトルに改題された。また、昭和五十八年八月には、フジテレビ時代劇スペシャルとしてドラマ化。監督・森一生《もりかずお》、脚本・中村努。主演は田村正和《たむらまさかず》であった。

さて、読者諸兄の中にはこの作品が、連載終了から単行本刊行までに、六年もの歳月がかかったことを、不思議に思う人もいるだろう。いったいなぜ、そんなに時間がかかったのか？　本当のところは分からないが、当時の歴史・時代小説界の状況から、いささかの推察をすることができる。それを説明するために、まずは連載に先立って「徳島新聞」に掲載された「作者の言葉」を引用しよう。

「長い間、推理小説を書いてきたが、一度、時代物を書いてみたいというのが、私のかねてからの念願だった。

今は、時代考証のしっかりした、肩をいからせた歴史文学が数多いが、私は、理屈抜きに面白いものを書きたいと思っていた。幸い書く舞台を与えられた今、波乱万丈の物語を展開し、読者のお楽しみとしたい。舞台は江戸と徳島、時代はけんらんたる文化の花開いた江戸中期、善人、悪人入り乱れての物語。こうご期待」

この言葉からも理解できるように、昭和五十年代前後の歴史・時代小説界は、歴史小説が全盛であった。そして当然といえば当然だが、歴史小説の対極にある時代伝奇小説は低調だったのだ。伝奇ロマンに経済感覚を持ち込んだ南原幹雄《なんばらみきお》や、チャンバラ・シーンに新基軸を打ち出した新宮正春《しんぐうまさはる》、SFのアイディアを導入した半村良《はんむらりょう》など、新鋭が気を吐いていたが、時代小説の一ジャンルとしては、かつての勢いは感じられなかったのである。もちろん流行《はや》り廃《すた》りは世の常であり、誰が悪いという問題でもないが、伝奇者にとっては切ない時代であった。そのような風潮の中で〝理屈抜きに面白いものを書きたいと思っていた〟作者は、自己の初の時代長篇に伝奇小説を選んだのである。これが喜ばずにいられるか！

ああ、それなのに、それなのに。連載終了後、この作品は本になることもなく、一旦、忘れ去られてしまう。おそらくではあるが、歴史小説全盛時代に、ミステリー作家の初めての時代伝奇小説を刊行することに、出版社が躊躇《ちゅうちょ》した結果ではないだろうか。そして作者は昭和五十三年に、十津川警部を主人公にしたトラベル・ミステリーの第一弾『寝台特急《ブルートレイン》殺人事件』を上梓《じょうし》。昭和五十六年には『終着駅《ターミナル》殺人事件』で、第三十四回日本推理作家協会賞を受賞した。以後、数多くのトラベル・ミステリーを刊行して、流行作家の地位を確立したのは、周知の事実である。本書の単行本が昭和五十七年に出たのは、こうした作者の人気の上昇を受けてのことと思われる。もし連載終了後、すぐ単行本になれば、そしてそれが一定の評価を受けていれば、作者はミステリーと並行して、時代伝奇小説を書き続けてくれたのではないか。歴史のｉｆにすぎないが、そんなことを考え出すと、身もだえするほど悔《くや》しくてならない。

はい、妄想終了。本書を読んでいて感心するのは、時代伝奇小説のツボを心得きった、作者の手練である。たしかに作者は、昭和四十年代に「天下を狙う」「権謀術策《けんぼうじゅっさく》」などの時代短篇を発表している（先に紹介した「作者の言葉」にある〝一度、時代物を書いてみたい〟というのは、時代長篇を指しているのだろう）。また、長谷川伸《はせがわしん》主宰の「新鷹会」に入り、小説の勉強をし直したこともある。こうした経歴を見れば、時代小説の素人というわけにはいくまい。だが、それを差し引いても、本書は面白い。面白すぎる。これは作者が根っからのエンタテインメント作家であることの証明であろう。

　五代将軍綱吉《つなよし》の時世。阿波徳島藩《あわとくしま》二十五万石は、国家老・勝浦主馬《かつうらしゅめ》と江戸家老・三浦半《みうらはん》左衛門《ざえもん》の確執により、真っ二つに割れていた。半左衛門は、呪術にも通じた兵法家・秋山《あきやま》幻斉《げんさい》や、元阿波藩士の黒川周平《くろかわしゅうへい》を使い、ついに主馬の呪殺に成功。しかし死ぬ寸前の主馬は、娘の藤乃《ふじの》に手紙を託し、江戸へと送り出した。彼は自分の死後の騒動を見越して、江戸にいる三人の男に後事を託していたのである。その三人とは、元阿波藩士で無明天《むみょうてん》心《しん》流の使い手・荒木田隼人《あらきだはやと》、闇の棟梁《とうりょう》とも呼ばれる大盗・仏《ほとけ》の源十郎《げんじゅうろう》、豪商の鳴門屋《なるとや》重兵衛《じゅうべえ》。藤乃の手紙を受け取った隼人は、すぐさま秋山幻斉と門弟たちの命を狙い、屍《し》山血河《ざんけつが》を築くのだった。

　その一方で、隼人が暮らす長屋の住人の、原又五郎《はらまたごろう》とお絹《きぬ》の父娘が、悪徳岡っ引の仙八《せんぱち》につきまとわれていた。仙八の狙いは又八郎の所持する山水画。それこそ阿州剣山《つるぎやま》に眠る巨額の埋蔵金の在《あ》り処《か》を示す鍵であった。仙八のバックに控える老中の酒井但馬守《さかいたじまのかみ》と、但馬守と対立する柳沢吉保《やなぎさわよしやす》が、埋蔵金と阿波徳島藩取り潰しに食指を動かす。強引に検察使となり、阿波へと向かう但馬守。舞台は江戸から阿波へと移行し、多数の登場人物の入り乱れる闘いは、さらにヒート・アップしていく。

　藩内抗争と、幕府重鎮の暗闘を重ね合わせた構造。善悪の対立。爽《さわ》やかなヒーロー。迫真のチャンバラ。邪心と恋情。埋蔵金の探索と争奪戦。本書には時代伝奇小説のガジェット（小道具）が、これでもかと詰め込まれているが、なによりも伝奇小説らしさを感じさせるのは、人物の出し入れの妙だ。

一例を挙げてみる。かわら版屋に押し入った黒川周平に、藤乃が追い詰められる場面だ。進退窮《きわ》まった彼女は、浅草川に身を躍らせ、流されていく。その藤乃を救うのが、鳴門屋重兵衛の誘いで舟遊びをしていた柳沢吉保——といった具合である。まるで因果の糸に操られるように、人々は意外な邂逅《かいこう》を繰り返し、起伏に富んだストーリーが紡がれていく。伝奇小説が本来持っていた、真のダイナミズムを、どっさりと楽しむことができるのである。ここが本書の最大の読みどころだ。

ところで、阿波徳島藩で伝奇小説とくれば、ある有名な作品を想起しないだろうか。そう、吉川英治《よしかわえいじ》の『鳴門秘帖《なるとひちょう》』である。また冒頭の呪殺は、直木三十五《なおきさんじゅうご》の名作『南国太平記《なんごくたいへいき》』を想起させないでもない。きっと作者は、かつて自分が楽しんだ時代物をさりげなくリスペクトしながら、歴史小説全盛時代に、時代伝奇小説を屹立《きつりつ》させたのであろう。時代伝奇小説の〝理屈抜きの面白さを愛する〟からこそ。そのオモシロ本が、祥伝社文庫で復活したのだ。だから——

集え、集え、物語を愛する者よ。
集え、集え、面白い小説を読みたい者よ。
集え、集え、伝奇者よ。

今、私たちの眼前にある作品こそが、本物の時代伝奇小説なのだ！

（本書は昭和五十七年八月、角川書店から四六判で、
五十九年八月文庫判で刊行されたものです）

一〇〇字書評

切り取り線

購買動機（新聞、雑誌名を記入するか、あるいは○をつけてください）					
□（　　　　　　　　）の広告を見て					
□（　　　　　　　　）の書評を見て					
□ 知人のすすめで			□ タイトルに惹かれて		
□ カバーが良かったから			□ 内容が面白そうだから		
□ 好きな作家だから			□ 好きな分野の本だから		
・最近、最も感銘を受けた作品名をお書き下さい					
・あなたのお好きな作家名をお書き下さい					
・その他、ご要望がありましたらお書き下さい					
住所	〒				
氏名		職業		年齢	
Eメール	※携帯には配信できません		新刊情報等のメール配信を 希望する・しない		

この本の感想を、編集部までお寄せいただけたらありがたく存じます。今後の企画の参考にさせていただきます。Eメールでも結構です。

いただいた「一〇〇字書評」は、新聞・雑誌等に紹介させていただくことがあります。その場合はお礼として特製図書カードを差し上げます。

前ページの原稿用紙に書評をお書きの上、切り取り、左記までお送り下さい。宛先の住所は不要です。

なお、ご記入いただいたお名前、ご住所等は、書評紹介の事前了解、謝礼のお届けのためだけに利用し、そのほかの目的のために利用することはありません。

〒一〇一-八七〇一
祥伝社文庫編集長 坂口芳和
電話 〇三（三二六五）二〇八〇

祥伝社ホームページの「ブックレビュー」からも、書き込めます。

http://www.shodensha.co.jp/bookreview/

祥伝社文庫

無明剣《むみようけん》、走《はし》る　長編時代小説

平成17年10月30日　初版第1刷発行
平成25年12月20日　　　第3刷発行

著　者　西村《にしむら》京太郎《きようたろう》

発行者　竹内和芳

発行所　祥伝社《しようでんしや》
東京都千代田区神田神保町3-3
〒101-8701
電話　03（3265）2081（販売部）
電話　03（3265）2080（編集部）
電話　03（3265）3622（業務部）
http://www.shodensha.co.jp/

印刷所　萩原印刷
製本所　関川製本

Printed in Japan ©2005, Kyōtarō Nishimura ISBN978-4-396-33256-3 C0193

西村京太郎ファンクラブのお知らせ

会員特典（年会費2200円）

◆オリジナル会員証の発行
◆西村京太郎記念館の入場料半額
◆年2回の会報誌の発行（4月・10月発行、情報満載です）
◆抽選・各種イベントへの参加（先生との楽しい企画考案中です）
◆新刊・記念館展示物変更等のハガキでのお知らせ（不定期）
◆他、追加予定!!

入会のご案内

■郵便局に備え付けの郵便振替払込金受領証にて、記入方法を参考にして年会費2200円を振込んで下さい　■受領証は保管して下さい　■会員の登録には振込みから約1ヶ月ほどかかります　■特典等の発送は会員登録完了後になります

［記入方法］ **1枚目**は下記のとおりに口座番号、金額、加入者名を記入し、そして、払込人住所氏名欄に、ご自分の住所・氏名・電話番号を記入して下さい

郵便振替払込金受領証　窓口払込専用

口座番号		番	金額	料金
00230-8		17343	2200	（消費税込み） 特殊取扱
加入者名	西村京太郎事務局			

2枚目は払込取扱票の通信欄に下記のように記入して下さい

通信欄
(1) 氏名（フリガナ）
(2) 郵便番号（7ケタ）※必ず**7桁**でご記入下さい
(3) 住所（フリガナ）※必ず**都道府県名**からご記入下さい
(4) 生年月日（19××年××月××日）
(5) 年齢　(6) 性別　(7) 電話番号

※なお、申し込みは、郵便振替払込金受領証のみとします。
メール・電話での受付は一切致しません。

■お問い合わせ（西村京太郎記念館事務局）
TEL 0465-63-1599